圖說 Classic 經典 23

西遊記

五 歷劫成聖

原著 吳承恩

編撰 張富海

好讀出版

西遊記

目次

歷劫成聖

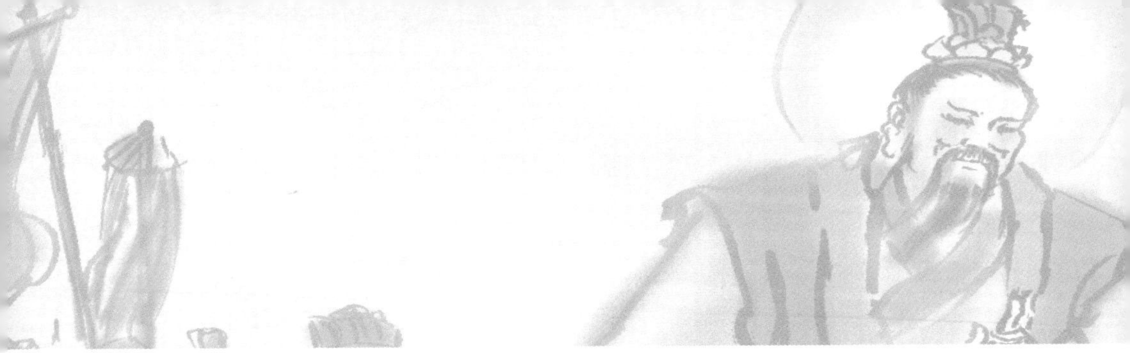

導讀

霧失樓臺西遊記

主編 張富海

幼時初讀《西遊記》，印象最深刻的就是孫悟空，一棒在手，打盡不平，上至天宮，下至黃泉，沒有他不敢鬧的。說到可愛，則數豬八戒，離開高老莊之前，他仍對老丈人說：「丈人呵，你還好生看待我渾家，只怕我們取不成經時，好來還俗，照舊與你做女婿過活。」這還不算，當四位菩薩試探唐僧師徒禪心的時候，這獃子竟然對菩薩說：「娘啊，既是他們不肯招我啊，你招了我罷！」

看到這些地方，常讓人忍俊不禁。及至年齡漸長，才發現孫悟空、豬悟能、沙悟淨從某種程度上說，是對男性類型化的高度概括，《西遊記》輕鬆且不露痕跡地達到這種地步，不愧是古代四大名著之一。

現代人對《西遊記》耳熟能詳，鮮有人仔細通讀原文。原因很簡單，作爲白話小說的先行者，《西遊記》在誕生之初，正處於詩歌文化的顚峰，對於當時的人來說，詩歌是美和藝術的象徵，因此《西遊記》中夾雜了太多的詩詞歌賦。今天，這些當時人們眼中膾炙人口的詩歌，卻變成了閱讀的障礙。現代人閱讀《西遊記》，逢詩歌段落便自然跳過，自有其原因。這樣閱讀，讓我們對《西遊記》有印象，但不全面，接受並迷惑著的感覺縈繞。

這樣的感覺並不奇怪。《西遊記》本身就有很多不確定的地方。從作者來說，現在我們都知道《西遊記》的作者是明代大文豪吳承恩，但對於專家學者來說，只能說《西遊記》的作者「很可能」是吳承恩。

《西遊記》最早的刻本是明萬曆二十年（即西元一五九二年）的金陵世德堂刻本，但這個版本的刻印者已經不知道作者的名字了，其時吳承恩去世僅十年。清代，更多人卻認爲作者是長春道人丘處機。事實上丘處機確實也寫過一部《西遊記》，記載的卻是自己如何跋涉萬里，拜訪成吉思汗鐵木眞的歷程，和唐僧取經的故事相差十萬八千里。爲什麼會有這樣的偏差呢？

與古人的生活習慣有關係，古人健身的一大流行方式是嗑藥，自晉朝以來，嗑藥而死的人不計其數，但古人煉丹的心得也愈發多樣。《西遊記》的思想，融合了佛、道、儒三教眞髓，對於如何煉丹記述得更加詳盡。因此在有清一代，不少學者都認爲《西遊記》是一部講述如何成仙的書。既然如此，那麼最有可能成爲作者的便是全眞道士丘處機了。再加上當時印刷手段相對落後，人們只知道丘處機寫了一本《西遊記》，卻不知道丘先生的《西遊記》記

述的是自己如何去西域拜見成吉思汗。在資訊傳遞不暢的時代，一個同名誤傳讓丘道長在很長一段時間裏，成了《西遊記》的作者。

民初五四時期，魯迅、胡適等人從作品中的方言文字，以及明天啓年間《淮安府志》記載吳承恩的作品有《西遊記》等事實，來判斷吳承恩比丘處機更有可能是作者。這也是現在大部分人都接受的主流觀點。

但最新的學者研究發現，《西遊記》中不但有淮安方言，還有吳地方言。也有個人書目中記載吳承恩的《西遊記》只是一篇山水遊記，這些可眞麻煩，好在這些反對的證據並不充分確鑿。而且《西遊記》成書前早有說書等傳奇，吳承恩的創作是編輯、整理、創作並舉，因此現在我們不妨承認《西遊記》的作者確是吳承恩。

關於作者的爭議告一段落，對於小說本身的認識，不同的見解就更多了。中國白話小說發展得很早，用張愛玲的話說，叫「起了個大早，趕了個晚集」，規模乃至高度都難以與歐洲比肩。當時的讀書人面對《西遊記》這樣的神魔小說，更是不知道如何面對。

金陵世德堂的出版者「華陽洞天主人」是首先面對這個問題的人，他從詼諧的角度出發，聯想到了《史記》和老、莊。他說「太史公曰：『天道恢恢，豈不大哉！談言微中，亦可以解紛。』莊子曰：『道在屎溺。』善乎立言！」他說莊子言「道」在尿裏都可能存在，何況只是文字不夠莊重。還說「道之言不可以入俗也，故浪謔笑虐以恣肆」，在當時他只能用莊老詼諧來爲《西遊記》的存在價值辯護。同爲明代人的李卓吾更具現代性，他主要從文學角度來批評《西遊記》，兼有心學，認爲作品的追求是「求放心」。他的評論更接近作品本身。

清代對《西遊記》的批評有不少。首先是黃周星、汪象旭的《西遊證道書》，汪象旭是出版商，掛名評作者，實際的批評者是黃周星；後者本名黃太鴻，明朝進士，官至户部主事，明亡後堅持做遺民，研究道教，七十歲時於五月五日模仿屈原沉水自殺。周批《西遊記》繼承了明代批評路線，認爲整部作品不過「收放心而已」〈西遊證道書序〉。

黃周星的評論在清代並不流行，其後陳士斌的《西遊眞詮》從名字就可以看出端倪，說自己的是眞詮，別人的見解自然是僞詮釋了。陳士斌的《西遊眞詮》主要提出了三教同源的理論，其序是曾被順治皇帝稱爲才子的尤侗寫的，他在序中先肯定《西遊記》自明以來放心說有可取之處，最後又提出了「若悟一者，豈非三教一大弟子乎？」即《西遊記》是融合了佛、道、儒三家思想的書。

《西遊記》在清代影響最大的，是道士劉一明的《西遊原旨》。劉一明（西元一七三四～一八二一），是全眞道龍門派第十一代傳人，也是道家著述最多的人之一。以劉一明深厚的道學造詣，看了《西遊記》後，馬上認定《西遊記》的內涵是性命雙修之道。「其書闡三教一家之理，傳性命雙修之道，……悟之者在儒即可成聖，在釋即可成佛，在道即可成仙。」他批評了黃周星，認爲陳士斌的批評路線是對的，只是不夠專業，因此每回後他都用長達數千字的文字來闡述小說中的道學思想。

此外，清代張書紳在《新說西遊記圖像》中提出了《西遊記》「只是教人誠心爲學，不要退悔」，所謂「心不誠者，西天不可到，至善不可止」（〈西遊記總論〉）。

如果拘泥於前人的評述，也許你永遠不知道眞正的《西遊記》是什麼。只有回到小說本身，《西遊記》才能還原本來面目。要瞭解眞正的《西遊記》，首先要全面地進入小說本身。

本書則提供了不同的閱讀方法。首先是故事，如果時間倉促，你可以從插圖入手，本書的近千張插圖全然可以串聯起故事情節；本書插圖，從明代版畫到現代大家，可以說是《西遊記》插圖史的小小巡展。想要詳細瞭解原文，最好慢慢細讀原文以及注釋，注解中對於相關的佛、道知識盡可能作了詳細的解釋；到此時如果還有餘力，不妨再看看評論，則會幫助你對原文有更深入的認識。

李卓吾先生批評《西遊記》（以下簡稱李評）
山陰悟一子陳士斌允生甫詮解《西遊眞詮》（以下簡稱陳評）
悟元子劉一明解《西遊原旨》（以下簡稱劉評）
張書紳《新說西遊記圖像》（以下簡稱張評）
黃周星、汪象旭的《西遊證道書》（以下簡稱周評）

如何閱讀本書

詳細注釋：

解釋艱難字詞，隨文直書於奇數頁最左側，並於文中以※記號標號，以供對照

閱讀性高的原典：

將一百回原典分為五大分冊，版面美觀流暢、閱讀性強

列出各回回目
便於索引翻閱

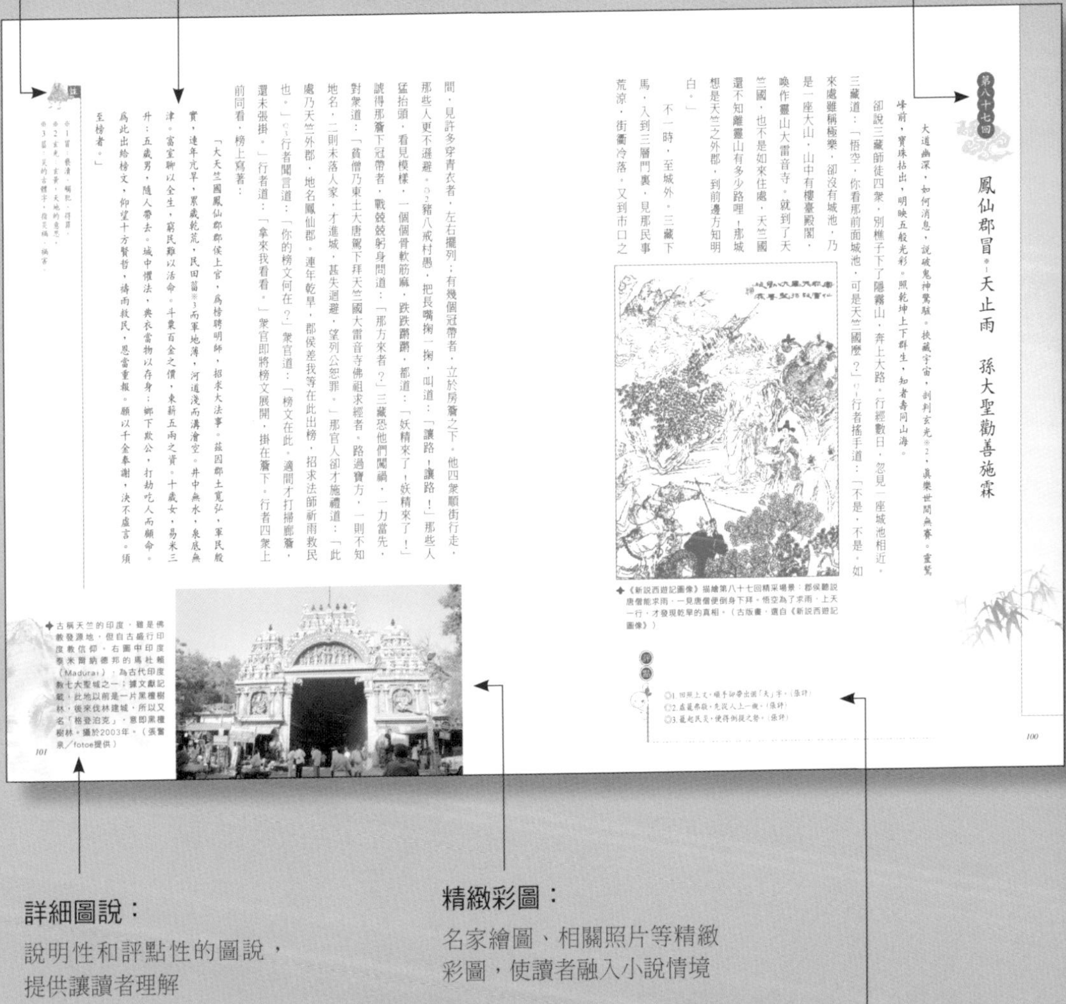

第八十七回

鳳仙郡冒※1天止雨　孫大聖勸善施霖

大道幽深，如何消息，說破鬼神驚駭。挾藏宇宙，剖判玄光※2，真樂世間無賽。靈鷲峰前，寶珠拈出，明映五般光彩。照乾坤上下群生，知者壽同山海。

卻說三藏師徒四眾，別樵子下了隱霧山，奔上大路。行經數日，忽見一座城池相近。三藏道：「悟空，你看那前面城池，可是天竺國麼？」◎1行者搖手道：「不是，不是。如來處雖稱極樂，卻沒有城池，乃是一座大山，山中有樓臺殿閣，喚作靈山大雷音寺。就到了天竺國，也不是如來住處。天竺國還不知離靈山有多少路哩！那城想是天竺之外郡，到前邊方知明白。」

不一時，至城外。三藏下馬，入到三層門裏，見那民事荒涼，街衢冷落。又到市口之間，見許多穿青衣者，左右擺列；有幾個冠帶者，立於房簷之下。他四眾順街行走，那些人更不遜避。◎2豬八戒村愚，把長嘴掬一掬，叫道：「讓路！讓路！」那些人猛抬頭，看見模樣，一個個骨軟筋麻，跌跌蹡蹡，都道：「妖精來了！妖精來了！」諕得那簷下冠帶者，戰兢兢躬身問道：「那方來者？」三藏恐他們闖禍，一力當先，對眾道：「貧僧乃東土大唐駕下拜天竺國大雷音寺佛祖求經者。路過寶方，一則不知地名，二則未落人家，才進城，甚失迴避，望列公恕罪。」那官人卻才施禮道：「此處乃天竺外郡，地名鳳仙郡。連年乾旱，郡侯差我等在此出榜，招求法師祈雨救民也。」◎3行者聞言道：「你的榜文何在？」眾官道：「榜文在此。適間才打掃廊簷，還未張掛。」行者道：「拿來我看看。」眾官即將榜文展開，掛在簷下。行者四眾上前同看，榜上寫著：

「大天竺國鳳仙郡郡侯上官，為榜聘明師，招求大法事。茲因郡土寬弘，軍民殷實，連年亢旱，累歲乾荒，民田菑※3而軍地薄，河道淺而溝澮空。井中無水，泉底無津。富室聊以全生，窮民難以活命。斗粟百金之價，束薪五兩之資。十歲女，易米三升；五歲男，隨人帶去。城中懼法，典衣當物以存身；鄉下欺公，打劫吃人而顧命。為此出給榜文，仰望十方賢哲，禱雨救民，恩當重報。願以千金奉謝，決不虛言。須至榜者。」

註

※1冒：假借、觸犯、得罪。
※2玄光：玄黃，天地的意思。
※3菑：災的古體字，指災禍、禍害。

◆《新說西遊記圖像》描繪第八十七回精采場景：郡侯聽說唐僧能求雨，一見唐僧便倒身下拜。悟空為了求雨，上天一行，才發現乾旱的真相。（古版畫，選自《新說西遊記圖像》）

評點

◎1.回照上文，順手卻帶出個「天」字。（張評）
◎2.處處帶敘，先從人上一襯。（張評）
◎3.蘊起民災，使得倒提之勢。（張評）

◆古稱天竺的印度，雖是佛教發源地，但自古盛行印度教信仰。右圖中印度泰米爾納德邦的馬杜賴（Madurai），為古代印度教七大聖城之一；據文獻記載，此地以前是一片黑檀樹林，後來伐林建城，所以又名「格登泊克」，意即黑檀樹林。攝於2003年。（張醫泉／fotoe提供）

100

101

詳細圖說：

說明性和評點性的圖說，提供讓讀者理解

精緻彩圖：

名家繪圖、相關照片等精緻彩圖，使讀者融入小說情境

名家評點：

選收不同名家之評點，隨文橫書於頁面的下方欄位，並於文中以◎記號標號，以供對照

第八十一回 鎮海寺心猿知怪 黑松林三衆尋師

話表三藏師徒到鎮海禪林寺，衆僧相見，安排齋供。四衆食畢，那女子也得些食力。漸漸天昏，方丈裏點起燈來。衆僧一則是問唐僧取經來歷，二則是貪看那女子，◎1都攢攢簇簇，排列燈下。三藏對那初見的喇嘛僧道：「院主，明日離了寶山，西去的路途如何？」那僧雙膝跪下，慌得長老一把扯住道：「院主請起。我問你個路程，你為何行禮？」那僧道：「老師父明日西行，路途平正，不須費心。只是眼下有件事兒不尷尬，一進門就要說，恐怕冒犯洪威，卻才齋罷，方敢大膽奉告：老師東來，路遙辛苦，都在小和尚房中安歇甚好；只是這位女菩薩，不方便，不知請他那裏睡好。」◎2三藏道：「院主，你不要生疑，說我師徒們有甚邪意。早間打黑松林過，撞見這個女子綁在樹上。小徒孫悟空不肯救他，是我發菩提心，將他救了。到此，隨院主送他那裏睡去。」那僧謝道：「既老師寬厚，請他到天

◆《新說西遊記圖像》描繪第八十一回精采場景：妖怪在寺院吃了和尚，又將唐僧攝走，悟空師兄弟到處尋找。（古版畫，選自《新說西遊記圖像》）

王殿※1裏，就在天王爺爺身後安排個草鋪，教他睡罷。」◎3三藏道：「甚好，甚好。」遂此時，衆小和尚引那女子往殿後睡去。長老就在方丈中，請衆院主自在，遂各散去。三藏分付悟空：「辛苦了，早睡早起。」遂一處都睡了，不敢離側，護著師父。漸入夜深，正是那：

玉兔高升萬籟寧，天街寂靜斷人行。銀河耿耿星光燦，鼓發譙樓趲換更。

一宵晚話不題。

及天明了，行者起來，教八戒、沙僧收拾行囊、馬匹，卻請師父走路。此時長老還貪睡未醒。◎4行者近前叫聲：「師父。」那師父把頭抬了一抬，又不曾答應得出。行者問：「師父，怎麼說？」長老呻吟道：「我怎麼這般頭懸眼脹，渾身皮骨皆疼？」八戒聽說，伸手去摸摸，身上有些發熱。獃子笑道：「我曉得了，這是昨晚見沒錢的飯，多吃了幾碗，倒沁著頭睡，傷食了。」行者喝道：「胡說！等我問師父，端的何如？」三藏道：「我半夜之間起來解手，◎5不曾戴得帽子，想是風吹了。」行者道：「這還說得是。如今可走得路麼？」三藏道：「我如今起坐不得，怎麼上馬？但只誤了路啊！」行者道：「師父說那裏話！常言道：『一日為師，終身為父。』我等與你做徒弟，就是兒子一般。又說道：『養兒不用阿金溺銀※2，只是見景生情便好。』你既身子不快，說甚麼誤了行程，便

註

※1 天王殿：供奉天王的神廟。東方天王名「提多羅吒」（「提多羅吒」意爲持國：即能護持國土，是帝釋天的主樂神）。

※2 阿金溺銀：比喻能夠生財。溺，音尿。

評點

◎1. 看鶯鶯強如做道場。（周評）
◎2. 我亦急欲問之。（張評）
◎3. 此林沖、武松睡處，豈所以待半截觀音，唐突多矣！（周評）
◎4. 日高三丈我猶眠，你好懶、懶、懶。（張評）
◎5. 夜亦有半，極善點綴。（張評）

寧耐幾日何妨！」兄弟們都伏侍著師父，不覺的早盡午來昏又至，良宵才過又侵晨。

光陰迅速，早過了三日。那一日，師父欠身起來叫道：「悟空，這兩日病體沉痾，不曾問得你：那個脫命的女菩薩，可曾有人送些飯與他吃？」行者笑道：「你管他怎的，且顧了自家的病著。」三藏道：「正是，正是。你且扶我起來，取出我的紙、筆、墨，寺裏借個硯臺來使使。」行者道：「要怎的？」長老道：「我要修一封書，並關文封在一處。你替我送上長安駕下，見太宗皇帝一面。」行者道：「這個容易。我老孫別事無能，若說送書，人間第一。◎[6]你把書收拾停當與我，我一觔斗送到長安，遞與唐王，再一觔斗轉將回來，你的筆硯還不乾哩。但只是你寄書怎的？且把書意念念我聽，念了再寫不遲。」長老滴淚道：「我寫著：

臣僧稽首三頓首，萬歲山呼拜聖君；文武兩班同入目，公卿四百共知聞：

當年奉旨離東土，指望靈山見世尊。不料途中遭厄難，何期半路有災迍。

僧病沉痾難進步，佛門深遠接天門。有經無命空勞碌，啓奏當今別遣人。」

行者聽得此言，忍不住呵呵大笑道：「師父，你忒不濟，略有些些病兒，就起這個意念。你若是病重，要死要活，只消問我。我老孫自有個本事，問道：『那個閻王敢起心？那個判官敢出票？那個鬼使來勾取？』若惱了我，我拿出那大鬧天宮之性子，又一路棍，打入幽冥，捉住十代閻王，一個個抽了他的筋，還不饒他哩。」三藏道：「徒弟呀，我病重了，切莫說這大話。」

八戒上前道：「師兄，師父說不好，你只管說好，十分不尷尬。我們趁早商量，先賣了馬，典了行囊，買棺木送終散火。」◎7行者道：「獃子又胡說了！你不知道，師父是我佛如來第二個徒弟，原叫作金蟬長老，只因他輕慢佛法，該有這場大難。」八戒道：「哥啊，師父既是輕慢佛法，貶回東土，在是非海內、口舌場中，托化作人身，發願往西天拜佛求經，遇妖精就捆，逢魔頭就吊，受諸苦惱，也殼了，怎麼又叫他害病？」行者道：「你那裏曉得，老師父不曾聽佛講法，打了一個盹，往下一失，左腳下躧了一粒米，下界來，該有這三日病。」◎8八戒驚道：「像老豬吃東西潑潑撒撒的，也不知害多少年代病是！」行者道：「兄弟，佛不與你衆生為念。你又不知，人云：『鋤禾日當午，汗滴禾下土。誰知盤中餐，粒粒皆辛苦。』師父只今日一日，明日就好了。」三藏道：「我今日比昨不同，咽喉裏十分作渴。你去那裏，有涼水尋

「孫悟空大鬧天宮」，京劇劇照。（陳玉治提供）

評點

◎6. 尤莫妙於科場報錄。（周評）
◎7. 半路上失散，有頭無尾，廢得可惜，廢得更可嘆！（張評）
◎8. 菩薩戒之嚴如此。（周評）

些來我吃。」行者道：「好了！師父要水吃，便是好了。等我取水去。」

即時取了鉢盂，往寺後面香積廚取水。忽見那些和尚一個個眼兒通紅，悲啼哽咽，只是不敢放聲大哭。行者道：「你們這些和尚，忒小家子樣！我們住幾日，臨行謝你，柴火錢照日算還。怎麼這等膿包！」眾僧慌跪下道：「不敢，不敢！」行者道：「怎麼不敢？想是我那長嘴和尚食腸大，吃傷了你的本兒也？」眾僧道：「老爺，我這荒山，大大小小也有百十眾和尚，每一人養老爺一日，也養得起百十日。怎麼敢欺心，計較甚麼食用！」

行者道：「既不計較，你卻為甚麼啼哭？」眾僧道：「老爺，不知是那山裏來的妖邪在這寺裏。我們晚夜間著兩個小和尚去撞鐘打鼓，只聽得鐘鼓響罷，再不見人回；至次日找尋，只見僧帽、僧鞋丟在後邊園裏，骸骨尚存，將人吃了。你們住了三日，我寺裏不見了六個和尚。◎9故此，我兄弟們不由的不怕，不由的不傷。因見你老師父貴恙，不敢傳說，忍不住淚珠偷垂也。」行者聞言，又驚又喜道：「不消說了，必定是妖魔在此傷人也。等我與你剿除他。」眾僧道：「老爺，妖精不精者不靈，一定會騰雲駕霧，一定會出幽入冥。古人道得好：『莫信直中直，須防仁不仁。』老爺，你莫怪我們說：你若拿得他住哩，便與我荒山除了這條禍根，正是三生有幸了；若還拿他不住呵，卻有好些兒不便處。」行者道：「怎叫作好些不便處？」那眾僧道：「直不相瞞老爺說，我這荒山，雖有百十眾和尚，卻都只是自小兒出家的：

髮長尋刀削，衣單破衲縫。早晨起來洗著臉，叉手躬身，皈依大道；夜來收拾燒著

香，虔心叩齒，念的彌陀。舉頭看見佛，蓮九品，秇三乘，慈航共法雲，願見祇園釋世尊；低頭看見心，受五戒，度大千，生生萬法中，願悟頑空與色空。諸檀越來呵，老的、小的、長的、矮的、胖的、瘦的，一個個敲木魚，擊金磬，挨挨拶拶※3，兩卷《法華經》，一策《梁王懺》；諸檀越不來呵，新的、舊的、生的、熟的、村的、俏的，一個個合著掌，瞑著目，悄悄冥冥，入定蒲團上，牢關月下門。一任他鶯啼鳥語閑爭鬥，不上我方便慈悲大法乘。因此上，也不會伏虎，也不會降龍；也不識得怪，也不識得精。你老爺若還惹起那妖魔呵，我百十個和尚只彀他齋一飽，一則墮落我衆生輪迴，二則滅抹了這禪林古跡，三則如來會上全沒半點兒光輝。

——這卻是好些兒不便處。」◎10

行者聞得衆和尚說出這一端的話語，他便怒從心上起，惡向膽邊生，高叫一聲：「你這衆和尚好獃哩！只曉得那妖精，就不曉得我老孫的行止麼？」衆僧輕輕的答道：「實不曉得。」行者道：「我今日略節說說，你們聽著：

我也曾花果山伏虎降龍，我也曾上天堂大鬧天宮。飢時把老君的丹，略略咬了兩三顆；渴時把玉帝的酒，輕輕嚊了六七鍾。睜著一雙不白不黑的金睛眼，天慘淡，月朦朧；拿著一條不短不長的金箍棒，來無影，去無踪。說甚麼大精小怪，那怕他憊懶腮膿！一趕趕上去，跑的跑，顫的顫，躲的躲，慌的慌；一捉捉將來，剉的剉，燒的燒，磨的磨，舂的

註

※3 挨挨拶拶：形容人群密集。拶，音雜，擠壓、逼迫。

評點

◎9. 可謂吃和尚的祖師。（張評）
◎10. 也說得快活。（李評）

春。正是八仙同過海，獨自顯神通！——衆和尚，我拿這妖精與你看看，你才認得我老孫！」

衆僧聽著，暗點頭道：「這賊禿開大口，說大話，想是有些來歷。」都一個個諾諾連聲。只有那喇嘛僧道：「且住！你老師父貴恙，你拿這妖精不至緊※4。俗語道：『公子登筵，不醉便飽；壯士臨陣，不死即傷。』你兩下裏角鬥之時，倘貽累你師父，不當※5穩便。」

行者道：「有理，有理！我且送涼水與師父吃了再來。」掇起鉢盂，著上涼水，轉出香積廚，就到方丈，叫聲：「師父，吃涼水哩。」三藏正當煩渴之時，便抬起頭來，捧著水，只是一吸。真箇渴時一滴如甘露，藥到真方病即除。行者見長老精神漸爽，眉目舒開，就問道：「師父，可吃些湯飯麼？」三藏道：「這涼水就是靈丹一般，這病兒減了一半，有湯飯也吃得些。」行者連聲高高叫道：「我師父好了，要湯飯吃哩！」◎11教那些和尚忙忙的安排：淘米煮飯，捍麵烙餅，蒸饃饃，做粉湯，抬了四五桌。唐僧只吃得半碗兒米湯，行者、沙僧

✦《西遊記》中地理名詞多借用已有名詞。圖為山西五臺山鎮海寺，與本回唐僧投宿之寺同名。（羅小韻／fotoe提供）

止用了一席，其餘的都是八戒一肚餐之。家火收去，點起燈來，衆僧各散。

三藏道：「我們今住幾日了？」行者道：「三整日矣。明朝向晚，便就是四個日頭。」三藏道：「三日誤了許多路程。」行者道：「師父，也算不得路程，明日去罷。」三藏道：「正是，就帶幾分病兒，也沒奈何。」行者道：「既是明日要去，且讓我今晚捉了妖精者。」三藏驚道：「又捉甚麼妖精？」行者道：「有個妖精在這寺裏，等老孫替他捉捉。」唐僧道：「徒弟呀，我的病身未可，你怎麼又興此念？倘那怪有神通，你拿他不住啊，卻又不是害我。」行者道：「你好滅人威風！老孫到處降妖，你見我弱與誰的？只是不動手，動手就要贏。」三藏扯住道：「徒弟，常言說得好：『遇方便時行方便，得饒人處且饒人。操心怎似存心好，爭氣何如忍氣高！』」◎12孫大聖見師父苦苦勸他，不許降妖，他說出老實話來道：「師父，實不瞞你說，那妖在此吃了人了。」唐僧大驚道：「吃了甚麼人？」行者說道：「我們住了三日，已是吃了這寺裏六個小和尚了。」◎13長老道：「『兔死狐悲，物傷其類。』他既吃了寺內之僧，我亦僧也，我放你去。只但用心，仔細些。」行者道：「不消說，老孫的手到就消除了。」

你看他燈光前分付八戒、沙僧看守師父，他喜孜孜跳出方丈，徑來佛殿看時，天上有星，月還未上，那殿裏黑暗暗的。他就吹出真火，點起琉璃，東邊打鼓，西邊撞鐘。響罷，搖身一變，變作個小和尚兒，年紀只有十二三歲，披著黃絹褊衫、白布直裰，手敲著

註

※4 不至緊：不打緊、不要緊。

※5 不當：是不大、不很、不十分的意思。有時也作不應當、不妥、不安解釋。

評點

◎11. 如此眞切，何異孝子之事父母。（周評）

◎12. 四語足當一篇〈勸世文〉。（周評）

◎13. 大和尚未曾還俗，小和尚已先投胎。（張評）

木魚，口裏念經。等到一更時分，不見動靜。二更時分，殘月才升，只聽見呼呼的一陣風響。好風：

黑霧遮天暗，愁雲照地昏。四方如潑墨，一派靛妝渾。先刮時，揚塵播土；次後來，倒樹摧林。揚塵播土星光現，倒樹摧林月色昏。只刮得嫦娥緊抱梭羅樹，玉兔團團找藥盆。九曜星官皆閉戶，四海龍王盡掩門。廟裏城隍覓小鬼，空中仙子怎騰雲？地府閻羅尋馬面，判官亂跑趕頭巾。刮動崑崙頂上石，捲得江湖波浪混。◎[14]

那風才然過處，猛聞得蘭麝香熏，環珮聲響。◎[15]即欠身抬頭觀看，呀！卻是一個美貌佳人，徑上佛殿。◎[16]行者口裏嗚哩嗚喇，只情念經。那女子走近前，一把摟住道：「小長老，念的甚麼經？」行者道：「許下的。」女子道：「別人都自在睡覺，你還念經怎麼？」行者道：「許下的，如何不念？」女子摟住，與他親個嘴道：「我與你到後面耍耍去。」行者故意的扭過頭去道：「你有些不曉事！」女子道：「你會相面？」行者道：「也曉得些兒。」女子道：「你相我怎的樣子？」行者道：「我相你有些兒偷生抝熟，被公婆趕出來的。」女子道：「相不著，相不著！我

不是公婆趕逐，不因抝熟偷生。奈我前生命薄，投配男子年輕。不會洞房花燭，避夫逃走之情。◎[17]

趁如今星光月皎，也是有緣千里來相會，我和你到後園中交歡配鸞儔去也。」行者聞言，暗點頭道：「那幾個愚僧都被色欲引誘，所以傷了性命。他如今也來哄我。」就隨口答應

道：「娘子，我出家人，年紀尚幼，卻不知甚麼交歡之事。」女子道：「你跟我去，我教你。」行者暗笑道：「也罷，我跟他去，看他怎生擺佈。」

他兩個摟著肩，攜著手，出了佛殿，徑至後邊園裏。那怪把行者使個絆子腿，跌倒在地，口裏「心肝哥哥」的亂叫，將手就去掐他的臊根。行者道：「我的兒，真箇要吃老孫哩！」卻被行者接住他手，使個小坐跌法，把那怪一轆轤掀翻在地上。那怪口裏還叫道：「心肝哥哥，你倒會跌你的娘哩！」行者暗算道：「不趁此時下手他，還到幾時！正是先下手為強，後下手遭殃。」就把手一叉，腰一躬，一跳跳起來，現出原身法相，輪起金箍鐵棒，劈頭就打。那怪倒也吃了一驚，他心想道：「這個小和尚，這等利害！」打開眼一看，原來是那唐長老的徒弟姓孫的，他也不懼他。你說這精怪是甚麼精怪？

金作鼻，雪鋪毛。地道爲門屋，安身處處牢。養成三百年前氣，曾向靈山走幾遭。一飽香花和蠟燭，如來分付下天曹。托塔天王恩愛女，哪吒太子認同胞。也不是個塡海鳥※6，也不是個戴山鱉※7。也不怕的雷煥劍※8，也不怕的呂虔刀※9。往往來來，一任他水

註

※6 塡海鳥：精衛鳥。《山海經．北山經》記載：炎帝之少女，名曰女娃。女娃遊於東海，溺而不返，故爲精衛，常啣西山之木石，以堙於東海。

※7 戴山鰲：傳說古代渤海之東有岱輿、員嶠、方壺、瀛洲、蓬萊五座仙山，隨潮往來，漂流不定。天帝恐其流於西極，使巨鰲十五舉首而戴之，始峙而不動。其後龍伯之國有巨人，一舉釣去六鰲，於是岱輿、員嶠二山流於北極，沉於大海。

※8 雷煥劍：西晉時張華發現有劍氣上沖斗牛之間，便派雷煥到江西豐城去查看。果然在縣獄中的石匣內找到了叫龍泉和太阿的兩口寶劍。

※9 呂虔刀：《晉書》記載：呂虔有把寶刀，工匠認爲只有位列三公的人才有資格佩帶。呂虔把刀送給了王祥，並說：「如果不是有能耐的人，佩帶的話反而會有禍害。你有宰相的肚量，所以我給你。」王祥死時又給了弟弟王覽，說：「你的子孫必定興旺，足有資格佩帶此刀。」果然，王覽的後代在東晉時期都很有出息。東晉丞相王導、大將軍王敦都是王覽的孫輩。王覽還有個重孫，就是著名書法家王羲之。

評點

◎14. 此等處雖可惡，然從人口中說出，卻又好聽。（李評）

◎15. 我有蘭麝香、環珮聲，便是殺人心。（張評）

◎16. 使凡僧見之，定認作佛殿奇逢矣。（周評）

◎17. 可知原是淑女私奔，便留得後面金星地步。（張評）

◆女妖勾引孫悟空變化的小和尚。孫悟空現回原形，對著女怪揮棒就打。（朱寶榮繪）

流江漢闊：上上下下，那論他山聳泰恆高？你看他月貌花容嬌滴滴，誰識得是個鼠老成精逞點豪！

他自恃的神通廣大，便隨手架起雙股劍，玎玎璫璫的響，左遮右格，隨東倒西。行者雖強些，卻也撈他不倒。陰風四起，殘月無光。你看他兩人後園中一場好殺：

陰風從地起，殘月蕩微光。闃靜※10梵王宇，闌珊小鬼廊。後園裏一片戰爭場：孫大士，天上聖；毛姹女，女中王，賭賽神通未肯降。一個兒扭轉芳心嗔黑禿，一個兒圓睜慧眼恨新妝。兩手劍飛，那認得女菩薩；一根棍打，狠似個活金剛。響處金箍如電掣，霎時鐵白耀星芒。玉樓抓翡翠，金殿碎鴛鴦。猿啼巴月小，雁叫楚天長。十八尊羅漢，暗暗喝采；三十二諸天，個個慌張。

那孫大聖精神抖擻，棍兒沒半點差池。妖精自料敵他不住，猛可的眉頭一蹙，計上心來，抽身便走。行者喝道：「潑貨，那走！快快來降！」那妖精只是不理，直往後退，等行者趕到緊急之時，即將左腳上花鞋脫下來，◎18吹口仙氣，念個咒語，叫一聲：「變！」就變作本身模樣，使兩口劍舞將來；真身一幌，化陣清風而去。這卻不是三藏的災星？他便徑撞到方丈裏，把唐三藏攝將去雲頭上，杳杳冥冥，霎霎眼就到了陷空山，進了無底洞，◎19叫小的們安排素筵席成親不題。

卻說行者鬥得心焦性燥，閃一個空，一棍把那妖精打落下來，乃是一

註

※10 闃靜：寂靜、寧靜的意思。闃，音去，形容寂靜。

評點

◎18. 倒是花鞋，強如其身。（李評）
◎19. 何其飄乎。（周評）

隻花鞋。◎20行者曉得中了他計，連忙轉身來看師父。那有個師父？只見那獃子和沙僧口裏嗚哩嗚哪說甚麼。行者怒氣填胸，也不管好歹，撈起棍來一片打，連聲叫道：「打死你們！打死你們！」那獃子慌得走也沒路。沙僧卻是個靈山大將，見得事多，就軟款溫柔，近前跪下道：「兄長，我知道了。想你要打殺我兩個，也不去救師父，逕自回家去哩。」行者道：「我打殺你兩個，我自去救他！」沙僧笑道：「兄長說那裏話！無我兩個，真是『單絲不線，孤掌難鳴』。兄啊，這行囊、馬匹，誰與看顧？寧學管鮑分金※11，休仿孫龐鬥智※12。自古道：『打虎還得親兄弟，上陣須教父子兵。』望兄長且饒打，待天明和你同心戮力，尋師去也。」行者雖是神通廣大，卻也明理識時，見沙僧苦苦哀告，便就回心道：「八戒、沙僧，你都起來。明日找尋師父，卻要用力。」那獃子聽見饒了，恨不得天也許下半邊，道：「哥啊，這個都在老豬身上。」兄弟們思思想想，那曾得睡，恨不得點頭喚出扶桑日，一口吹散滿天星。

三衆只坐到天曉，收拾要行。早有寺僧攔門來問：「老爺那裏去？」行者笑道：「不好說。昨日對衆誇口，說與他們拿妖精；妖精未曾拿得，倒把我個師父不見了。我們尋師父去哩。」衆僧害怕道：「老爺，小可的事，倒帶累老師。卻往那裏去尋？」行者道：「有處尋他。」衆僧又道：「既去莫忙，且吃些早齋。」連忙的端了兩三盆湯飯。八戒盡力吃個乾淨，道：「好和尚，我們尋著師父，再到你這裏來耍子。」行者道：「還到這裏吃他飯哩！你去天王殿裏看看那女子在否。」衆僧道：「老爺，不在了，不在了。自是當

評點

◎20. 想亦見鞋底尖兒瘦也。（張評）
◎21. 無魔向西，有魔向東，非回東安能向西。（周評）

晚宿了一夜，第二日就不見了。」

行者喜喜歡歡的辭了衆僧，著八戒、沙僧牽馬挑擔，徑回東走。◎21八戒道：「哥哥差了，怎麼又往東行？」行者道：「你豈知道！前日在那黑松林綁的那個女子，老孫火眼金睛，把他認透了，你們都認作好人。今日吃和尚的也是他，攝師父的也是他。你們救得好女菩薩！今既攝了師父，還從舊路上找尋去也。」二人嘆服道：「好，好，好！真是粗中有細。去來，去來！」

三人急急到於林內，只見那：

雲藹藹，霧漫漫；石層層，路盤盤。狐蹤兔跡交加走，虎豹豺狼往復鑽。林內更無妖怪影，不知三藏在何端。

行者心焦，掣出棒來。搖身一變，變作大鬧天宮的本相，三頭六臂，六隻手，理著三根棒，在林裏辟哩撥喇的亂打。八戒見了道：「沙僧，師兄著了惱，尋不著師

註

※11管鮑分金：管指管仲，春秋時齊國的名相；鮑指鮑叔牙，齊國大夫。比喻情誼深厚，相知相惜。《史記・管晏列傳》記載：「管仲曰：『吾始困時，嘗與鮑叔賈，分財利多自與，鮑叔不以我爲貪，知我貧也。』」

※12孫龐鬥智：孫臏、龐涓各以智謀爭鬥的故事。比喻昔日友人今爲仇敵，各逞計謀生死搏鬥；也比喻雙方用計較量高下。據《史記・孫子吳起列傳》記載：魏國大將龐涓，自以爲是了不起的軍事家，而他的同學孫臏本領比他強，龐涓妒忌孫臏的才能，便安排陷害孫臏。孫臏設法逃到齊國，後來齊魏交戰，孫臏屢出奇計，大敗龐涓。

◆孫悟空變作三頭六臂，理著三根棒，在林裏一陣亂打，打出土地、山神，追問出妖精的的底細。（古版畫，選自李卓吾批評本《西遊記》）

父，弄作個氣心風了。」原來行者打了一路，打出兩個老頭兒來，一個是山神，一個是土地，上前跪下道：「大聖，山神、土地來見。」八戒道：「好靈根啊！打了一路，打出兩個山神、土地；若再打一路，連太歲都打出來也。」行者問道：「山神、土地，汝等這般無禮！在此處專一結夥強盜，強盜得了手，買些豬羊祭賽你；又與妖精結擄，打夥兒把我師父攝來！如今藏在何處？快快的從實供來，免打！」二神慌了道：「大聖錯怪了我耶。妖精不在小神山上，不伏小神管轄。但只夜間風響處，小神略知一二。」行者道：「既知，一一說來！」土地道：「那妖精攝你師父去，在那正南下，離此有千里之遙。那廂有座山，喚作陷空山；山中有個洞，叫作無底洞。是那山裏妖精，到此變化攝去也。」行者聽言，暗自驚心，喝退了山神、土地，收了法身，現出本相，與八戒、沙僧道：「師父去得遠了。」八戒道：「遠便騰雲趕去！」

好獃子，一縱狂風先起，隨後是沙僧駕雲。那白馬原是龍子出身，馱了行李，也踏了風霧。◎22大聖即起觔斗，一直南來。不多時，早見一座大山，阻住雲腳。三人採住馬，都按定雲頭。見那山：

✦四川成都的「孫悟空」麵塑造型，攝於2006年。（黃金國／fotoe提供）

頂摩碧漢，峰接青霄。周圍雜樹萬萬千，來往飛禽喳喳噪。虎豹成陣走，獐鹿打叢行。向陽處，琪花瑤草馨香；背陰方，臘雪頑冰不化。崎嶇峻嶺，削壁懸崖。直立高峰，灣環深澗。松鬱鬱，石磷磷，行人見了悚其心。打柴樵子全無影，採藥仙童不見踪。眼前虎豹能興霧，遍地狐狸亂弄風。

八戒道：「哥啊，這山如此險峻，必有妖邪。」行者道：「不消說了，山高原有怪，嶺峻豈無精！」叫：「沙僧，我和你且在此，著八戒先下山凹裏打聽打聽，看那條路好走，端的可有洞府，再看是那裏開門，俱細細打探，我們好一齊去尋師父救他。」八戒道：「老豬晦氣，先拿我頂缸！」行者道：「你夜來說都在你身上，如何打仰※13？」八戒道：「不要嚷，等我去。」獃子放下鈀，抖抖衣裳，空著手，跳下高山，找尋路徑。這一去，畢竟不知好歹如何，且聽下回分解。

總批

人試思之，陷空山、無底洞是恁麼東西？若想得著，定是大笑又大哭也！（李評）

悟元子曰：上回聲色之念一動，眞假相混，大道阻滯，入於患難之境矣。此回細寫遇蹇受病之因，教學者於眞中辨假，假中尋眞，追究出以假陷眞之故耳。（劉評節錄）

註

※13 打仰：這裏含有反悔、不算數的意思。

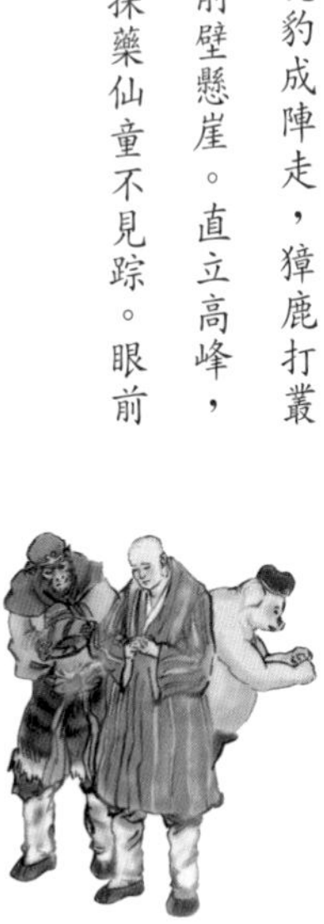

評點

◎22.馱了唐僧卻不能踏風霧。（周評）

第八十二回

姹女求陽　元神護道◎1

卻說八戒跳下山，尋著一條小路。依路前行，有五六里遠近，忽見兩個女怪，在那井上打水。他怎麼認得是兩個女怪？見他頭上戴一頂一尺二三寸高的篾絲鬏髻，甚不時興。獃子走近前，叫聲：「妖怪。」那怪聞言大怒，兩人互相說道：「這和尚憊懶！我們又不與他相識，平時又沒有調得嘴慣，他怎麼叫我們作妖怪！」那怪惱了，輪起抬水的杠子，劈頭就打。

這獃子手無兵器，遮架不得，被他撈了幾下，侮著頭，跑上山來道：「哥啊，回去罷！妖怪兇！」行者道：「怎麼兇？」八戒道：「山凹裏兩個女妖精在井上打水，我只叫了他一聲，就被他打了我三四杠子！」行者道：「你叫他作甚麼的？」八戒道：「我叫他作妖怪。」行者笑道：「打得還少。」八戒道：「謝你照顧！頭都打腫了，還說少哩！」行者道：『溫柔天下去得，剛強寸步難移。』他們是此地之妖，我們是遠來之僧，你一身都是手，也要略溫存。你就去叫他作妖怪，他不打你，打我？『人將禮樂為先。』◎2八戒道：「一發不曉得！」行者道：「你自幼在山中吃人，你曉得有兩樣木

《新說西遊記圖像》描繪第八十二回精采場景：妖怪把唐僧帶入洞穴，色誘唐僧；八戒等在外尋找。畫面引入情節，非單一場景，是此套版畫的一大特色。（古版畫，選自《新說西遊記圖像》）

麼？」八戒道：「不知。是甚麼木？」行者道：「一樣是楊木，一樣是檀木。楊木性格甚軟，巧匠取來，或雕聖像，或刻如來，妝金立粉，嵌玉裝花，萬人燒香禮拜，受了多少無量之福。那檀木性格剛硬，油房裏取了去，做柞撒※1，使鐵箍箍了頭，又使鐵鎚往下打，只因剛強，所以受此苦楚。」八戒道：「哥啊，你這好話兒，早與我說說也好，卻不受他打了。」行者道：「你還去問他個端的。」八戒道：「這去他認得我了。」行者道：「你變化了去。」八戒道：「哥啊，且如我變了，卻怎麼問麼？」行者道：「你變了去，到他跟前，行個禮兒，看他多大年紀：若與我們差不多，叫他聲『姑娘』；若比我們老些兒，叫他聲『奶奶』。」◎3八戒笑道：「可是蹭蹬！這般許遠的田地，認得是甚麼親！」行者道：「不是認親，要套他的話哩。若是他拿了師父，就好下手；若不是他，卻不誤了我們別處幹事？」八戒道：「說得有理，等我再去。」

好獃子，把釘鈀撒在腰裏，下山凹，搖身一變，變作個黑胖和尚，搖搖擺擺走近怪前，深深唱個大喏道：「奶奶，貧僧稽首了。」那兩個喜道：「這個和尚卻好，會唱個喏兒，又會稱道一聲兒。」問道：「長老，那裏來的？」八戒道：「那裏來的。」又問：「那裏去的？」又道：「那裏去的。」又問：「你叫作甚麼名字？」又答道：「我叫作甚麼名字。」那怪笑道：「這和尚好便好，只是沒來歷，會說順口話兒。」八戒道：「奶奶，你們打水怎的？」那怪道：「和尚，你不知道。我家老夫人今夜裏攝了一個唐僧在洞

註

※1 柞撒：舊式榨油用的大木楔。

評點

◎1.《西遊記》之女魔多矣，其在山洞者有三：蠍之洞曰「琵琶」，取像也；蛛之洞曰：「盤絲」，指事也；而獨於此處之鼠穴，名之曰「陷空」，曰「無底」，吁可畏哉，其駭人也！（周評）

◎2. 乘勢先將下意一挑。（張評）

◎3. 全爲下章寫照。（張評）

內，要管待他，我洞中水不乾淨，差我兩個來此打這陰陽交媾的好水，安排素果素菜的筵席，與唐僧吃了，晚間要成親哩。」

那獃子聞得此言，急抽身跑上山，叫：「沙和尚，快拿將行李來，我們分了罷！」沙僧道：「二哥，又分怎的？」八戒道：「分了便你還去流沙河吃人，我去高老莊探親，哥哥去花果山稱聖，白龍馬歸大海成龍。師父已在這妖精洞內成親哩，我們都各安生理去也！」◎4行者道：「這獃子又胡說了！」八戒道：「你的兒子胡說！才那兩個抬水的妖精說，安排素筵席與唐僧吃了成親哩。」行者道：「那妖精把師父困在洞裏，師父眼巴巴的望我們去救，你卻在此說這樣話！」八戒道：「怎麼救？」行者道：「你兩個牽著馬，挑著擔，我們跟著那兩個女怪，做個引子，引到那門前，一齊下手。」

真箇獃子只得隨行。行者遠遠的標※2著那兩怪，漸入深山，有一二十里遠近，忽然不見。八戒驚道：「師父是日裏鬼拿去了！」行者道：「你好眼力！怎麼就看出他本相來？」八戒道：「那兩個怪正抬著水走，忽然不見，卻不是個日裏鬼？」行者道：「想是鑽進洞去了，等我去看。」

好大聖，急睜火眼金睛，漫山看處，果然不見動靜。只見那陡崖前，有一座玲瓏剔透細妝花、堆五采、三簷四簇的牌樓。他與八戒、沙僧近前觀看，上有六個大字，乃「陷空山無底洞」。◎5行者道：「兄弟呀，這妖精把個架子支在這裏，

✦《西遊記》裏所描述的妖怪洞穴，常常是一幅絕美仙境，百花爭妍，正有下圖中如今九寨溝的景色。（美工圖書社：中國圖片大系提供）

還不知門向那裏開哩。」沙僧說：「不遠，不遠！好生尋。」都轉身看時，牌樓下，山腳下有一塊大石，約有十餘里方圓；正中間有缸口大的一個洞兒，爬得光溜溜的。◎6八戒道：「哥啊，這就是妖精出入洞也。」行者看了道：「怪哉！我老孫自保唐僧，瞞不得你兩個，妖精也拿了些，卻不見這樣洞府。八戒，你先下去試試，看有多少淺深，我好進去救師父。」八戒搖頭道：「這個難，這個難！我老豬身子夯夯的，若塌了腳吊下去，不知二三年可得到底哩。」行者道：「就有多深麼？」八戒道：「你看！」大聖伏在洞邊上，仔細往下看處，——咦！深啊！周圍足有三百餘里。◎7回頭道：「兄弟，果然深得緊！」八戒道：「你便回去罷。師父救不得耶！」行者道：「你說那裏話！莫生懶惰意，休起怠荒心。且將行李歇下，把馬拴在牌樓柱上，你使釘鈀，沙僧使杖，攔住洞門，讓我進去打聽打聽。若師父果在裏面，我將鐵棒把妖精從裏打出，跑至門口，你兩個卻在外面擋住。——這是裏應外合。打死精靈，才救得師父。」二人遵命。

行者卻將身一縱，跳入洞中，足下彩雲生萬道，身邊瑞氣護千層。不多時，到於深遠之間。那裏邊明明朗朗，一般的有日色，有風聲，又有花草果木。行者喜道：「好去處啊！想老孫出世，天賜與水簾洞，這裏也是個洞天福地！」正看時，又見有一座二滴水※3的門樓，團團都是松竹，內有許多房舍。又想道：「此必是妖精的住處了，我且到那裏邊去打聽打聽。且住！若是這般去呵，他認得我了，且變化了去。」搖身捻訣，就變作個蒼蠅

註

※2 標：這裏作「瞟」字解，即斜眼看的意思。

※3 二滴水：滴水指房簷，二滴水，就是有二重房簷。

評點

◎4.師父既已從良，徒弟焉能守節？（張評）

◎5.墮下無巳。二句寫題尤爲獨絕。（張評）

◎6.怪哉！此洞有如許之光，自然乾而且緊矣，其如深寒何？（周評）

◎7.此洞不但深，而且寬矣。（周評）

兒，輕輕的飛在門樓上聽聽。只見那怪高坐在草亭內，他那模樣，比在松林裏救他、寺裏拿他，便是不同，越發打扮得俊了：

髮盤雲髻似堆鴉，身著綠絨花比甲。一對金蓮剛半折，十指如同春筍發。
團團粉面若銀盆，朱唇一似櫻桃滑。端端正正美人姿，月裏嫦娥還喜恰。
今朝拿住取經僧，便要歡娛同枕榻。◎8

行者且不言語，聽他說甚話。少時，綻破櫻桃，喜孜孜的叫道：「小的們，快排素筵席來，我與唐僧哥哥吃了成親。」◎9行者暗笑道：「真箇有這話！我只道八戒作耍子亂說哩。等我且飛進去尋尋，看師父在那裏。不知他的心性如何？假若被他摩弄動了呵，留他在這裏也罷。」即展翅飛到裏邊看處，那東廊下，上明下暗的紅紙格子裏面，坐著唐僧哩。

行者一頭撞破格子眼，飛在唐僧光頭上丁著，叫聲：「師父。」三藏認得聲音，叫道：「徒弟，救我命啊！」行者道：「師父不濟呀！那妖精安排筵宴，與你吃了成親哩。或生下一男半女，也是你和尚之後代，你愁怎的？」長老聞言，咬牙切齒道：「徒弟，我自出了長安，到兩界山中收你，一向西來，那個時辰動葷？那一日子有甚歪意？今被這妖精拿住，要求配偶。我若把真陽喪了，我就身墮輪迴，打在那陰山背後，永世不得翻身！」行者笑道：「莫發誓，既有真心往西天取經，老孫帶你去罷。」三藏道：「進來的路兒，我通忘了。」行者道：「莫說你忘了。他這洞，不比走進來走出去的，是打上頭往

下鑽。如今救了你，要打底下往上鑽。若是造化高，鑽著洞口兒就出去了；若是造化低，鑽不著，還有個悶殺的日子了。」三藏滿眼垂淚道：「似此艱難，怎生是好？」行者道：「沒事，沒事！那妖精整治酒與你吃，沒奈何，也吃他一鍾。只要斟得急些兒，斟起一個喜花兒※4來，等我變作個蟭蟟蟲兒，飛在酒泡之下。他把我一口吞下肚去，我就撦破他的心肝，扯斷他的肺腑，弄死那妖精，你才得脫身出去。」三藏道：「徒弟這等說，只是不當人子。」行者道：「只管行起善來，你命休矣！妖精乃害人之物，你惜他怎的？」三藏道：「也罷，也罷。你只是要跟著我。」正是那孫大聖護定唐三藏，取經僧全靠美猴王。

他師徒兩個商量未定，早是那妖精安排停當，走近東廊外，開了門鎖，叫聲：「長老。」唐僧不敢答應。又叫一聲，又不敢答應。他不敢答應者何意？想著口開神氣散，舌動是非生。卻又一條心兒想著，若死住法兒不開口，怕他心狠，頃刻間就害了性命。正是那進退兩難心問口，三思忍耐口問心。正自狐疑，那怪又叫一聲：「長老。」唐僧沒奈何，應他一聲道：「娘子，有。」——那長老應出這一句言來，真是肉落千斤。人都說唐僧是個真心的和尚，往西天拜佛求經，怎麼與這女妖精答話？不知此時正是危急存亡之際，萬分出於無奈，雖是外有所答，其實內無所慾。◎10——妖精見長老應了一聲，他推開門，把唐僧攙起來，和他攜手挨背，交頭接耳。你看他做出那千般嬌態，萬種風情。豈知三藏一腔子煩惱！行者暗中笑道：「我師父被他這般哄誘，只怕一時動心。」正是：

註

※4 喜花兒：斟酒時酒面濺起的泡沫，爲了吉利起見，稱呼爲喜花兒。

評點

◎8. 六禮未成，霎時便要洞房花燭夜。只怕先王之道其美亦不及此。(張評)
◎9. 好個唐僧哥哥，最叫得有滋味！(李評)
◎10. 偏說他不麼是，豈不好同馬之意。(張評)

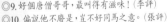

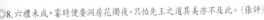

眞僧魔苦遇嬌娃，妖怪娉婷實可誇。淡淡翠眉分柳葉，盈盈丹臉襯桃花。
繡鞋微露雙鉤鳳，雲髻高盤兩鬢鴉。含笑與師攜手處，香飄蘭麝滿袈裟。◎11

妖精挽著三藏，行近草亭道：「長老，我辦了一杯酒，和你酌酌。」唐僧道：「娘子，貧僧自不用葷。」妖精道：「我知你不吃葷。因洞中水不潔淨，特命山頭上取陰陽交媾的淨水，做些素果素菜筵席，和你耍子。」唐僧跟他進去觀看，果然見那：

盈門下，繡纏彩結；滿庭中，香噴金猊。擺列著黑油壘鈿桌，硃漆篾絲盤。壘鈿桌上，有異樣珍饈；篾絲盤中，盛稀奇素物。林檎、橄欖、蓮肉、葡萄、榧柰、榛松、荔枝、龍眼、山栗、風菱、棗兒、柿子、胡桃、銀杏、金橘、香橙，果子隨山有；蔬菜更時新：豆腐、麵筋、木耳、鮮筍、蘑菇、香蕈、山藥、黃精。石花菜、黃花菜，青油煎炒；扁豆角、江豆角，熟醬調成。王瓜、瓠子，白果、蔓菁。鏇皮※5茄子鵪鶉做，剔種冬瓜方旦名。爛煨芋頭糖拌著，白煮蘿蔔醋澆烹。椒薑辛辣般般美，鹹淡調和色色平。◎12

那妖精露尖尖之玉指，捧晃晃之金杯，滿斟美酒，遞與唐僧，口裏叫道：「長老哥哥妙人，請一杯交歡酒兒。」三藏羞答答的接了酒，望空澆奠，心中暗祝道：「護法諸天、五方揭諦、四值功曹：弟子陳玄奘，自離東土，蒙觀世音菩薩差遣列位衆神暗中保護，拜雷音見佛求經，今在途中，被妖精拿住，強逼成親，將這一杯酒遞與我吃。此酒果是素酒，弟子勉強

✦唐僧在危難時想起了觀音。圖為《大慈大悲救苦觀世音菩薩圖》，五代或北宋（西元十世紀中後期），絹本著色，高84.4公分，寬61.7公分，甘肅敦煌莫高窟第十七窟出土，大英博物館藏。觀音的左右描繪著其所要救的六個危難情景，畫的下部則有施主的像。（fotoe提供）

吃了，還得見佛成功；◎13若是葷酒，破了弟子之戒，永墮輪迴之苦！」孫大聖，他卻變得輕巧，在耳根後，若像一個耳報，但他說話，惟三藏聽見，別人不聞。他知師父平日好吃葡萄做的素酒，教吃他一鍾。那師父沒奈何吃了，急將酒滿斟一鍾，回與妖怪，果然斟起有一個喜花兒。行者變作個蟭蟟蟲兒，輕輕的飛入喜花之下。那妖精接在手，且不吃，把杯兒放住，與唐僧拜了兩拜，口裏嬌嬌怯怯，敘了幾句情話。◎14卻才舉杯，那花兒已散，就露出蟲來。妖精也認不得是行者變的，只以為蟲兒，用小指挑起，往下一彈。◎15

行者見事不諧，料難入他腹，即變作個餓老鷹。真箇是：

玉爪金睛鐵翮，雄姿猛氣摶雲。妖狐狡兔見他昏，千里山河時遁。
飢處迎風逐雀，飽來高貼天門。老拳鋼硬最傷人，得志凌霄嫌近。

孫悟空變作老鷹，掀翻了妖怪的宴席。（朱寶榮繪）

飛起來，輪開玉爪，響一聲掀翻桌席，把些素果素菜、盤碟家火盡皆摔碎，撇卻唐僧，飛將出去。諕得妖精心膽皆裂，唐僧的骨肉通酥。妖精戰戰兢兢，摟住唐僧道：「長老哥哥，此物是那裏來的？」三藏道：「貧僧不知。」妖精道：「我費了許多心，安排這個素宴與

註

※5 鏇皮：鏇，迴旋著切削。此處指削掉皮的。

評點

◎11. 一首和尚偷婦人詩，不妨割卷借用。（周評）
◎12. 如此盛設，按下和爲貴斯爲美。（張評）
◎13. 只怕已見不得李天王。（張評）
◎14. 夫妻不和，便有些不美。（張評）
◎15. 此自是文字應有之波瀾。不然，便是鈔羅剎女舊稿矣。（周評）

你耍耍，卻不知這個扁毛畜生從那裏飛來，把我的家火打碎！」衆小妖道：「夫人，打碎家火猶可，將些素品都潑散在地，穢了怎用？」三藏分明曉得是行者弄法，他那裏敢說。那妖精道：「小的們，我知道了。想必是我把唐僧困住，天地不容，故降此物。你們將碎家火拾出去，另安排些酒餚，不拘葷素，我指天為媒，指地作訂，然後再與唐僧成親。」依然把長老送在東廊裏坐下不題。

卻說行者飛出去，現了本相，到於洞口，叫聲：「開門！」八戒笑道：「沙僧，哥哥來了。」他二人撒開兵器。行者跳出，八戒上前扯住道：「可有妖精？可有師父？」行者道：「有，有，有！」八戒道：「師父在裏邊受罪哩？綁著是捆著？要蒸是要煮？」行者道：「這個事倒沒有，只是安排素宴，要與他幹那個事哩。」八戒道：「你造化，你造化！你吃了陪親酒來了？」行者道：「獃子啊！師父的性命也難保，吃甚麼陪親酒！」八戒道：「你怎的就來了？」行者把見唐僧、施變化的上項事說了一遍，道：「兄弟們，再休胡思亂想。師父已在此間，老孫這一去，一定救他出來。」

復翻身入裏面，還變作個蒼蠅兒，丁在門樓上聽之。只聞得這妖怪氣呼呼的，在亭子上分付：「小的們，不論葷素，拿來燒紙。借煩天地為媒訂，務要與他成親！」行者聽見，暗笑道：「這妖精全沒一些兒廉恥！青天白日的，把個和尚關在家裏擺佈。◎16且不要忙，等老孫再進去看看。」嚶的一聲，飛在東廊之下，見那師父坐在裏邊，清滴滴腮邊淚淌。行者鑽將進去，丁在他頭上，又叫聲：「師父！」長老認得聲音，跳起來，咬牙恨

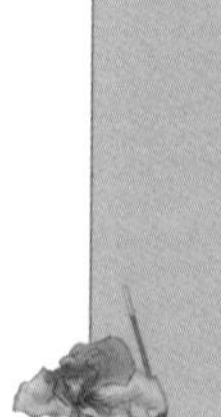

道：「猢猻啊！別人膽大，還是身包膽；你的膽大，就是膽包身！你弄變化神通，打破家火，能值幾何！鬥得那妖精淫興發了，那裏不分葷素安排，定要與我交媾，此事怎了？」行者暗中陪笑道：「師父莫怪，有救你處。」唐僧道：「那裏救得我？」行者道：「我才一翅飛起去時，見他後邊有個花園。你哄他往園裏去耍子，我救了你罷。」唐僧道：「園裏怎麼樣救？」行者道：「你與他到園裏，走到桃樹邊，就莫走了。等我飛上桃枝，變作個紅桃子。你要吃果子，先揀紅的兒摘下來，紅的是我。他必然也要摘一個，你把紅的定要讓他。他若一口吃了，我卻在他肚裏，等我搗破他的皮袋，扯斷他的肝腸，弄死他，你就脫身了。」三藏道：「你若有手段，就與他賭鬥便了，只要鑽在他肚裏怎麼？」行者道：「師父，你不知趣。他這個洞，若好出入，便可與他賭鬥；只為出入不便，曲道難行，若就動手，他這一窩子，老老小小，連我都扯住，卻怎麼了？須是這般捽手※6幹，大家才得乾淨。」三藏點頭聽信，只叫：「你跟定我。」行者道：「曉得，曉得。我在你頭上。」

師徒們商量定了，三藏才欠起身來，雙手扶著那格子，叫道：「娘子，娘子。」那妖精聽見，笑唏唏的跑近跟前道：「妙人哥哥，有甚話說？」三藏道：「娘子，我出了長安，一路西來，無日不山，無日不水。昨在鎮海寺投宿，偶得傷風重疾，今日出了汗，略才好些；又蒙娘子盛情，攜入仙府，只得坐了這一日，又覺心神不爽。你帶我往那裏略散

註

※6 捽手：撒手、甩手，淮安方言。

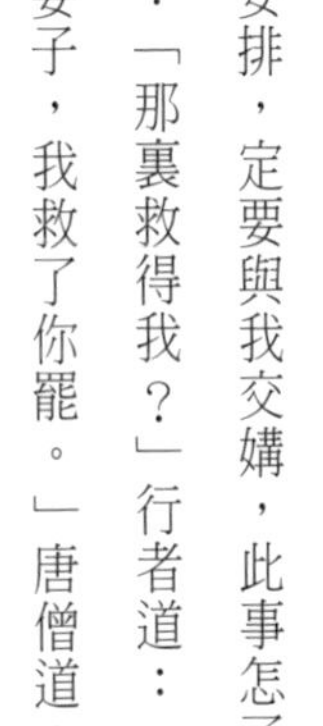

評點

◎16. 此等事，世上盡有。（李評）

散心，耍耍兒去麼？」那妖精十分歡喜道：「妙人哥哥倒有些興趣，我和你去花園裏耍耍。」叫：「小的們，拿鑰匙來開了園門，打掃路徑。」眾妖都跑去開門收拾。

這妖精開了格子，攙出唐僧。你看那許多小妖，都是油頭粉面、嬝娜娉婷，簇簇擁擁，與唐僧徑上花園而去。好和尚！他在這綺羅隊裏無他故，錦繡叢中作啞聾，若不是這鐵打的心腸朝佛去，第二個酒色凡夫也取不得經。一行都到了花園之外，那妖精俏語低聲叫道：「妙人哥哥，這裏耍耍，真可散心釋悶。」唐僧與他攜手相攙，同入園內，抬頭觀看，其實好個去處！但見那：

縈迴曲逕，紛紛盡點蒼苔；窈窕綺窗，處處暗籠繡箔。微風初動，輕飄飄展開蜀錦吳綾；細雨才收，嬌滴滴露出冰肌玉質。日灼鮮杏，紅如仙子曬霓裳；月映芭蕉，青似太真搖羽扇。粉牆四面，萬株楊柳囀黃鸝；閑館周圍，滿院海棠飛粉蝶。更看那凝香閣、青蛾閣、解酲閣、相思閣，層層捲映；朱簾上，鈎控蝦鬚。又見那養酸亭、披素亭、畫眉亭、四雨亭，個個崢嶸；華匾上，字書鳥篆。看那浴鶴池、洗觴池、怡月池、濯纓池，青萍綠藻耀金鱗；又有墨花軒、異箱軒、適趣軒、慕雲軒，玉斗瓊卮浮綠蟻※7。池亭上下，有太湖石、紫英石、鸚落石、錦川石，青青栽著虎鬚蒲；軒閣東西，有木假山、翠屏山、嘯風山、玉芝山，處處叢生鳳尾竹。荼蘼架、薔薇架，近著秋千架，

✦本回末，孫悟空和唐僧定計，讓唐僧騙妖怪吃下自己變化的桃子。孫悟空鑽入妖怪肚子大展拳腳，妖怪疼得蹲下身去。（朱寶榮繪）

渾如錦帳羅幃；松柏亭、辛夷※8亭，對著木香亭，卻似碧城繡幙。芍藥欄，牡丹叢，朱朱紫紫鬥穠華；夜合臺，茉蘩檻，歲歲年年生嫵媚。涓涓滴露紫含笑，堪畫堪描；豔豔燒空紅拂桑，宜題宜賦。論景致，休誇閬苑蓬萊；較芳菲，不數姚黃魏紫※9。若到三春鬧鬥草，園中只少玉瓊花。

長老攙著那怪，步賞花園，看不盡的奇葩異卉。行過了許多亭閣，真箇是漸入佳境。忽抬頭，到了桃樹林邊，行者把師父頭上一掐，那長老就知。

行者飛在桃樹枝兒上，搖身一變，變作個紅桃兒，其實紅得可愛。長老對妖精道：「娘子，你這苑內花香，枝頭果熟。苑內花香蜂競採，枝頭果熟鳥爭啣。怎麼這桃樹上果子青紅不一，何也？」妖精笑道：「天無陰陽，日月不明；地無陰陽，草木不生；人無陰陽，不分男女。這桃樹上果子，向陽處有日色相烘者先熟，故紅；背陰處無日者還生，故青。此陰陽之道理也。」◎17三藏道，「謝娘子指教，其實貧僧不知。」即向前伸手摘了個紅桃。妖精也去摘了一個青桃。三藏躬身將紅桃捧與妖怪道：「娘子，你愛色，請吃這個紅桃，拿青的來我吃。」妖精真箇換了，且暗喜道：「好和尚啊，果是個真人！一日夫妻未做，卻就有這般恩愛也。」那妖精喜喜歡歡的，把唐僧親敬。這唐僧把青桃拿過來就

註

※7 綠蟻：新釀的酒，未濾清時，酒面浮起酒渣，色微綠，細如蟻，稱爲「綠蟻」。後世用來代指新釀的酒，以此延伸多個稱呼，如：蟻綠（有浮沫的酒）；蟻尊（酒杯，借指酒）；蟻甕（酒罈）等。白居易〈問劉十九〉：綠蟻新醅酒，紅泥小火爐。晚來天欲雪，能飲一杯無？

※8 辛夷：望春花，亦稱木蘭、新夷。

※9 姚黃魏紫：牡丹的兩種品種名。相傳由洛陽姚姓和魏仁溥所栽培，故以姓得名。

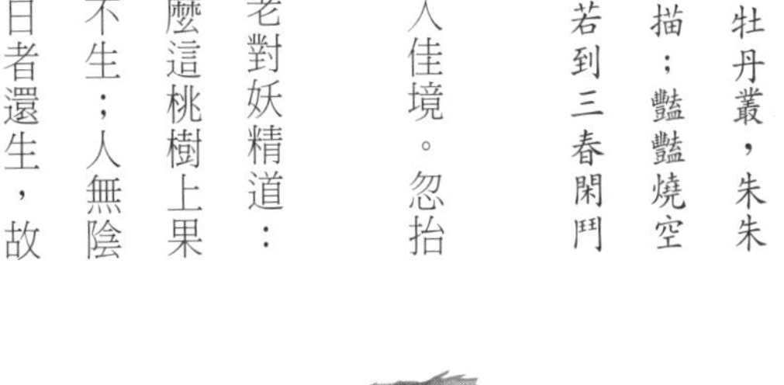

評點

◎17. 竟說大道理。（李評）

吃。那妖精喜相陪，把紅桃兒張口便咬。啟朱唇，露銀牙，未曾下口，原來孫行者十分性急，轂轆一個跟頭，翻入他咽喉之下，徑到肚腹之中。妖精害怕，對三藏道：「長老呵，這個果子利害！怎麼不容咬破，就滾下去了？」三藏道：「娘子，新開園的果子愛吃，所以去得快了。」妖精道：「未曾吐出核子，他就攛下去了。」三藏道：「娘子意美情佳，喜吃之甚，所以不及吐核，就下去了。」

行者在他肚裏，復了本相，叫聲：「師父，不要與他答嘴，老孫已得了手也！」三藏道：「徒弟方便著些。」妖精聽見道：「你和那個說話哩？」三藏道：「和我徒弟孫悟空說話哩。」妖精道：「孫悟空在那裏？」三藏道：「在你肚裏哩。◎18卻才吃的那個紅桃子不是？」妖精慌了道：「罷了，罷了！這猴頭鑽在我肚裏，我是死也！孫行者，你千方百計的鑽在我肚裏怎的？」行者在裏邊恨道：「也不怎的！只是吃了你的六葉連肝肺、三毛七孔心，五臟都淘淨，弄作個梆子精！」◎19妖精聽說，諕得魂飛魄散，戰戰兢兢的把唐僧抱住道：「長老呵！我只道：

夙世前緣繫赤繩，魚水相和兩意濃。不料鴛鴦今拆散，何期鸞鳳又西東！
藍橋水漲難成事，佛廟烟沉嘉會空。著意一場今又別，何年與你再相逢！」

行者在他肚裏聽見說時，只怕長老慈心，又被他哄了，便就輪拳跳腳，支架子，理四平，幾乎把個皮袋兒搗破了。那妖精忍不得疼痛，倒在塵埃，半晌家不敢言語。行者見不言語，想是死了，卻把手略鬆一鬆。他又回過氣來，叫：「小的們，在那裏？」原來那些小妖自進園門來，各人知趣，都不在一處，各自去採花鬥草，任意隨心耍子，讓那妖精與唐僧兩個自在敘情兒。忽聽得叫，卻才都跑將來。又見妖精倒在地上，面容改色，口裏哼哼的爬不動，連忙攙起，圍在一處道：「夫人，怎的不好？想是急心疼了？」妖精道：「不是，不是！你莫要問，我肚裏已有了人也。◎20快把這和尚送出去，留我性命！」◎21那些小妖，真箇都來扛抬。行者在肚裏叫道：「那個敢抬！要便是你自家獻我師父出去，出到外邊，我饒你命！」那妖精沒計奈何，只是惜命之心，急掙起來，把唐僧背在身上，拽開步，往外就走。小妖跟隨道：「老夫人，往那裏去？」妖精道：「留得五湖明月在，何愁沒處下金鉤！把這廝送出去，等我別尋一個頭兒罷。」

好妖精，一縱雲光，直到洞口。又聞得叮叮噹噹，兵刃亂響。三藏道：「徒弟，外面兵器響哩。」行者道：「是八戒揉鈀哩，你叫他一聲。」三藏便叫：「八戒！」八戒聽見道：「沙和尚，師父出來也！」二人掣開鈀杖，妖精把唐僧馱出。咦！正是：

心猿裏應降邪怪，土木司門接聖僧。

畢竟不知那妖精性命如何，且聽下回分解。

總批

妖精多變婦人，婦人多戀和尚，何也？作者亦自有意。只爲妖精就是婦人，婦人就是妖精。妖精婦人、婦人妖精，定偷和尚故也。（李評）

悟一子曰：此篇特指「陷空山無底洞」一段姻緣，扮演說法，處處俱有要妙，夙有仙骨者能神明默運，悟徹精微，蓬萊閬苑，只在眼前。（陳評節錄）

悟元子曰：上回言聲色之念，變幻不測，最難遏止，若防閑不切，便陷眞無底。故此回示學者，於事之有濟中，預防其不濟；於事之未濟中，急求其有濟也。……此回寫「既濟」、「未濟」作用，始終以思患預防爲要著。思患預防，不特爲此回之眼目，且爲無底洞全案之脈絡，讀者須當深翫也。（劉評節錄）

評點

◎18. 這妖精未曾成親，肚裏已先有個小和尚了。（李評）
◎19. 梆人稱之曰夫人。（周評）
◎20. 妙語雙關有趣。（周評）
◎21. 這樣薄情的，有了人便打發和尚去矣。（李評）

第八十三回

心猿識得丹頭　奼女還歸本性◎1

卻說三藏著妖精送出洞外，沙和尚近前問曰：「師父出來，師兄何在？」八戒道：「他有算計，必定貼換師父出來也。」◎2三藏用手指著妖精道：「你師兄在他肚裏哩。」八戒笑道：「腌臢殺人！◎3在肚裏做甚？出來罷。」行者在裏邊叫道：「張開口，等我出來！」那怪真箇把口張開。行者變得小小的，𧿳※1在咽喉之內，正欲出來，又恐他無理來咬，即將鐵棒取出，吹口仙氣，叫：「變！」變作個棗核釘兒，撐住他的上齶子，把身一縱，跳出口外，就把鐵棒順手帶出，把腰一躬，還是原身法相，舉起棒來就打。那妖精也隨手取出兩口寶劍，叮噹架住。兩個在山頭上這場好殺：

《新説西遊記圖像》描繪第八十三回精采場景：孫悟空剛從妖怪口中出來，兩個就打了起來。（古版畫，選自《新説西遊記圖像》）

雙舞劍飛當面架，金箍棒起照頭來。一個是天生猴屬心猿體，一個是地產精靈奼女骸。

他兩個，恨沖懷，喜處生仇大會垓※2。那個要取元陽成配偶，這個要戰純陰結聖胎。棒舉一天寒霧漫，劍迎滿地黑塵篩。因長老，拜如來，恨苦相爭顯大才。水火不投母道損，陰陽難合各分開。兩家鬥罷多時節，地動山搖樹木摧。

八戒見他們賭鬥，口裏絮絮叨叨，返恨行者，轉身對沙僧道：「兄弟，師兄胡纏！才子在他肚裏，輪起拳來，送他一個滿肚紅，扒開肚皮鑽出來，卻不了帳？怎麼又從他口裏出來，卻與他爭戰，讓他這等猖狂！」◎4沙僧道：「正是。卻也虧了師兄深洞中救出師父，返又與妖精廝戰。且請師父自家坐著，我和你各持兵器，助助大哥，打倒妖精去來。」八戒擺手道：「不，不，不！他有神通，我們不濟。」沙僧道：「說那裏話！都是大家有益之事，雖說不濟，卻也放屁添風。」

那獃子一時興發，掣了釘鈀，叫聲：「去來！」他兩個不顧師父，一齊駕風趕上，舉釘鈀，使寶杖，望妖精亂打。那妖精戰行者一個已是不能，又見他二人，怎生抵敵，急回頭抽身就走。行者喝道：「兄弟們趕上！」那妖精見他們趕得緊，即將右腳上花鞋脫下來，吹口仙氣，念個咒語，叫：「變！」即變作本身模樣，使兩口劍舞將來；將身一幌，化一陣清風，徑直回去。這番也只說戰他們不過，顧命而回，豈知又有這般樣事！也是三藏災星未退：他到了洞門前牌樓下，卻見唐僧在那裏獨坐，他就近前一把抱住，搶了行李，咬斷繮繩，連人和馬，復又攝將進去不題。

註

※1 踻：音刮，跳、越的意思。此處則有緊貼著的意思。

※2 大會垓：大會戰。垓，即垓下：劉邦曾率韓信等圍項羽於垓下，羽敗死；後因以「會垓」謂會戰。

評點

◎1. 三藏只脫而復陷，陷而復搬，可謂思維路絕矣。（周評節錄）

◎2. 非復從前之唐僧矣。（張評）

◎3. 想進去的還不是那個耳。（張評）

◎4. 莫非此妖命不該絕？（周評）

且說八戒閃個空，一鈀把妖精打落地，乃是一隻花鞋。◎5行者看見道：「你這兩個獃子！看著師父罷了，誰要你來幫甚麼功！」八戒道：「沙和尚，如何麼！我說莫來。這猴子好的有些夾腦風，我們替他降了妖怪，反落得他生報怨！」行者道：「在那裏降了妖怪？那妖怪昨日與我戰時，使了一個遺鞋計哄了。你們走了，不知師父如何，我們快去看看！」

三人急回來，果然沒了師父，連行李、白馬一併無踪。慌得個八戒兩頭亂跑，沙僧前後跟尋。孫大聖亦心焦性燥，正尋覓處，只見那路旁邊斜軃著半截兒繮繩；◎6他一把拿起，止不住眼中流淚，放聲叫道：「師父啊！我去時辭別人和馬，回來只見這些繩！」正是那：見鞍思俊馬，滴淚想親人。八戒見他垂淚，忍不住仰天大笑。行者罵道：「你這個夯貨！又是要散火哩！」八戒又笑道：「哥呵，不是這話。師父一定又被妖精攝進洞去了。常言道：『事無三不成。』你進洞兩遭了，再進去一遭，管情救出師父來也。」行者揩了眼淚道：「也罷，到此地位，勢不容己，我還進去。你兩個沒了行李、馬匹耽心，卻好生把守洞口。」

好大聖，即轉身跳入裏面，不施變化，就將本身法相。真箇是：

古怪別腮心裏強，自小爲怪神力壯。高低面賽馬鞍鞽，眼放金光如火亮。
渾身毛硬似鋼針，虎皮裙繫明花響。上天撞散萬雲飛，下海混起千層浪。
當天倚力打天王，擋退十萬八千將。官封大聖美猴精，手中慣使金箍棒。

評點

◎5. 一左一右，和前番恰是一雙。（周評）
◎6. 看他處處抱定「半」字，一筆不鬆。（張評）
◎7. 又一變局。（周評）

今日西天任顯能，復來洞內扶三藏。

你看他停住雲光，徑到了妖精宅外。見那門樓門關了，不分好歹，輪鐵棒一下打開，闖將進去。那裏邊靜悄悄，全無人跡。東廊下不見唐僧；亭子上桌椅與各處家火，一件也無。◎7原來他的洞裏周圍有三百餘里，妖精窠穴甚多。前番攝唐僧在此，被行者尋著；今番攝了，又怕行者來尋，當時搬了，不知去向。惱得這行者跌腳搥胸，放聲高叫道：「師父啊！你是個晦氣轉成的唐三藏，災殃鑄就的取經僧。噫！這條路且是走熟了，如何不在？卻教老孫那裏尋找也！」正自吆喝爆躁之間，忽聞得一陣香烟撲鼻，他回了性道：「這香烟是從後面飄出，想是在後頭哩。」拽開步，提著鐵棒，走將進去看時，也不見動靜。只見有三間倒坐兒，近後壁卻鋪一張龍吞口雕漆供桌，桌上有一個大流金香爐，爐內有香烟馥郁。那上面供養著一個大金字牌，牌上寫著「尊父李天王之位」；略次些兒，寫著「尊兄哪吒三太子位」。行者見了滿心歡喜，也不去搜妖怪、找唐僧，把鐵棒捻作個繡花針兒，摁在耳朵裏，輪開手，把那牌子並香爐拿將起來，返雲光，徑出門去。至洞口，唏唏哈哈，笑聲不絕。

八戒、沙僧聽見，掣放洞口，迎著行者道：

◆孫悟空在妖怪的洞穴發現了一個牌位，推定此妖是托塔天王之女。（古版畫，選自李卓吾批評本《西遊記》）

「哥哥這等歡喜，想是救出師父也？」行者笑道：「不消我們救，只問這牌子要人。」八戒道：「哥啊，這牌子不是妖精，又不會說話，怎麼問他要人？」行者放在地下道：「你們看！」沙僧近前看時，上寫著「尊父李天王之位」、「尊兄哪吒三太子位」。沙僧道：「此意何也？」行者道：「這是那妖精家供養的。我闖入他住居之所，見人跡俱無，惟有此牌。想是李天王之女，三太子之妹，思凡下界，假扮妖邪，將我師父攝去。不問他要人，卻問誰要？你兩個且在此把守，等老孫執此牌位，徑上天堂玉帝前告個御狀，教天王爺兒們還我師父。」八戒道：「哥啊，常言道：『告人死罪得死罪。』須是理順，方可為之。況御狀又豈是可輕易告的？你且與我說，怎的告他。」行者笑道：「我有主張。我把這牌位、香爐做個證見，另外再備紙狀兒。」八戒道：「狀兒上怎麼寫？你且念念我聽。」行者道：

「告狀人孫悟空，年甲在牒，係東土唐朝西天取經僧唐三藏徒弟。告爲假妖攝陷人口事。今有托塔天王李靖同男哪吒太子，閨門不謹，走出親女，在下方陷空山無底洞變化

師兄弟三人合戰妖怪，留下唐僧一人。（孟慶江繪）

妖邪，迷害人命無數。今將吾師攝陷曲邃之所※3，渺無尋處。若不狀告，切思伊父子不仁，故縱女氏成精害衆。伏乞憐准，行拘至案，收邪救師，明正其罪，深爲恩便。有此上告。」◎8

八戒、沙僧聞其言，十分歡喜道：「哥啊，告的有理，必得上風。切須早來，稍遲恐妖精傷了師父性命。」行者道：「我快，我快！多時飯熟，少時茶滾就回。」

好大聖，執著這牌位、香爐，將身一縱，駕祥雲直至南天門外。時有把天門的大力天王與護國天王見了行者，一個個都控背躬身，不敢攔阻，讓他進去。直至通明殿下，有張、葛、許、丘四大天師迎面作禮道：「大聖何來？」行者道：「有紙狀兒，要告兩個人哩！」天師吃驚道：「這個賴皮，不知要告那個。」無奈，將他引入靈霄殿下啟奏。蒙旨宣進，行者將牌位、香爐放下，朝上禮畢，將狀子呈上。葛仙翁接了，鋪在御案。玉帝從頭看了，見這等這等，即將原狀批作聖旨，◎9宣西方長庚太白金星領旨，到雲樓宮宣托塔李天王見駕。行者上前奏道：「望天主好生懲治，不然，又別生事端。」玉帝又分付：「原告也去。」行者道：「老孫也去？」四天師道：「萬歲已出了旨意，你可同金星去來。」

行者真箇隨著金星，縱雲頭，早至雲樓宮。原來是天王住宅，號雲樓宮。金星見宮門首有個童子侍立，那童子認得金星，即入裏報道：「太白金星老爺來了。」天王遂出

註

※3曲邃之所：曲折而深遠的地方。邃，深遠、深邃、精邃。

評點

◎8.原告、被告俱奇。如此狀兒，天上地下千古不可有兩。(周評)
◎9.好大官私。(李評)

迎迓。又見金星捧著旨意，即命焚香。及轉身，又見行者跟入，天王即又作怒。你道他作怒為何？當年行者大鬧天宮時，玉帝曾封天王為降魔大元帥，封哪吒太子為三壇海會之神，帥領天兵，收降行者，屢戰不能取勝。還是五百年前敗陣的仇氣，有些惱他，故此作怒。◎10他且忍不住道：「老長庚，你齎※4得是甚麼旨意？」金星道：「是孫大聖告你的狀子。」那天王本是煩惱，聽見說個「告」字，一發雷霆大怒道：「他告我怎的？」金星道：「告你假妖攝陷人口事。你焚了香，請自家開讀。」

那天王氣呼呼的設了香案，望空謝恩。拜畢，展開旨意看了，原來是這般這般，如此如此，恨得他手撲著香案道：「這個猴頭，他也錯告我了！」金星道：「且息怒。現有牌位、香爐在御前作證，說是你親女哩。」天王道：「我止有三個兒子，一個女兒。大小兒名金吒，侍奉如來，做前部護法；二小兒名木叉，在南海隨觀世音做徒弟；三小兒名哪吒，在我身邊，早晚隨朝護駕。一女年方七歲，名貞英，◎11人事尚未省得，如何會做妖精！不信，抱出來你看。◎12這猴頭著實無禮！且莫說我是天上元勳，封受先斬後奏之職，就是下界小民，也不可誣告。律云：『誣告加三等。』」叫手下：「將縛妖索把這猴頭捆了！」那庭下擺列著巨靈神、魚肚將、藥叉雄帥，一擁上前，把行者捆了。金星道：「李天王莫闖禍啊！我在御前同他領旨意來宣你的人。你那索兒頗重，一時捆壞他，閣氣※5。」天王道：「金星啊，似他這等詐偽告擾，怎該容他！你且坐下，待我取砍妖刀砍了這個猴頭，然後與你見駕回旨。」金星見他取刀，心驚膽戰，對行者道：「你幹事

差了。御狀可是輕易告的？你也不訪的實，似這般亂弄，傷其性命，怎生是好？」行者全然不懼，笑吟吟的道：「老官兒放心，一些沒事。老孫的買賣，原是這等做，一定先輸後贏。」

說不了，天王輪過刀來，望行者劈頭就砍。◎13早有那三太子趕上前，將斬腰劍架住，叫道：「父王息怒。」天王大驚失色。噫！父見子以劍架刀，就當喝退，怎麼反大驚失色？原來天王生此子時，他左手掌上有個「哪」字，右手掌上有個「吒」字，故名哪吒。這太子三朝兒就下海淨身闖禍，踏倒水晶宮，捉住蛟龍要抽筋為縧子。天王知道，恐生後患，欲殺之。哪吒奮怒，將刀在手，割肉還母，剔骨還父；還了父精母血，一點靈魂，徑到西方極樂世界告佛。佛正與眾菩薩講經，只聞得幢幡寶蓋有人叫道：「救命！」佛慧眼一看，知是哪吒之魂，即將碧藕為骨，荷葉為衣，念動起死回生真言。哪吒遂得了性命，運用神力，法降九十六洞妖魔，神通廣大；後來要殺天王，報那剔骨之仇。◎14天王無奈，告求我佛如來。如來以和為尚，賜他一座玲瓏剔透舍利子如意黃金寶塔，那塔上層層有佛，豔豔光明；喚哪吒以佛為父，解釋了冤仇。所以稱為托塔李天王者，此也。◎15今日因閑在家，未曾托著那塔，恐哪吒有報仇之意，故嚇個大驚失色。卻即回手，向塔座上取了黃金寶塔，托在手間，問哪吒道：「孩兒，你以劍架住我刀，有何話說？」哪吒棄劍叩頭道：「父王是有女兒在下界哩。」天王道：「孩兒，我只生了你姊妹四個，那裏又有個女

註

※4 齎：音基，持、拿的意思。

※5 鬪氣：鬥氣、慪氣、嘔氣的意思。

評點

◎10. 好照應。（李評）

◎11. 天王安得有七歲之女，豈天宮中亦復交感孕育耶？（周評）

◎12. 此時有理，亦難分辨。（張評）

◎13. 怒氣潑潑，全爲不和翻案。（張評）

◎14. 父子相夷，天理滅絕，「滅法國」三字已寓於此。（張評）

◎15. 忽插入此一段，分明太史公筆意。（周評）

兒哩？」哪吒道：「父王忘了？那女兒原是個妖精，三百年前成怪，在靈山偷食了如來的香花寶燭，如來差我父子天兵，將他拿住。拿住時，只該打死，如來分付道：『積水養魚終不釣，深山喂鹿望長生。』當時饒了他性命。積此恩念，拜父王為父，拜孩兒為兄，在下方供設牌位，侍奉香火。不期他又成精，陷害唐僧，卻被孫行者搜尋到巢穴之間，將牌位拿來，就做名告了御狀。此是結拜之恩女，非我同胞之親妹也。」

天王聞言，悚然驚訝道：「孩兒，我實忘了。他叫作甚麼名字？」太子道：「他有三個名字：他的本身出處，喚作金鼻白毛老鼠精；因偷香花寶燭，改名喚作半截觀音；◎16如今饒他下界，又改了，喚作地湧夫人是也。」◎17天王卻才省悟，放下寶塔，便親手來解行者。行者就放起刁來道：「那個敢解我！要便連繩兒抬去見駕，老孫的官事才贏！」慌得天王手軟，太子無言，眾家將委委而退。◎18

那大聖打滾撒賴，只要天王去見駕。天王無計可施，哀求金星說個方便。金星道：「古人云：『萬事從寬。』你幹事忒緊了些兒，就把他捆住，又要殺他。這猴子是個有名的賴皮，你如今教我怎的處？若論你令郎講起來，雖是恩女，不是親女，卻也晚親義重，不拘怎生折辨※6，你也有個罪名。」天王道：「老星怎說個方便，就沒罪了。」金星道：「我也要和解你們，卻只是無情可說。」天王笑道：「你把那奏招安、授

妖怪是哪吒的乾妹。圖為哪吒像，攝於四川省宜賓市翠屏山公園哪吒行宮。（楊興斌／fotoe提供）

官銜的事說說，他也罷了。」

真箇金星上前，將手摸著行者道：「大聖，看我薄面，解了繩好去見駕。」行者道：「老官兒，不用解。我會滾法，一路滾就滾到也。」金星笑道：「你這猴忒恁寡情。我昔日也曾有些恩義兒到你，你這些些事兒，就不依我？」行者道：「你與我有甚恩義？」金星道：「你當年在花果山為怪，伏虎降龍，強銷死籍，聚群妖大肆猖狂，上天欲要擒你，是老身力奏，降旨招安，把你宣上天堂，封你做弼馬溫。你吃了玉帝仙酒，後又招安，也是老身力奏，封你做齊天大聖。你又不守本分，偷桃盜酒，竊老君之丹，如此如此，才得

孫悟空狀告托塔天王、哪吒三太子。（朱寶榮繪）

註

※6 折辨：分辨、解釋之意，亦作辨折。

評點

◎16. 好名色。（李評）
◎17. 「半截觀音」可解，「地湧夫人」不可解。（周評）
◎18. 李天王亦沒理，殊令人奇絕。（張評）

個無滅無生。若不是我，你如何得到今日？」行者道：「古人說得好：『死了莫與老頭兒同墓，乾淨會揭挑人！』我也只是做弼馬溫，鬧天宮罷了，再無甚大事。也罷，也罷，看你老人家面皮，還教他自己來解。」天王才敢向前，解了縛，請行者著衣上坐，一一上前施禮。

行者朝了金星道：「老官兒，何如？我說先輸後贏，買賣兒原是這等做。快催他去見駕，莫誤了我的師父。」金星道：「莫忙，弄了這一會，也吃鍾茶兒去。」行者道：「你吃他的茶，受他的私，賣放犯人，輕慢聖旨。你得何罪？」金星道：「不吃茶，不吃茶！連我也賴將起來了。李天王，快走！快走！」天王那裏敢去，怕他沒的說作有的，放起刁來，口裏胡說亂道，怎生與他折辨？沒奈何，又央金星，教說方便。

金星道：「我有一句話兒，你可依我？」行者道：「繩捆刀砍之事，我也通看你面，還有甚話？你說，你說！說得好，就依你；說得不好，莫怪。」金星道：「『一日官事十日打。』你告了御狀，說妖精是天王的女兒，天王說不是，你兩個只管在御前折辨，反復不已。我說天上一日，下界就是一年。這一年之間，那妖精把你師父陷在洞中，莫說成親，若有個喜花※7下兒子，也生了一個小和尚兒，卻不誤了大事？」◎19行者低頭想道：「是啊，我離八戒、沙僧，只說：『多時飯熟，少時茶滾就回。』今已弄了這半會，卻不遲了？」「老官兒，既依你說，這旨意如何回繳？」金星道：「教李天王點兵，同你下去降妖，我去回旨。」行者道：「你怎麼樣回？」金星道：「我只說原告脫逃，被告免

提。」行者笑道：「好啊，我倒看你面情罷了，你倒說我脫逃！教他點兵在南天門外等我，我即和你回旨繳狀去。」天王害怕道：「他這一去，若有言語，是臣背君也。」行者道：「你把老孫當甚麼樣人？我也是個大丈夫！一言既出，駟馬難追，豈又有污言頂你？」

天王即謝了行者，行者與金星回旨。天王點起本部天兵，徑出南天門外。金星與行者回見玉帝道：「陷唐僧者，乃金鼻白毛老鼠成精，假設天王父子牌位。天王知之，已點兵收怪去了，望天尊赦罪。」◎20玉帝已知此情，降天恩免究。行者即返雲光，到南天門外，見天王、太子佈列天兵等候。噫！那些神將，風滾滾，霧騰騰，接住大聖，一齊墜下雲頭，早到了陷空山上。

八戒、沙僧眼巴巴正等，只見天兵與行者來了。獃子迎著天王施禮道：「累及，累及。」天王道：「天蓬元帥，你卻不知。只因我父子受他一炷香，致令妖精無理，困了你師父。來遲莫怪。這個山就是陷空山了？但不知他的洞門還向那邊開？」行者道：「我這條路且是走熟了。只是這個洞叫作個無底洞，周圍有三百餘里，妖精窠穴甚多。前番我師父在那兩滴水的門樓裏，今番靜悄悄，鬼影也沒個，不知又搬在何處去也。」天王道：「任他設盡千般計，難脫天羅地網中。到洞前，再作道理。」大家就行。咦！約有十餘里，就到了那大石邊。行者指那缸口大的門兒道：「兀的便是也。」天王道：「『不入虎

註

※7 喜花：這裏是懷孕的意思，與第八十二回注釋第四條不同。

評點

◎19. 說得有理。(李評)
◎20. 行者做人到底眞性。(李評)

穴，安得虎子！』誰敢當先？」行者道：「我當先。」三太子道：「我奉旨降妖，我當先。」那獃子便莽撞起來，高聲叫道：「當頭還要我老豬！」天王道：「不須囉唣，但依我分擺：孫大聖和太子同領著兵將下去，我們三人在口上把守，做個裏應外合，教他上天無路，入地無門，才顯些些手段。」眾人都答應了一聲：「是！」

你看那行者和三太子領了兵將，望洞裏只是一溜。駕起雲光，閃閃爍爍，抬頭一望，果然好個洞啊：

依舊雙輪日月，照般一望山川。珠淵玉井暖弢※8烟，更有許多堪羨。
疊疊朱樓畫閣，嶷嶷赤壁青田。三春楊柳九秋蓮，兀的洞天罕見。

頃刻間，停住了雲光，徑到那妖精舊宅。挨門兒搜尋，吆吆喝喝，一重又一重，一處又一處，把那三百里地，草都踏光了，那見個妖精？那見個三藏？都只說：「這孽畜一定是早出了這洞，遠遠去哩。」那曉得他在那東南黑角落上，望下去，另有個小洞。洞裏一重小小門，一間矮矮屋，盆栽了幾種花，簷傍著數竿竹，黑氣氳氳，暗香馥馥。老怪攝了三藏，搬在這裏逼住成親，只說行者再也找不著，誰知他命合該休。那些小怪在裏面，一個個嚌嚌嘈嘈，挨挨簇簇。中間有個大膽些的，伸起頸來，望洞外略看一看，一頭撞著個天兵，一聲嚷道：「在這裏！」那行者惱起性來，捻著金箍棒，一下闖將進去。那裏邊窄小，窩著一窩妖精。三太子縱起天

✦湖北神農架南天門的石林，攝於2005年11月11日。（稅曉潔／fotoe提供）

兵，一齊擁上，一個個那裏去躲？

行者尋著唐僧，和那龍馬，和那行李。那老怪尋思無路，看著哪吒太子，只是磕頭求命。太子道：「這是玉旨來拿你，不當小可。我父子只為受了一炷香。險些兒『和尚拖木頭——做出了寺』！」哱※9聲：「天兵，取下縛妖索，把那些妖精都捆了！」老怪也少不得吃場苦楚。返雲光，一齊出洞。行者口裏嘻嘻嘎嘎※10。天王掣開洞口，迎著行者道：「今番卻見你師父也。」行者道：「多謝了！多謝了！」就引三藏拜謝天王，次及太子。沙僧、八戒只是要碎剮那老精，天王道：「他是奉玉旨拿的，輕易不得。我們還要去回旨哩。」

一邊天王同三太子領著天兵神將，押住妖精，去奏天曹，聽候發落；一邊行者擁著唐僧，沙僧收拾行李，八戒攏馬，請唐僧騎馬，齊上大路。◎21這正是：

割斷絲蘿乾金海，打開玉鎖出樊籠。

畢竟不知前去何如，且聽下回分解。

評點

◎21. 行者所過之洞輒燒，何此洞獨不燒？想為洞中水多燒不著耶？一笑，一笑！（周評）

總批

半截觀音，不知是上半截，不知是下半截？請問世人，還是上半截好，還是下半截好？一笑，一笑！（李評）

悟一子曰：出世之道，在於制伏金精。倘知制伏之法而工夫不到，未得其眞，則不能返本還元。（陳評節錄）

悟元子曰：上回實腹虛心，虛心實腹，陰陽顛倒，水火既濟，還丹已得、根本堅固矣。……總而言之，色欲之念，最難割斷，若不知火候妙用，工程次第，強欲割之，無益有損。修行者須早求師口訣，步步檢點現前面目，時時防閑暗中妄念，若不到本性圓明之時，而防危慮險之功不可缺也。（劉評節錄）

註

※8 弢：通「韜」，隱藏的意思。

※9 哱：音ㄅㄛ，發狠聲。

※10 嘻嘻嘎嘎：同「嘻嘻哈哈」，狀聲詞，形容笑聲。

第八十四回 難滅伽持圓大覺 法王成正體天然

話說唐三藏固住元陽，出離了烟花苦套，◎1隨行者投西前進。不覺夏時，正值那薰風※1初動，◎2梅雨絲絲。好光景：

冉冉綠陰密，風輕燕引雛。新荷翻沼面，修竹漸扶蘇。
芳草連天碧，山花遍地鋪。溪邊蒲插劍，榴火壯行圖。

師徒四衆，耽炎受熱，◎3正行處，忽見那路旁有兩行高柳，柳陰中走出一個老母，右手下攙著一個小孩兒，對唐僧高叫道：「和尚，不要走了！快早兒撥馬東回，進西去都是死路。」諕得個三藏跳下馬來，打個問訊道：「老菩薩，古人云：『海闊從魚躍，天空任鳥飛。』怎麼西進便沒路了？」那老母用手朝西指道：「那裏去，有五六里遠近，乃是滅法國。那國王前生那世裏結下冤仇，今世裏無端造罪。二年前許下一個羅天大願※2，要殺一萬個和尚。這兩年陸陸續續，殺彀了九千九百九十六個無名和尚，◎4只要等四個有名的和尚，湊成一萬，好做圓滿哩。你們去，若到城中，都是送命王菩薩！」三藏聞言，心中害怕，戰兢兢的道：「老菩薩，深感盛情，感謝不盡！但請問可有不進城的方便路兒，我貧僧轉過去

✦《新説西遊記圖像》描繪第八十四回精采場景：唐僧師徒來到滅法國，遇一老母勸告他們不要前去。（古版畫，選自《新説西遊記圖像》）

罷。」那老母笑道：「轉不過去，轉不過去！◎5只除是會飛的，就過去了。」八戒在旁邊賣嘴※3道：「媽媽兒莫說黑話※4，我們都是會飛的。」

行者火眼金睛，其實認得好歹：那老母攙著孩兒，原是觀音菩薩與善財童子。慌得倒身下拜，叫道：「菩薩，弟子失迎！失迎！」那菩薩一朵祥雲，輕輕駕起，唬得個唐長老立身無地，只情跪著磕頭。八戒、沙僧也慌跪下，朝天禮拜。◎6一時間，祥雲縹緲，徑回南海而去。

行者起來，扶著師父道：「請起來，菩薩已回寶山也。」三藏起來道：「悟空，你既認得是菩薩，何不早說？」行者笑道：「你還問話不了，我即下拜，怎麼還是不早哩？」八戒、沙僧對行者道：「感蒙菩薩指示，前邊必是滅法國，要殺和尚，我等怎生奈何？」行者道：「獃子休怕！我們曾遭著那毒魔狠怪、虎穴龍潭，更不曾傷損；此間乃是一國凡人，有何懼哉？只奈這裏不是住處，天色將晚，且有鄉村人家上城買賣回來的，看見我們是和尚，嚷出名去，不當穩便。且引師父找下大路，尋個僻靜之處，卻好商議。」真箇三藏依言，一行都閃下路來，到一個坑坎之下坐定。行者道：「兄弟，你兩個好生保守師父，待老孫變化了，去那城中看看，尋一條僻路，連夜去也。」三藏叮囑道：「徒弟呵，

註

※1 薰風：和暖的南風或東南風。白居易〈首夏南池獨酌詩〉：薰風自南來，吹我池上林。

※2 羅天大願：羅天，即大羅天，道教指天之三界以上的極高處。羅天大願，即許給大羅天的特別願望。參見第四十五回注釋第三條。

※3 賣嘴：吹牛、說大話，賣弄言語之意。

※4 黑話：一般指從前特殊行業或賊人中的隱語。這裏作嚇唬人的話解釋。

評點

◎1.套即禮也，烟花不實，按下虛誇。(張評)

◎2.草薰風暖極，得和字之妙。(張評)

◎3.禮屬火，故云炎天熱地。(張評)

◎4.若論不長進和尚，還殺得少。(李評)
較之比丘國小兒何如？(周評)

◎5.這個圈子如何出得？是爲由字一逗。(張評)

◎6.先點和字，次出禮字，眉目分清。(張評)

莫當小可。王法不容，你須仔細！」行者笑道：「放心，放心。老孫自有道理。」好大聖，話畢，將身一縱，唿哨的跳在空中。怪哉：

上面無繩扯，下頭沒棍撐，
一般同父母，他便骨頭輕。◎7

佇立在雲端裏，往下觀看。只見那城中喜氣沖融，祥光蕩漾。行者道：「好個去處，為何滅法？」◎8看一會，漸漸天昏，又見那：

十字街燈光燦爛，九重殿香藹鐘鳴。七點皎星照碧漢，八方客旅卸行蹤。六軍營，隱隱的畫角才吹；五鼓樓，點點的銅壺初滴。四邊宿霧昏昏，三市寒烟藹藹。兩兩夫妻歸繡幙，一輪明月上東方。◎9

他想著：「我要下去，到街坊打看路徑，這般個嘴臉，撞見人，必定說是和尚。等我變一變了。」捻著訣，念動真言，搖身一變，變作個撲燈蛾兒：

形細翼磽輕巧，滅燈撲燭投明。本來面目化生成，腐草中間靈應※5。
每愛炎光觸焰，忙忙飛繞無停。紫衣香翅趕流螢，最喜夜深風靜。

但見他翩翩翻翻，飛向六街三市。傍房簷，近屋角。正行時，忽見那隅頭拐角上一彎子人

西部高原村莊。（美工圖書社：中國圖片大系提供）

評點

◎7.如今骨頭輕的更多。（李評）
◎8.皆因不和之故，二字緊承天王、父子一段來。（張評）
◎9.十字寫到一字。（張評）
◎10.此偷可原，較之偷桃、偷酒轉覺不同。（周評）

家，人家門首掛著個燈籠兒。他道：「這人家過元宵哩，怎麼挨排兒都點燈籠？」他硬硬翅飛近前來，仔細觀看：正當中一家子方燈籠上，寫著「安歇往來商賈」六字，下面又寫著「王小二店」四字。行者才知是開飯店的。又伸頭打一看，看見有八九個人，都吃了晚飯，寬了衣服，卸了頭巾，洗了腳手，各各上牀睡了。行者暗喜道：「師父過得去了。」你道他怎麼就知過得去？他要起個不良之心，等那些人睡著，要偷他的衣服、頭巾，裝作俗人進城。◎10

噫，有這般不遂意的事！正思忖處，只見那小二走向前分付：「列位官人，仔細些！我這裏君子小人不同，各人的衣物、行李都要小心著。」你想那在外做買賣的人，那樣不仔細？又聽得店家分付，越發謹慎。他都爬起來道：「主人家說得有理。我們走路的人辛苦，只怕睡著，急忙不醒，一時失所，奈何？你將這衣服、頭巾、搭聯※6都收進去，待天將明，交付與我們起身。」那王小二真箇把些衣物之類，盡情都搬進他屋裏去了。行者性急，展開翅，就飛入裏面，丁在一個頭巾架上。又見王小二去門首摘了燈籠，放下吊搭，關了門窗，卻才進房，脫衣睡下。那王小二有個婆子，帶了兩個孩子，哇哇聒噪，急忙不睡。那婆子又拿了一件破衣，補補納納，也不見睡。行者暗想道：「若等這婆子睡了下手，卻不誤了師父？」又恐更深，

註

※5 腐草中間靈應：傳統認爲腐草能化爲螢火蟲：《禮記．月令》篇：「季夏三月……腐草爲螢。」《格物論》也說：螢是從腐草和爛竹根而化生。因此小說中有這樣的句子。

※6 搭聯：一種長形布袋，即搭褳、褡褳。

電視劇《西遊記》劇照。（周一渤／fotoe提供）

城門閉了，他就忍不住，飛下去，望燈上一撲，真是捨身投火焰，焦額探殘生。那盞燈早已息了。他又搖身一變，變作個老鼠，嗔嗔哇哇的叫了兩聲，跳下來，拿著衣服、頭巾，往外就走。那婆子慌慌張張的道：「老頭子，不好了！夜耗子成精也！」

行者聞言，又弄手段，攔著門，厲聲高叫道：「王小二，莫聽你婆子胡說！我不是夜耗子成精。明人不做暗事，吾乃齊天大聖臨凡，保唐僧往西天取經。你這國王無道，特來借此衣冠，裝扮我師父。一時過了城去，就便送還。」那王小二聽言，一轂轆爬起來，黑天摸地，又是著忙的人，撈著褲子當衫子，左穿也穿不上，右套也套不上。

那大聖使個攝法，早已駕雲出去，復翻身，徑至路下坑坎邊前。三藏見星光月皎，探身凝望，見是行者來至近前，即開口叫道：「徒弟，可過得滅法國麼？」行者上前，放下衣物道：「師父，要過滅法國，和尚做不成。」八戒道：「哥，你勒掯那個哩？◎[11]不做和尚也容易，只消半年不剃頭，就長出毛來也。」行者道：「那裏等得半年！眼下就都要做俗人哩。」那獃子慌了道：「但你說話，通不察理。我們如今都是和尚，眼下要做俗人，卻怎麼戴得頭巾？就是邊兒勒住，也沒收頂繩處。」三藏喝道：「不要打花，且幹正事！端的何如？」行者道：「師父，他這城池，我已看了。雖是國王無道殺僧，卻倒是個真天子，城頭上有祥光喜氣。城中的街道，我也認得。這裏的鄉談，我也省得，會說。卻才在飯店內借了這幾件衣服、頭巾，我們且扮作俗人進城去，借了宿，至四更天就起來，教店家安排了齋吃；捱到五更時候，挨城門而去，奔大路西行。就有人撞見扯住，也好折辨：

只說是上邦欽差的，滅法王不敢阻滯，放我們來的。」沙僧道：「師兄處的最當，且依他行。」

真箇長老無奈，脫了褊衫，去了僧帽，穿了俗人的衣服，戴了頭巾。沙僧也換了。八戒的頭大，戴不得巾兒，被行者取了些針線，把頭巾扯開，兩頂縫作一頂，與他搭在頭上；◎12揀件寬大的衣服，與他穿了。然後自家也換上一套，道：「列位，這一去，把『師父徒弟』四個字兒且收起。」八戒道：「除了此四字，怎的稱呼？」行者道：「都要作弟兄稱呼：師父叫作唐大官兒，你叫作朱三官兒，沙僧叫作沙四官兒，我叫作孫二官兒。◎13但到店中，你們切休言語，只讓我一個開口答話。等他問甚麼買賣，只說是販馬的客人。把這白馬做個樣子，說我們是十弟兄，我四個先來賃店房賣馬。那店家必然款待我們，我們受用了，臨行時，等我拾塊瓦查兒，變塊銀子謝他，卻就走路。」長老無奈，只得曲從。

四眾忙忙的牽馬挑擔，跑過那邊。此處是個太平境界，入更時分尚未關門。徑直進去，行到王小二店門首，只聽得裏邊叫哩。有的說：「我不見了頭巾！」有的說：「我不見了衣服！」◎14行者只推不知，引著他們往斜對門一家安歇。那家子還未收燈籠，即近門叫道：「店家，可有閑房兒，我們安歇？」那裏邊有個婦人答應道：「有，有，有！請官人們上樓。」說不了，就有一個漢子來牽馬。行者把馬兒遞與牽進去。他引著師父，從燈影兒後面徑上樓門。那樓上有方便的桌椅，推開窗格，映月光齊坐下。只見有人點上燈來，行者攔門，一口吹息道：「這般月亮，不用燈。」

評點

◎11. 趣而且妙，恰是不和的聲氣。（李評）
◎12. 何不竟變一頂大頭巾，乃煩針線耶？（周評）
◎13. 一部《西遊》中何可無此一番稱呼？（周評）
◎14. 好點綴。（李評）

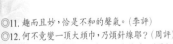

那人才下去，又一個丫鬟拿四碗清茶，行者接住。樓下又走上一個婦人來，約有五十七八歲的模樣，一直上樓，站著旁邊問道：「列位客官，那裏來的？有甚寶貨？」行者道：「我們是北方來的，有幾匹粗馬販賣。」那婦人道：「販馬的客人尚還小。」行者道：「這一位是唐大官，這一位是朱三官，這一位是沙四官，我學生是孫二官。」婦人笑道：「異姓？」行者道：「正是異姓同居。我們共有十個弟兄，我四個先來賃店房打火；還有六個在城外借歇，領著一群馬，因天晚不好進城。待我們賃了房子，明早都進來。只等賣了馬才回。」那婦人道：「一群有多少馬？」行者道：「大小有百十匹兒，都像我這個馬的身子，卻只是毛片不一。」婦人笑道：「孫二官人誠然是個客綱客紀。早是來到舍下，第二個人家也不敢留你。我舍下院落寬闊，槽箚齊備，草料又有，憑你幾百匹馬都養得下。卻一件：我舍下在此開店多年，也有個賤名。先夫姓趙，不幸去世久矣，我喚作趙寡婦店。我店裏三樣兒待客。如今先小人後君子，先把房錢講定後好算帳。」行者道：「說得是。你府上是那三樣待客？常言道：『貨有高低三等價，客無遠近一般看。』你怎麼說三樣待客？你可試說說我聽。」

趙寡婦道：「我這裏是上、中、下三樣。上樣者：五果五菜的筵席，獅仙斗糖桌面，二位一張，請小娘兒來陪唱陪歇。每位該銀五錢，連房錢在內。」行者笑道：「相應啊！我那裏五錢銀子，還不彀請小娘兒哩。」寡婦又道：「中樣者：合盤桌兒，只是水果、熱酒篩來，憑自家猜枚行令，不用小娘兒。每位只該二錢銀子。」行者道：「一發相應！下

樣兒怎麼？」婦人道：「不敢在尊客面前說。」行者道：「也說說無妨，我們好揀相應的幹。」婦人道：「下樣者：沒人伏侍，鍋裏有方便的飯，憑他怎麼吃；吃飽了，拿個草兒，打個地鋪，方便處睡覺；天光時，憑賜幾文飯錢，決不爭競。」八戒聽說道：「造化，造化！老朱的買賣到了！等我看著鍋吃飽了飯，灶門前睡他娘！」行者道：「兄弟說那裏話！你我在江湖上，那裏不賺幾兩銀子！把上樣的安排將來。」

那婦人滿心歡喜，即叫：「看好茶來。廚下快整治東西。」遂下樓去，忙叫：「宰雞宰鵝，煮醃下飯。」又叫：「殺豬殺羊，今日用不了，明日也可用。看好酒。拿白米做飯，白麵捍餅。」三藏在樓上聽見道：「孫二官，怎好？他去宰雞鵝，殺豬羊，倘送將來，我們都是長齋，那個敢吃？」行者道：「我有主張。」去那樓門邊，跌跌腳道：「趙媽媽，你上來。」那寡婦上來道：「二官人，有甚分付？」行者道：「今日且莫殺生，我們今日齋戒。」寡婦驚訝道：「官人們是長齋，是月齋？」行者道：「俱不是，我們喚作『庚申齋』。今朝乃是庚申日，當齋；只過三更後，就是辛酉，便開齋了。你明日殺生罷。如今且去安排些素的來，定照上樣價錢奉上。」

那婦人越發歡喜，跑下去教：「莫宰，莫宰！

為了順利經過滅法國，唐僧師徒化裝成普通人。（朱寶榮繪）

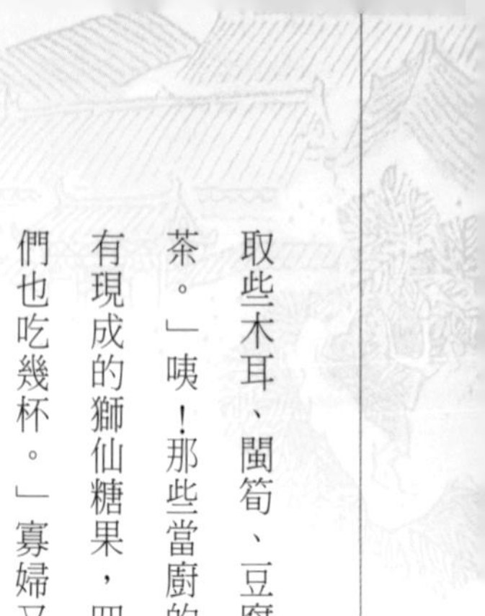

取些木耳、閩筍、豆腐、麵筋，園裏拔些青菜，做粉湯，發麵蒸捲子，再煮白米飯，燒香茶。」咦！那些當廚的庖丁，都是每日家做慣的手段，霎時間就安排停當，擺在樓上，又有現成的獅仙糖果，四衆任情受用。又問：「可吃素酒？」行者道：「止唐大官不用，我們也吃幾杯。」寡婦又取了一壺暖酒。他三個方才斟上，忽聽得乒乓板響。行者道：「媽媽，底下倒了甚麼家火了？」寡婦道：「不是，是我小莊上幾個客子送租米來晚了，教他在底下睡；因客官到，沒人使用，教他們抬轎子去院中請小娘兒陪你們。想是轎杠撞得樓板響。」行者道：「早是說哩，快不要去請。一則齋戒日期，二則兄弟們未到。索性明日進來，一家請個表子，在府上耍耍時，待賣了馬起身。」寡婦道：「好人，好人！又不失了和氣，又養了精神。」教：「抬進轎子來，不要去請。」四衆吃了酒飯。收了家火，都散訖。

三藏在行者耳根邊悄悄的道：「那裏睡？」行者道：「就在樓上睡。」三藏道：「不穩便。我們都辛辛苦苦的，倘或睡著，這家子一時再有人來收拾，見我們或滾了帽子，露出光頭，認得是和尚，嚷將起來，卻怎麼好？」行者道：「是啊。」又去樓前跌跌腳。寡婦又上來道：「孫官人，又有甚分付？」行者道：「我們在那裏睡？」婦人道：「樓上好睡，又沒蚊子，又是南風。大開著窗子，忒好睡覺。」行者道：「睡不得。我這朱三官兒有些寒濕氣，沙四官兒有些漏肩風，唐大哥只要在黑處睡，我也有些兒羞明。此間不是睡處。」

那媽媽走下去，倚著櫃欄嘆氣。他有個女兒，抱著個孩子，近前道：「母親，常言道：『十日灘頭坐，一日行九灘。』如今炎天，雖沒甚買賣，到交秋時，還做不了的生意哩。你嗟嘆怎麼？」婦人道：「兒呵，不是愁沒買賣。今日晚間，已是將收舖子，入更時分，有這四個馬販子來賃店房。他要上樣管待，實指望賺他幾錢銀子，他卻吃齋，又賺不得他錢，故此嗟嘆。」那女兒道：「他既吃了飯，不好往別人家去。明日還好安排葷酒，如何賺不得他錢？」婦人又道：「他都有病，怕風、羞亮，都要在黑處睡。你想家中都是些單浪瓦※7兒的房子，那裏去尋黑暗處？不若捨一頓飯與他吃了，教他往別家去罷。」女兒道：「母親，我家有個黑處，又無風色，甚好，甚好。」婦人道：「是那裏？」女兒道：「父親在日，曾做了一張大櫃。那櫃有四尺寬，七尺長，三尺高下，◎15裏面可睡六七個人。教他們往櫃裏睡去罷。」婦人道：「不知可好，等我問他一聲。——孫官人，舍下蝸居※8，更無黑處，止有一張大櫃，不透風，又不透亮，往櫃裏睡去如何？」行者道：「好，好，好。」即著幾個客子把櫃抬出，打開蓋兒，請他們下樓。行者引著師父，沙僧拿擔，順燈影後徑到櫃邊。八戒不管好歹，就先䟕進櫃去。◎16沙僧把行李遞入，攙著唐僧進去，沙僧也到裏邊。行者道：「我的馬在那裏？」旁有伏侍的道：「馬在後屋拴著吃草料哩。」行者道：「牽來。把槽抬來，緊挨著櫃兒拴住。」方才進去，叫：「趙媽媽，蓋上蓋兒，插上鎖釘，鎖上鎖子，還替我們看看，那裏透亮，使些紙兒糊糊，明日早些兒來

註

※7 單浪瓦：一種簡陋的瓦房，因只鋪一層浪板瓦，故屋頂會透進光亮。

※8 蝸居：謙稱自家房宅窄小。

評點

◎15.規矩準繩，寫禮字奇絕。（張評）

◎16.八戒入櫃便是「韞櫝而藏豬」了。（李評）

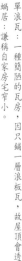

開。」寡婦道：「忒小心了！」遂此各各關門去睡不題。◎17

卻說他四個到了櫃裏，可憐啊！一則乍戴個頭巾，二來天氣炎熱，又悶住了氣，略不透風。他都摘了頭巾，脫了衣服，又沒把扇子，只將僧帽撲撲搧搧。你挨著我，我擠著你，直到有二更時分，卻都睡著。惟行者有心闖禍，偏他睡不著，伸過手，將八戒腿上一捻。那獃子縮了腳，口裏哼哼的道：「睡了罷！辛辛苦苦的，有甚麼心腸還捻手捻腳的耍子？」行者搗鬼道：「我們原來的本身是五千兩，前者馬賣了三千兩，如今兩搭聯裏現有四千兩。這一群馬還賣他三千兩，也有一本一利。彀了！彀了！」◎18八戒要睡的人，那裏答對。

豈知他這店裏走堂的、挑水的、燒火的，素與強盜一夥。聽見行者說有許多銀子，他就著幾個溜出去，夥了二十多個賊，明火執杖的來打劫馬販子。◎19衝開門進來，諕得那趙寡婦娘女們戰戰兢兢的關了房門，盡他外邊收拾。原來那賊不要店中家火，只尋客人。到樓上不見形跡，打著火把，四下照看，只見天井中一張大櫃，櫃腳上拴著一匹白馬，櫃蓋緊鎖，掀翻不動。眾賊道：「走江湖的人，都有手眼。看這櫃勢重，必是行囊財帛鎖在裏面。我們偷了馬，抬櫃出城，打開分用，卻不是好？」那些賊果找起繩扛，把櫃抬著就走，幌阿幌的。八戒醒了

本回末，孫悟空在夜裏，用神通把皇帝、皇后三宮六院都剃髮，變成了和尚、尼姑。（朱寶榮繪）

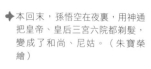

道：「哥哥，睡罷，搖甚麼？」行者道：「莫言語！沒人搖。」三藏與沙僧忽地也醒了，道：「是甚人抬著我們哩？」行者道：「莫嚷，莫嚷！等他抬！抬到西天，也省得走路。」

那賊得了手，不往西去，倒抬向城東，殺了守門的軍，打開城門出去。當時就驚動六街三市，各鋪上火甲人夫，都報與巡城總兵、東城兵馬司。那總兵、兵馬，事當干己，即點人馬弓兵，出城趕賊。那賊見官軍勢大，不敢抵敵，放下大櫃，丟了白馬，各自落草逃走。眾官軍不曾拿得半個強盜，只是奪下櫃，捉住馬，得勝而回。總兵在燈光下見那馬，好馬：

鬃分銀線，尾嚲玉條。說甚麼八駿龍駒，賽過了驌驦款段※9。千金市骨，萬里追風。登山每與青雲合，嘯月渾如白雪勻。眞是蛟龍離海島，人間喜有玉麒麟。

總兵官把自家馬兒不騎，就騎上這個白馬，帥軍兵進城，把櫃子抬在總府，同兵馬寫個封皮封了，令人巡守，待天明啟奏，請旨定奪。官軍散訖不題。

卻說唐長老在櫃裏埋怨行者道：「你這個猴頭，害殺我也！若在外邊被人拿住，送

唐僧師徒睡在櫃子裏，不想被強盜奪走，輾轉被抬到官府大堂之下。（古版畫，選自李卓吾批評本《西遊記》）

註

※9 款段：馬行遲緩的樣子。

評點

◎17. 妙在入櫃一轉，才生出後面許多烟波；不然次早五更出城，不得見國王矣。（周評）
◎18. 不惟照定虛誇，亦且生發下意。（張評）
◎19. 馬販子雖無銀子，尚有一領袈裟值錢。（周評）

與滅法國王，還好折辨；如今鎖在櫃裏，被賊劫去，又被官軍奪來，明日見了國王，現現成成的開刀請殺，卻不湊了他一萬之數？」行者道：「外面有人！打開櫃，拿出來不是捆著，便是吊著。且忍耐些兒，免了捆吊。明日見那昏君，老孫自有對答，管你一毫兒也不傷。且放心睡睡。」

挨到三更時分，行者弄個手段，順出棒來，吹口仙氣，叫：「變！」即變作三尖頭的鑽兒，挨櫃腳兩三鑽，鑽了一個眼子。收了鑽，搖身一變，變作個螻蟻兒，踹將出去，現原身，踏起雲頭，徑入皇宮門外。那國王正在睡濃之際。他使個「大分身普會神法」，將左臂上毫毛都拔下來，吹口仙氣，叫：「變！」都變作小行者。右臂上毛也都拔下來，吹口仙氣，叫：「變！」都變作瞌睡蟲。念一聲「唵」字真言，教當坊土地，領眾佈散皇宮內院、五府六部、各衙門大小官員宅內，但有品職者，都與他一個瞌睡蟲，人人穩睡，不許翻身。又將金箍棒取在手中，掂一掂，幌一幌，叫聲：「寶貝，變！」即變作千百口剃頭刀兒。他拿一把，分付小行者各拿一把，都去皇宮內院、五府六部、各衙門裏剃頭。[20]咦！這才是：

法王滅法法無窮，法貫乾坤大道通。萬法原因歸一體，三乘妙相本來同。
鑽開玉櫃明消息，佈散金毫破蔽蒙。管取法王成正果，不生不滅去來空。

這半夜剃削成功，念動咒語，喝退土地神祇，[21]將身一抖，兩臂上毫毛歸伏。將剃頭刀總捻成真，依然認了本性，還是一條金箍棒，收來些小之形，藏於耳內。復翻身還作螻蟻，

鑽入櫃內，現了本相，與唐僧守困不題。

卻說那皇宮內院宮娥綵女，天不亮起來梳洗，一個個都沒了頭髮。穿宮的大小太監，也都沒了頭髮。一擁齊來，到於寢宮外，奏樂驚寢，個個噙淚，不敢傳言。少時，那三宮皇后醒來，也沒了頭髮。忙移燈到龍牀下看處，錦被窩中，睡著一個和尚，皇后忍不住言語出來，驚醒國王。那國王急睜睛，見皇后的頭光，他連忙爬起來道：「梓童，你如何這等？」皇后道：「主公亦如此也。」◎22那皇帝摸摸頭，諕得三尸神咋，七魄飛空，◎23道：「朕當怎的來耶？」正慌忙處，只見那六院嬪妃、宮娥綵女、大小太監，都光著頭跪下道：「主公，我們做了和尚耶！」◎24國王見了，眼中流淚道：「想是寡人殺害和尚……」◎25即傳旨分付：「汝等不得說出落髮之事，恐文武群臣褒貶國家不正。且都上殿設朝。」

卻說那五府六部，合衙門大小官員，天不明都要去朝王拜闕。原來這半夜一個個也沒了頭髮，各人都寫表啟奏此事。◎26只聽那：

靜鞭三響朝皇帝，表奏當今剃髮因。

畢竟不知那總兵官奪下櫃裏賊贓如何，與唐僧四眾的性命如何，且聽下回分解。

總批

滅法國殺了許多和尚，固可恨也；如今滅法的都是和尚，如此，則和尚又該殺了，何足惜哉！又批：處處逼眞，令人絕倒。到得滿城披剃，又是匪夷所思。何物文人，奇幻爾爾！（李評）

悟一子曰：此篇只萬法皆空，無有執著，便了大義。（陳評節錄）

悟元子曰：上回結出金丹大道，須要不著聲色，方爲眞履實踐矣。然眞履實踐之功，乃係光明正大，得一畢萬，天然自在之妙覺，所謂微妙圓通，深不可識，最上一乘之大道，非一切頑空寂滅之學所可等論。故仙翁此回，指出混俗和光之大作用，使學者默會心識，在本來法身上修持耳。（劉評節錄）

評點

◎20. 猴。他倒剃度了多少人！（李評）
◎21. 此土地晦氣，白白辛苦半夜。（周評）
◎22. 和尚未曾還俗，俗人已皆出家，寫意獨絕。（張評）
◎23. 行幻至此。（李評）
◎24. 恐其卻不管，笑殺了人。（李評）
◎25. 一筆回照，章法絕妙。（張評）
◎26. 滅法國竟成滅髮國矣。孰知彼髮不滅，此法不生耶！（周評）

第八十五回

心猿妒木母　魔主計吞禪

◆《新說西遊記圖像》描繪第八十五回精采場景：師兄弟們忙著殺怪，唐僧卻被妖怪捉走了。（古版畫，選自《新說西遊記圖像》）

話說那國王早朝，文武多官俱執表章啟奏道：「主公，望赦臣等失儀之罪。」◎1國王道：「衆卿禮貌如常，有何失儀？」衆卿道：「主公啊，不知何故，臣等一夜把頭髮都沒了。」國王執了這沒頭髮之表，下龍牀對群臣道：「果然不知何故，朕宮中大小人等，一夜也盡沒了頭髮。」君臣們都各汪汪滴淚道：「從此後，再不敢殺戮和尚也。」王復上龍位，衆官各立本班。王又道：「有事出班來奏，無事捲簾散朝。」只見那武班中閃出巡城總兵官，文班中走出東城兵馬使，當階叩頭道：「臣蒙聖旨巡城，夜來獲得賊贓一櫃◎2、白馬一匹。微臣不敢擅專，請旨定奪。」國王大喜道：「連櫃取來。」

二臣即退至本衙，點起齊整軍士，將櫃抬出。三藏在內，魂不附體道：「徒弟們，這一到國王前，如何理說？」行者笑道：「莫嚷！我已打點停當了。開櫃時，他就拜我們為師哩。只教八戒不要爭競長短。」八戒道：「但只免殺，就是無量之福，還敢爭競哩！」說不了，抬至朝外，入五鳳樓，放在丹墀※1之下。

二臣請國王開看，國王即命打開。方揭了蓋，豬八戒就忍不住往外一跳，諕得那多官膽戰，口不能言。又見孫行者攙出唐僧，沙和尚搬出行李。八戒見總兵官牽著馬，走上前，咄的一聲道：「馬是我的！拿過來！」嚇得那官兒翻跟頭，跌倒在地。◎3四眾俱立在階中。那國王看見是四個和尚，忙下龍牀，宣召三宮妃后，下金鑾寶殿，同群臣拜問道：「長老何來？」三藏道：「是東土大唐駕下差往西方天竺國大雷音寺拜活佛取真經的。」國王道：「老師遠來，為何在這櫃裏安歇？」三藏道：「貧僧知陛下有願心殺和尚，不敢明投上國，扮俗人，夜至寶方飯店裏借宿。因怕人識破原身，故此在櫃中安歇。不幸被賊偷出，被總兵捉獲抬來。今得見陛下龍顏，所謂撥雲見日。望陛下赦放貧僧，海深恩便也。」國王道：「老師是天朝上國高僧，朕失迎迓。朕常年有願殺僧者，曾因僧謗了朕，朕許天願，要殺一萬和尚做圓滿。不期今夜皈依，教朕等為僧。如今君臣后妃，髮都剃落了，望老師勿吝高賢，願為門下。」八戒聽言，呵呵大笑道：「既要拜為門徒，有何贄見之禮？」國王道：「師若肯從，願將國中財寶獻上。」行者道：「莫說財寶，◎4我和尚是

註

※1丹墀：屋宇前無屋頂遮蓋的平臺，因古時多塗成紅色，故稱。常見於宮殿、廟宇建築之前。

評點

◎1.禮有常儀，扣定恆字，便已照下敬字。（張評）
◎2.又奇似寶甲一匣。此段籠虛而爲盈。（張評）
◎3.狗咬尿泡空歡喜。（張評）
◎4.貧僧卻說大話，恰是約而爲泰。（張評）

有道之僧。你只把關文倒換了，送我們出城，保你皇圖永固，福壽長臻。」那國王聽說，即著光祿寺大排筵宴，君臣合同，拜歸於一。即時倒換關文，求三藏改換國號。行者道：「陛下『法國』之名甚好，但只『滅』字不通。自經我過，可改號『欽法國』，◎5管教你海晏河清千代勝，風調雨順萬方安。」國王謝了恩。擺整朝鑾駕，送唐僧四眾出城西去。君臣們秉善歸真不題。

卻說長老辭別了欽法國王，在馬上欣然道：「悟空，此一法甚善，大有功也。」沙僧道：「哥啊，是那裏尋這許多整容匠，連夜剃這許多頭？」◎6行者把那施變化弄神通的事說了一遍，師徒們都笑不合口。◎7

正歡喜處，忽見一座高山阻路。唐僧勒馬道：「徒弟們，你看這面前山勢崔巍，切須仔細！」行者笑道：「放心，放心，保你無事！」三藏道：「休言無事。我見那山峰挺立，遠遠的有些兇氣、暴雲飛出，漸覺驚惶，滿身麻木，神思不安。」行者笑道：「你把烏巢禪師的《多心經》早已忘了？」三藏道：「我記得。」行者道：「你雖記得，還有四句頌子，你卻忘了哩。」三藏道：「那四句？」行者道：

「佛在靈山莫遠求，靈山只在汝心頭。人人有個靈山塔，好向靈山塔下修。」◎8

三藏道：「徒弟，我豈不知？若依此四句，千經萬典，也只是修心。」行者道：「不消說了。心淨孤明獨照，心存萬境皆清。差錯些兒成惰懈，千年萬載不成功。但要一片志誠，雷音只在眼下。似你這般恐懼驚惶，神思不安，大道遠矣，雷音亦遠矣！◎9且莫胡疑，隨

評點

◎5. 欽即敬也，回挽上章，已伏下意。（張評）
◎6. 整容妙，虛誇原是外面粉飾。（張評）
此以爲整容，彼方以爲失儀。（周評）
◎7. 妙則妙矣，只是衣服、頭巾未曾送還，未免失信於王小二。（周評）

我去。」那長老聞言，心神頓爽，萬慮皆休。

四衆一同前進。不幾步，到於山上。舉目看時：

那山眞好山，細看色班班。頂上雲飄蕩，崖前樹影寒。飛禽淅瀝，走獸兇頑。林內松千幹，巒頭竹幾竿。吼叫是蒼狼奪食，咆哮是餓虎爭餐。野猿長嘯尋鮮果，麋鹿攀花上翠嵐。風洒洒，水潺潺，時聞幽鳥語間關※2。幾處藤蘿牽又扯，滿溪瑤草雜香蘭。磷磷怪石，削削峰巖。狐狢成群走，猴猿作隊頑。行客正愁多險峻，奈何古道又灣還！

師徒們怯怯驚驚，正行之時，只聽得呼呼一陣風起。三藏害怕道：「風起了！」行者道：「春有和風，夏有薰風，秋有金風，冬有朔風。四時皆有風，風起怕怎的？」三藏道：「這風來得甚急，決然不是天風。」行者道：「自古來，風從地起，雲自山出。怎麼得個天風？」說不了，又見一陣霧起。◎10那霧真箇是：

漠漠連天暗，濛濛匝地昏。日色全無影，鳥聲無處聞。
宛然如混沌，彷彿似飛塵。不見山頭樹，那逢採藥人？

三藏一發心驚道：「悟空，風還未定，如何又這般霧起？」行者道：「且莫忙，請師父下馬。你兄弟二個在此保守，等我去看看是何吉凶。」

好大聖，把腰一躬，就到半空。用手搭在眉上，圓睜火眼，向下觀之，果見那懸巖邊坐著一個妖精。你看他怎生模樣：

註

※2 間關：形容鳥叫的聲音。

評點

◎8. 心即靈山，如來就在心上，人每不求心則如來遠矣。（張評）
仙佛同源，如是，如是。（周評）

◎9. 中虛外實，先爲難字一逗。（張評）

◎10. 純弄虛頭，並無實際，故曰虛誇。（張評）

炳炳紋斑多采豔，昂昂雄勢甚抖擻。獠牙出口如鋼鑽，利爪藏蹄似玉鈎。
金眼圓睛禽獸怕，銀鬚倒豎鬼神愁。張狂哮吼施威猛，噯霧噴風運智謀。

又見那左右手下有三四十個小妖擺列，他在那裏逼法的噴風噯霧。◎11行者暗笑道：「我師父也有些兒先兆。他說不是天風，果然不是，卻是個妖精在這裏弄喧兒哩。若老孫使鐵棒往下就打，這叫作『搗蒜打』，打便打死了，只是壞了老孫的名頭。」那行者一生豪傑，再不曉得暗算計人。他道：「我且回去，照顧豬八戒照顧，教他來先與這妖精見一仗。若是八戒有本事打倒這妖，算他一功；若無手段，被這妖拿去，等我再去救他，才好出名。」◎12他又想道：「八戒有些躲懶，不肯出頭，卻只是有些口緊※3，好吃東西。等我哄他一哄，看他怎麼說。」

即時落下雲頭，到三藏前。三藏問道：「悟空，風霧處吉凶何如？」行者道：「這會子明淨了，沒甚風霧。」三藏道：「正是，覺到退下些去了。」行者笑道：「師父，我常時間還看得好，這番卻看錯了。我只說風霧之中恐有妖怪，原來不是。」三藏道：「是

✦孫悟空在空中看到一群妖怪在排陣埋伏，等待路人。（古版畫，選自李卓吾批評本《西遊記》）

甚麼？」行者道：「前面不遠，乃是一莊村。村上人家好善，蒸得白米乾飯、白麵饃饃齋僧哩。這些霧，想是那些人家蒸籠之氣，也是積善之應。」◎13八戒聽說，認了真實，扯過行者，悄悄的道：「哥哥，你先吃了他的齋來的？」行者道：「吃不多兒，因那菜蔬太鹹了些，不喜多吃。」八戒道：「啐！憑他怎麼鹹，我也盡肚吃他一飽！十分作渴，便回來吃水。」行者道：「你要吃麼？」八戒道：「正是。我肚裏有些飢了，先要去吃些兒，不知如何？」行者道：「兄弟莫題。古書云：『父在，子不得自專。』師父又在此，誰敢先去？」八戒笑道：「你若不言語，我就去了。」行者道：「我不言語，看你怎麼得去。」那獃子吃嘴的見識偏有，走上前唱個大喏道：「師父，適才師兄說，前村裏有人家齋僧。你看這馬，有些要打攪人家，便要草要料，卻不費事？幸如今風霧明淨，你們且略坐坐，等我去尋些嫩草兒，先喂喂馬，然後再往那家子化齋去罷。」唐僧歡喜道：「好啊！你今日卻怎肯這等勤謹？快去快來。」

那獃子暗暗笑著便走，行者趕上扯住道：「兄弟，他那裏齋僧，只齋俊的，不齋醜的。」八戒道：「這等說，又要變化是。」行者道：「正是，你變變兒去。」好獃子，他也有三十六般變化，走到山凹裏，捻著訣，念動咒語，搖身一變，變作個矮胖和尚；◎14手裏敲個木魚，口裏哼阿哼的，又不會念經，只哼的是「上大人」※4。

註

※3 口緊：嘴巴要求高，形容愛吃東西。

※4 上大人：《三字經》中開始的一句話：「上大人，孔乙己，化三千，七十士。」

評點

◎11. 輕雲薄霧，其勢難久，總擒虛誇無煩，逐句細疏。(張評)

◎12. 原要只顯得自己。(張評)

◎13. 挽善人，是爲本題領脈。(張評)

◎14. 八戒也要裝胖，更妙。(張評)

卻說那怪物收風斂霧，號令群妖，在於大路口上擺開一個圈子陣，專等行客。這獃子晦氣，不多時，撞到當中，被群妖圍住，這個扯住衣服，那個扯著絲絛，推推擁擁，一齊下手。八戒道：「不要扯，等我一家家吃將來！」群妖道：「和尚，你要吃甚的？」八戒道：「你們這裏齋僧，我來吃齋的。」群妖道：「你想這裏齋僧，不知我這裏專要吃僧。我們都是山中得道的妖仙，專要把你們和尚拿到家裏，上蒸籠蒸熟吃哩。你倒還想來吃齋！」八戒聞言，心中害怕，才報怨行者道：「這個弼馬溫，其實憊懶！他哄我說是這村裏齋僧，這裏那得村莊人家，那裏齋甚麼僧？卻原來是些妖精！」那獃子被他扯急了，即便現出原身，腰間掣釘鈀，一頓亂築，築退那些小妖。

小妖急跑去報與老怪道：「大王，禍事了！」老怪道：「有甚禍事？」小妖道：「山前來了一個和尚，且是生得乾淨。我說拿家來蒸他吃，若吃不了，留些兒防天陰，不想他會變化。」老妖道：「變化甚的模樣？」小妖道：「那裏成個人相！長嘴大耳朵，背後又有鬃，雙手輪一根釘鈀，沒頭沒臉的亂築，諕得我們跑回來報大王也。」老怪道：「莫怕，等我去看。」輪著一條鐵杵，走近前看時，見獃子果然醜惡。他生得：

碓嘴初長三尺零，獠牙觜※5出賽銀釘。一雙圓眼光如電，兩耳搧風唿唿聲。
腦後鬃長排鐵箭，渾身皮糙癩還青。手中使件蹊蹺物，九齒釘鈀個個驚。

妖精硬著膽喝道：「你是那裏來的，叫甚名字？快早說來，饒你性命！」八戒笑道：「我的兒，你是也不認得你豬祖宗哩！上前來，說與你聽：

巨口獠牙神力大，玉皇陞我天蓬帥。掌管天河八萬兵，天宮快樂多自在。
只因酒醉戲宮娥，那時就把英雄賣。一嘴拱倒斗牛宮，吃了王母靈芝菜。
玉皇親打二千鎚，把吾貶下三天界。教吾立志養元神，下方卻又爲妖怪。
正在高莊喜結親，命低撞著孫兄到。金箍棒下受他降，低頭才把沙門拜。
背馬挑包做夯工，前生少了唐僧債。鐵腳天蓬本姓豬，法名喚作豬八戒。」

那妖精聞言，喝道：「你原來是唐僧的徒弟。我一向聞得唐僧的肉好吃，正要拿你哩，你卻撞將來，我肯饒你？不要走，看杵！」八戒道：「孽畜，你原來是個染博士出身！」◎15妖精道：「我怎麼是染博士？」八戒道：「不是染博士，怎麼會使棒槌？」那怪那容分說，近前亂打。他兩個在山凹裏這一場好殺：

九齒釘鈀，一條鐵杵。鈀丟解數滾狂風，杵運機謀飛驟雨。一個是無名惡怪阻山程，一個是有罪天蓬扶性主。性正何愁怪與魔，山高不得金生土。那個杵架猶如蟒出潭，這個鈀來卻似龍離浦。喊聲叱吒振山川，吆喝雄威驚地府。兩個英雄各逞能，捨身卻把神通賭。

八戒長起威風，與妖精廝鬥，那怪喝令小妖把八戒一齊圍住不題。

卻說行者在唐僧背後，忽失聲冷笑。沙僧道：「哥哥冷笑，何也？」行者道：「豬八戒真箇獃呀！聽見說齋僧，就被我哄去了，這早晚還不見回來。若是一頓鈀打退妖精，你

註

※5 觜：音姿。本是星座，二十八宿之一。這裏是動詞，啄的意思。

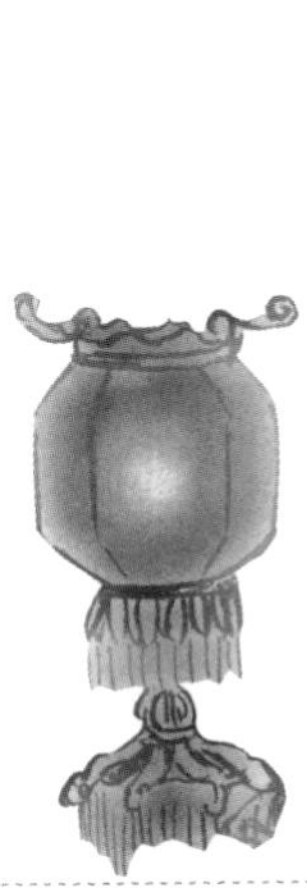

評點

◎15. 塗紅抹黑，恰是爲字的正面。（張評）

看他得勝而回，爭嚷功果；若戰他不過，被他拿去，卻是我的晦氣，背前面後，不知罵了多少弼馬溫哩！悟淨，你休言語，等我去看看。」好大聖，他也不使長老知道，悄悄的腦後拔了一根毫毛，吹口仙氣，叫：「變！」即變作本身模樣，陪著沙僧，隨著長老。他的真身出個神，跳在空中觀看，但見那獃子被怪圍繞，釘鈀勢亂，漸漸的難敵。

行者忍不住，按落雲頭，厲聲高叫道：「八戒不要忙，老孫來了！」那獃子聽得是行者聲音，仗著勢，愈長威風，一頓鈀，向前亂築。那妖精抵敵不住，道：「這和尚先前不濟，這會子怎麼又發起狠來？」八戒道：「我的兒，不可欺負我！我家裏人來也！」一發向前，沒頭沒臉築去。那妖精抵架不住，領群妖敗陣去了。行者見妖精敗去，他就不曾近前，撥轉雲頭，徑回本處，把毫毛一抖，

豬八戒與妖怪打鬥，一頓釘鈀亂築。（朱寶榮繪）

收上身來。長老的肉眼凡胎，那裏認得。

不一時，獃子得勝，也自轉來，累得那黏涎鼻涕，白沫生生，氣呼呼的走將來，叫聲：「師父！」長老見了，驚訝道：「八戒，你去打馬草的，怎麼這般狼狽回來？想是山上人家有人看護，不容你打草麼？」獃子放下鈀，搥胸跌腳道：「師父莫要問！說起來，就活活羞殺人！」長老道：「為甚麼羞來？」八戒道：「師兄捉弄我！他先頭說風霧裏不是妖精，沒甚凶兆，是一莊村人家好善，蒸白米乾飯、白麵饃饃齋僧的。我就當真，◎16想著肚內飢了，先去吃些兒，假倚打草為名。豈知若干妖怪把我圍了，苦戰了這一會；若不是師兄的哭喪棒相助，我也莫想得脫羅網回來也！」行者在旁笑道：「這獃子胡說！你若做了賊，就攀上一牢人。是我在這裏看著師父，何曾離側？」長老道：「是啊，悟空不曾離我。」那獃子跳著嚷道：「師父，你不曉得！他有替身！」長老道：「悟空，端的可有怪麼？」行者瞞不過，躬身笑道：「是有個把小妖兒，他不敢惹我們。八戒，你過來，一發照顧你照顧。我們既保師父，走過險峻山路，就似行軍的一般。」八戒道：「行軍便怎的？」行者道：「你做個開路將軍，在前剖路。◎17那妖精不來便罷，若來時，你與他賭鬥，打倒妖精，算你的功果。」八戒量著那妖精手段與他差不多，卻說：「我就死在他手內也罷。等我先走！」行者笑道：「這獃子先說晦氣話，怎麼得長進！」八戒道：「哥哥，你知道：『公子登筵，不醉即飽；壯士臨陣，不死帶傷。』先說句錯話兒，後便有威風。」行者歡喜，即忙背了馬，請師父騎上，沙僧挑著行李，相隨八戒，一路入山不題。

評點

◎16. 作成圈套，原哄的是老獃，可恨。（張評）
◎17. 以天蓬元帥爲開路將軍，不錯，不錯。（周評）

卻說那妖精帥幾個敗殘的小妖，徑回本洞，高坐在那石崖上，默默無言。洞中還有許多看家的小妖，都上前問道：「大王常時出去，喜喜歡歡回來，今日如何煩惱？」老妖道：「小的們，我往常出洞巡山，不管那裏的人與獸，定擄幾個來家，養贍汝等；今日造化低，撞見一個對頭。」小妖問：「是那個對頭？」老妖道：「是一個和尚，乃東土唐僧取經的徒弟，名喚豬八戒。我被他一頓釘鈀，把我築得敗下陣來。好惱啊！我這一向常聞得人說，唐僧乃十世修行的羅漢，有人吃他一塊肉，可以延壽長生。不期他今日到我山裏，正好拿住他蒸吃，不知他手下有這等徒弟！」

說不了，班部叢中閃上一個小妖，對老妖哽哽咽咽哭了三聲，又嘻嘻哈哈的笑了三聲。老妖喝道：「你又哭又笑，何也？」小妖跪下道：「大王才說要吃唐僧，唐僧的肉不中吃。」老妖道：「人都說吃他一塊肉，可以長生不老，與天同壽，怎麼說他不中吃？」小妖道：「若是中吃，也到不得這裏，別處妖精也都吃了。他手下有三個徒弟哩。」老妖道：「你知是那三個？」小妖道：「他大徒弟是孫行者，三徒弟是沙和尚。這個是他二徒弟豬八戒。」老妖道：「沙和尚比豬八戒如何？」小妖道：「也差不多兒。」「那個孫行者比他如何？」小妖吐舌道：「不敢說。那孫行者神通廣大，變化多端！他五百年前曾大鬧天宮，上方二十八宿、九曜星官、十二元辰、五卿四相、東西星斗、南北二神、五岳四瀆、普天神將，也不曾惹得他過，你怎敢要吃唐僧？」◎18老妖道：「你怎麼曉得他這等詳細？」小妖道：「我當初在獅駝嶺獅駝洞與那大王居住，那大王不知好歹，要吃唐僧，被

孫行者使一條金箍棒，打進門來，可憐就打得犯了骨牌名，都『斷么絕六』。還虧我有些見識，從後門走了，來到此處，蒙大王收留。故此知他手段。」老妖聽言，大驚失色，這正是「大將軍怕讖語※6」，他聞得自家人這等說，安得不驚！

正都在悚懼之際，又一個小妖上前道：「大王莫惱，莫怕。常言道：『事從緩來。』若是要吃唐僧，等我定個計策拿他。」老妖道：「你有何計？」小妖道：「我有個『分瓣梅花計。』」老妖道：「怎麼叫作『分瓣梅花計』？」◎19小妖道：「如今把洞中大小群妖點將起來，千中選百，百中選十，十中只選三個，須是有能幹、會變化的，都變作大王的模樣，頂大王之盔，貫大王之甲，執大王之杵，三處埋伏。先著一個戰豬八戒，再著一個戰孫行者，再著一個戰沙和尚：捨著三個小妖，調開他弟兄三個。大王卻在半空伸下拿雲手，去捉這唐僧，就如探囊取物，就如魚水盆內捻蒼蠅，有何難哉！」老妖聞此言，滿心歡喜道：「此計絕妙，絕妙！這一去，拿不得唐僧便罷；若是拿了唐僧，決不輕你，就封你做個前部先鋒。」小妖叩頭謝恩，叫點妖怪。即將洞中大小妖精點起，果然選出三個有能的小妖，俱變作老妖，各執鐵杵，埋伏等待唐僧不題。

卻說這唐長老無慮無憂，相隨八戒上大路。行彀多時，只見那路旁邊撲落的一聲響喨，跳出一個小妖，奔向前邊要捉長老。◎20孫行者叫道：「八戒！妖精來了，何不動手？」那獃子不認真假，掣釘鈀趕上亂築。那妖精使鐵杵就架相迎。他兩個一往一來的，

註

※6 讖語：迷信的人指將要應驗的預言。

評點

◎18. 難乎二字，已活現諸紙上。（張評）
◎19. 分瓣梅花計，將來弄作齊根一掃光。（周評）
◎20. 驀然跳出，正要出之意外。（張評）

在山坡下正然賭鬥，又見那草科裏響一聲，又跳出個怪來，就奔唐僧。行者道：「師父，不好了！八戒的眼拙，放那妖精來拿你了，等老孫打他去！」急掣棒迎上前，喝道：「那裏去！看棒！」那妖精更不打話，舉杵來迎。他兩個在草坡下一撞一衝，正相持處，又聽

小妖為老妖出了個「分瓣梅花計」，來擒拿唐僧。（朱寶榮繪）

甘肅蘭州黃河之濱，「西天取經」的雕塑，紀念玄奘西遊的事蹟。（汪順陵／fotoe提供）

得山背後呼的風響，又跳出個妖精來，徑奔唐僧。沙僧見了，大驚道：「師父，大哥與二哥的眼都花了，◎21把妖精放將來拿你了！你坐在馬上，等老沙拿他去！」這和尚也不分好歹，即掣杖，對面擋住那妖精鐵杵，恨苦相持。吆吆喝喝，亂嚷亂鬥，漸漸的調遠。

那老怪在半空中，見唐僧獨坐馬上，伸下五爪鋼鈎，把唐僧一把撾住。那師父丟了馬，脫了鐙，被妖精一陣風徑攝去了。可憐！這正是：禪性遭魔難正果，江流又遇苦災星！

老妖按下風頭，把唐僧拿到洞裏，叫：「先鋒！」那定計的小妖上前跪倒，口中道：「不敢，不敢！」老妖道：「何出此言？大將軍一言既出，如白染皂。當時說拿不得唐僧便罷，拿了唐僧，封你為前部先鋒。今日你果妙計成功，豈可失信於你？你可把唐僧拿來，著小的們挑水刷鍋，搬柴燒火，把

評點

◎21. 原要弄得眼花，方見爲字之妙。（張評）

他蒸一蒸，我和你都吃他一塊肉，以圖延壽長生也。」◎22先鋒道：「大王，且不可吃。」老怪道：「既拿來，怎麼不可吃？」先鋒道：「大王吃了他不打緊，豬八戒也做得人情，沙和尚也做得人情，但恐孫行者那主子刁毒。他若曉得是我們吃了，他也不來和我們廝打，他只把那金箍棒往山腰裏一搠，搠個窟窿，連山都掬倒了，我們安身之處也無之矣。」老怪道：「先鋒，憑你有何高見？」先鋒道：「依著我，把唐僧送在後園，綁在樹上，兩三日不要與他飯吃：一則圖他裏面乾淨，二則等他三人不來門前尋找。打聽得他們回去了，我們卻把他拿出來，自自在在的受用，卻不是好？」老怪笑道：「正是，正是！先鋒說得有理。」一聲號令，把唐僧拿入後園，一條繩綁在樹上。眾小妖都去前面聽候。

你看那長老苦捱著繩纏索綁，緊縛牢拴，止不住腮邊流淚，叫道：「徒弟呀！你們在那山中擒怪，甚路裏趕妖？我被潑魔捉來，此處受災，何日相會？痛殺我也！」正自兩淚交流，只見對面樹上有人叫道：「長老，你也進來了！」長老正了性道：「你是何人？」那人道：「我是本山中的樵子，被那山主前日拿來，綁在此間，今已三日，算計要吃我哩。」長老滴淚道：「樵夫呵，你死只是一身，無甚掛礙，我卻死得不甚乾淨。」◎23樵子道：「長老，你是個出家人，上無父母，下無妻子，死便死了，有甚麼不乾淨？」長老道：「我本是東土往西天取經去的，奉唐朝太宗皇帝御旨，拜活佛，取真經，要超度那幽

冥無主的孤魂。今若喪了性命，可不盼殺那君王，孤負那臣子？那枉死城中無限的冤魂，卻不大失所望，永世不得超生？一場功果，盡化作風塵，這卻怎麼得乾淨也？」◎24樵子聞言，眼中墮淚道：「長老，你死也只如此，我死又更傷情。我自幼失父，與母鰥居，更無家業，止靠著打柴為生。老母今年八十三歲，只我一人奉養；倘若身喪，誰與他埋屍送老？苦哉，苦哉！痛殺我也！」長老聞言，放聲大哭道：「可憐，可憐！山人尚有思親意，空教貧僧會念經。事君事親，皆同一理。你為親恩，我為君恩。」正是那：流淚眼觀流淚眼，斷腸人送斷腸人！

且不言三藏身遭困苦。卻說孫行者在草坡下戰退小妖，急回來路旁邊，不見了師父，止存白馬、行囊，慌得他牽馬挑擔，向山頭找尋。咦！正是那：

有難的江流專遇難，降魔的大聖亦遭魔。

畢竟不知尋找師父下落如何，且聽下回分解。

總批

悟一子曰：是篇，讀者謂從前妖精莫可思擬，此特平平無奇，卻似敷衍弱筆。不知無奇之奇，奇更奇，可思之思，思非所思也。（陳評節錄）

悟元子曰：上回言萬法歸一，內外圓通，方能了得本來法身之事矣。然或人疑爲必拒絕外緣，一無所累，即是大道，而不知眞心實用，由內達外，捨本逐末，焉能了得性命？故仙翁於此回叫人在根本上下功，使道法並行，以濟大事耳。（劉評節錄）

評點

◎22. 卻從虛誇裏面翻出個有恆，筆陣尤爲奇絕。（張評）
◎23. 偏是出家人不乾淨。（李評）
◎24. 悽楚之音，令人酸鼻。（周評）

木母助威征怪物　金公施法滅妖邪

《新說西遊記圖像》描繪第八十六回精采場景：老怪率領群怪，與孫悟空、豬八戒在山場平處廝殺。（古版畫，選自《新說西遊記圖像》）

話說孫大聖牽著馬，挑著擔，滿山頭尋叫師父，忽見豬八戒氣呼呼的跑將來道：「哥哥，你喊怎的？」行者道：「師父不見了，你可曾看見？」八戒道：「我原來只跟唐僧做和尚的，你又捉弄我，教做甚麼將軍！◎1我捨著命與那妖精戰了一會，得命回來。師父是你與沙僧看著的，反來問我？」行者道：「兄弟，我不怪你。你不知怎麼眼花了，把妖精放回來拿師父。我去打那妖精，教沙和尚看著師父的，如今連沙和尚也不見了。」八戒笑道：「想是沙和尚帶師父那裏出恭去了。」◎2說不了，只見沙僧來到。行者問道：「沙僧，師父那裏去了？」沙僧道：「你兩個眼都昏了，把妖精放將來拿

師父。老沙去打那妖精的，師父自家在馬上坐來。」行者氣得暴跳道：「中他計了！中他計了！」沙僧道：「中他甚麼計？」行者道：「這是『分瓣梅花計』，把我弟兄們調開，他劈心裏※1撈了師父去了。天，天，天！卻怎麼好！」止不住腮邊淚滴。八戒道：「不要哭，一哭就膿包了！橫豎不遠，只在這座山上，我們尋去來。」

三人沒計奈何，只得入山找尋。行了有二十里遠近，只見那懸崖之下，有一座洞府：

削峰掩映，怪石嵯峨。奇花瑤草馨香，紅杏碧桃豔麗。崖前古樹，霜皮溜雨四十圍；門外蒼松，黛色參天二千尺。雙雙野鶴，常來洞口舞清風；對對山禽，每向枝頭啼白晝。簇簇黃藤如掛索，行行烟柳似垂金。方塘積水，深穴依山。方塘積水，隱窮鱗未變的蛟龍；深穴依山，住多年吃人的老怪。果然不亞神仙境，眞是藏風聚氣巢。

行者見了，兩三步跳到門前看處，那石門緊閉，門上橫安著一塊石版，石版上有八個大字，乃「隱霧山折岳連環洞」。◎3行者道：「八戒，動手啊！此間乃妖精住處，師父必在他家也。」那獃子仗勢行兇，舉釘鈀盡力築將去，把他那石頭門築了一個大窟窿，叫道：「妖怪！快送出我師父來，免得釘鈀築倒門，一家子都是了帳！」

守門的小妖急急跑入報道：「大王，闖出禍來了！」老怪道：「有甚禍？」小妖道：「門前有人把門打破，嚷道要師父哩！」老怪大驚道：「不知是那個尋將來也？」先鋒道：「莫怕，等我出去看看。」那小妖奔至前門，從那打破的窟窿處，歪著頭，往外張，

註

※1 劈心裏：劈空裏，從半空衝下，亦作「趁機」解。

評點

◎1. 貧人卻要做這富的事，好似敗陣的呼將軍。(張評)

◎2. 隨手便將敬字一挑。(張評)

◎3. 隱隱昏昏，不大分亮。(張評)

「隱霧」、「連環」可解，「折岳」不可解。(周評)

見是個長嘴大耳朵，即回頭高叫：「大王莫怕他！這個是豬八戒，沒甚本事，不敢無理。他若無理，開了門，拿他進來凑蒸。怕便只怕那毛臉雷公嘴的和尚。」八戒在外邊聽見道：「哥啊，他不怕我，只怕你哩。師父定在他家了，你快上前。」行者罵道：「潑孽畜，你孫外公在這裏！送我師父出來，饒你命罷！」

先鋒道：「大王，不好了！孫行者也尋將來了。」老怪報怨道：「都是你定的甚麼『分瓣分瓣』，卻惹得禍事臨門。怎生結果？」先鋒道：「大王放心，且休埋怨。我記得孫行者是個寬洪海量的猴頭，雖則他神通廣大，卻好奉承。我們拿個假人頭出去哄他一哄，奉承他幾句，只說他師父是我們吃了。若還哄得他去了，唐僧還是我們受用；哄不過，再作理會。」老怪道：「那裏得個假人頭？」先鋒道：「等我做一個兒看。」

好妖怪，將一把銜鋼刀斧，把柳樹根砍作個人頭模樣，噴上些人血，糊糊塗塗的，著一個小怪，使漆盤兒拿至門下，叫道：「大聖爺爺，息怒容稟。」孫行者果好奉承，聽見叫聲「大聖爺爺」，便就止住八戒：「且莫動手，看他有甚話說。」拿盤的小怪道：「你師父被我大王拿進洞來，洞裏小妖村頑，不識好歹，這個來吞，那個來啃，抓的抓，咬的咬，把你師父吃了，只剩了一個頭在這裏也。」行者道：「既吃了便罷，只拿出人頭來，我看是真是假。」那小怪從門窟裏拋出那個頭來。豬八戒見了就哭道：「可憐呵！那們個師父進去，弄作這們個師父出來也！」行者道：「獃子，你且認認是真是假。就哭！」八戒道：「不羞！人頭有個真假的？」行者道：「這是個假人頭。」八戒道：「怎認得是假？」行者道：「真人頭拋出來，撲搭不響，假人頭拋得像梆子聲。你不信，等我拋了你聽。」拿起來往石頭上一摜，噹的一聲響喨。沙和尚道：「哥哥，響哩。」行者道：「響便是個假的。我教他現出本相來你看。」急掣金箍棒，撲的一下打破了。八戒看時，乃是個柳樹根。◎4

獃子忍不住罵起來道：「我把你這夥毛團！你將我師父藏在洞裏，拿個柳樹根哄你豬祖宗，莫成我師父是柳樹精變的！」◎5慌得那拿盤的小怪戰兢兢跑去報道：「難，難，難！難，難，難！」老妖道：「怎麼有許多難？」小妖道：「豬八戒與沙和尚倒哄過了，孫行者卻是個販古董的——識貨！識貨！他就認得是個假人頭。如今得個真人頭與他，或者他就去了。」老怪道：「怎麼得個真人頭？……我們那剝皮亭內有吃不了的人頭，選一個來。」一衆妖即至亭內揀了個新鮮的頭，教啃淨頭皮，◎6滑塔塔的，還使盤兒拿出，叫：「大聖爺爺！先前委是個假頭，這個真正是唐老爺的頭，我大王留了鎮宅子的，今特獻出來也。」撲通的把個人頭又從門窟裏拋出，血滴滴的亂滾。

孫行者認得是個真人頭，沒奈何就哭；八戒、沙僧也一齊放聲大哭。八戒噙著淚道：「哥哥且莫哭，天氣不是好天氣，恐一時弄臭了。等我拿將去，乘生氣埋下再哭。」行者道：「也說得是。」那獃子不嫌穢污，把個頭抱在懷裏，跑上山崖向陽處，尋了個藏風聚氣的所在，取釘鈀築了一個坑，把頭埋了。又築起一個墳塚，才叫：「沙僧，你與哥哥哭著，等我去尋些甚麼供養供養。」他就走向澗邊，攀幾根大柳枝，拾幾塊鵝卵石，回至

評點

◎4.全憑這個骷髏爲哩。（張評）
◎5.梅花瓣空拿唐僧，柳樹根難欺行者，梅、柳二計俱拙。（周評）
◎6.只說頭上沒血，不想臉上亦並無皮，如此爲法，直是苦事。（張評）

墳前，把柳枝兒插在左右，鵝卵石堆在面前。行者問道：「這是怎麼說？」八戒道：「這柳枝權為松柏，與師父遮遮墳頂；這石子權當點心，與師父供養供養。」行者喝道：「夯貨！人已死了，還將石子兒供他！」八戒道：「表表生人意，權為孝道心。」行者道：「且休胡弄！教沙僧在此：一則廬墓[2]，二則看守行李、馬匹。我和你去打破他的洞府，拿住妖魔，碎屍萬段，與師父報仇去來！」沙和尚滴淚道：「大哥言之極當。你兩個著意，我在此處看守。」

好八戒，即脫了皂錦直裰，束一束著體小衣，舉鈀隨著行者。二人努力向前，不容分辯，逕自把他石門打破，喊聲振天，叫道：「還我活唐僧來耶！」那洞裏大小群妖，一個個魂飛魄散，都報怨先鋒的不是。老妖問先鋒道：「這些和尚打進門來，卻怎處治？」先鋒道：「古人說得好：『手插魚籃，避不得腥。』一不做，二不休，左右帥領家兵，殺那和尚去來！」老怪聞言，無計可奈，真箇傳令，叫：「小的們，各要齊心，將精銳器械跟我去出征！」果然一齊吶喊，殺出洞門。

這大聖與八戒急退幾步，到那山場平處，抵住群妖，喝道：「那個是出名的頭兒？那個是拿我師父的妖怪？」那群妖扎下營盤，將一面錦繡花旗閃一閃，老怪持鐵杵，應聲高呼道：「那潑和尚，你認不得我？我乃南山大王，數百年放蕩於此。你唐僧已是我拿吃了，你敢如何？」行者罵道：「這個大膽的毛團！你能有多少的年紀，敢稱『南山』二字？李老君乃開天闢地之祖，尚坐於太清之右；佛如來是治世之尊，還坐於大鵬之下；孔

聖人是儒教之尊，亦僅呼為『夫子』。你這個孽畜，敢稱甚麼南山大王，數百年之放蕩！◎7不要走，吃你外公老爺一棒！」那妖精側身閃過，使杵抵住鐵棒，睜圓眼問道：「你這嘴臉像個猴兒模樣，敢將許多言語壓我！你有甚麼手段，在吾門下猖狂？」行者笑道：「我把你個無名的孽畜！是也不知老孫！你站住，硬著膽，且聽我說：

祖居東勝大神洲，天地包含幾萬秋。花果山頭仙石卵，卵開產化我根苗。
生來不比凡胎類，聖體原從日月儔。本性自修非小可，天姿穎悟大丹頭。
官封大聖居雲府，倚勢行兇鬥斗牛。十萬神兵難近我，滿天星宿易爲收。
名揚宇宙方方曉，智貫乾坤處處留。今幸皈依從釋教，扶持長老向西遊。
逢山開路無人阻，遇水支橋有怪愁。林內施威擒虎豹，崖前復手捉貔貅※3。
東方果正來西域，那個妖邪敢出頭？孽畜傷師眞可恨，管教時下命將休！」

那怪聞言，又驚又恨，咬著牙，跳近前來，使鐵杵望行者就打。行者輕輕的用棒架住，還要與他講話。那八戒忍不住，掣鈀亂築那怪的先鋒，先鋒帥衆齊來。這一場在山中平地處混戰，真是好殺：

東土大邦上國僧，西方極樂取眞經。南山大豹噴風霧，路阻深山獨顯能。施巧計，弄乖伶，無知誤捉大唐僧。相逢行者神通廣，更遭八戒有聲名。群妖混戰山平處，塵土紛

註

※2 盧墓：在墓地旁邊建立草廬，一般是爲了守墓。

※3 貔貅：音皮休，又名辟邪，古籍和傳說中的一種猛獸，龍頭、馬身、麒麟腳，狀似獅子。

評點

◎7.舊說此輩原以聖人自居。（張評）

飛天不清。那陣上，小妖呼哮，鎗刀亂舉；這壁廂，神僧叱喝，鈀棒齊興。大聖英雄無敵手，悟能精壯喜神生。南禺老怪，部下先鋒，都爲唐僧一塊肉，致令捨死又忘生。這兩個因師性命成仇隙，那兩個爲要唐僧忒惡情。往來鬥經多半會，衝衝撞撞沒輸贏。

孫大聖見那些小妖勇猛，連打不退，即使個分身法，把毫毛拔下一把，嚼在口中，噴出去，叫聲：「變！」都變作本身模樣，一個使一條金箍棒，從前邊往裏打進。那一二百個小妖，顧前不能顧後，遮左不能遮右，◎8一個個各自逃生，敗走歸洞。這行者與八戒，從陣裏往外殺來。可憐那些不識俊的妖精，搪著鈀，九孔血出；挽著棒，骨肉如泥。諕得那南山大王滾風生霧，得命逃回。那先鋒不能變化，早被行者一棒打倒，現出本相，乃是個鐵背蒼狼怪。◎9八戒上前扯著腳，翻過來看了道：「這廝從小兒也不知偷了人家多少豬牙子、羊羔兒吃了！」行者將身一抖，收上毫毛道：「獃子，不可遲慢！快趕老怪，討師父的命去來！」八戒回頭，就不見那些小行者，道：「哥哥的法相兒都去了？」行者道：「我已收來也。」八戒道：「妙

◆怪物先鋒被孫悟空打死，原來是個蒼狼怪。
（古版畫，選自李卓吾批評本《西遊記》）

啊，妙啊！」兩個喜喜歡歡，得勝而回。

卻說那老怪逃了命回洞，分付小妖搬石塊、挑土，把前門堵了。那些得命的小妖，一個個戰兢兢的把門都堵了，再不敢出頭。這行者引八戒，趕至門首吆喝，內無人答應。八戒使鈀築時，莫想得動。行者知之，道：「八戒，莫費氣力，他把門已堵了。」八戒道：「堵了門，師仇怎報？」行者道：「且回上墓前，看看沙僧去。」

二人復至本處，見沙僧還哭哩。八戒越發傷悲，丟了鈀，伏在墳上，手撲著土哭道◎10：「苦命的師父呵，遠鄉的師父呵！那裏再得見你耶！」行者道：「兄弟，且莫悲切。這妖精把前門堵了，一定有個後門出入。你兩個只在此間，等我再去尋看。」八戒滴淚道：「哥呵，仔細著！莫連你也撈去了，我們不好哭得：哭一聲師父，哭一聲師兄，就要哭得亂了。」◎11行者道：「沒事！我自有手段。」

好大聖，收了棒，束束裙，拽開步，轉過山坡，忽聽得潺潺水響。且回頭看處，原來是澗中水響，上溜頭沖泄下來。又見澗那邊有座門兒，門左邊有一個出水的暗溝，溝中流出紅水來。他道：「不消講，那就是後門了。◎12若要是原嘴臉，恐有小妖開門看見認得，等我變作個水蛇兒過去。且住！變水蛇恐師父的陰靈兒知道，怪我出家人變蛇纏長；變作個小螃蟹兒過去罷。也不好，恐師父怪我出家人腳多。」即作一個水老鼠，颼的一聲攛過去，從那出水的溝中鑽至裏面天井中，探著頭兒觀看。只見那向

評點

◎8. 即使能爲，亦遮不了許多。（張評）
◎9. 是個麻麻糊糊的怪。（張評）
◎10. 八戒此番絕口不談分行李散夥，亦奇！（周評）
◎11. 說得妙！（李評）
◎12. 前門爲不去，後門如何爲得來。（張評）

陽處有幾個小妖，拿些人肉巴子，一塊塊的理著曬哩。行者道：「我的兒呵！那想是師父的肉，吃不了，曬乾巴子防天陰的。我要現本相，趕上前一棍子打殺，顯得我有勇無謀；且再變化進去，尋那老怪，看是何如。」跳出溝，搖身又一變，變作個有翅的螞蟻兒。真箇是：

力微身小號玄駒，日久藏修有翅飛。閑渡橋邊排陣勢，喜來牀下鬥仙機。
善知雨至常封穴，壘積塵多遂作灰。巧巧輕輕能爽利，幾番不覺過柴扉。

他展開翅，無聲無影，一直飛入中堂。只見那老怪煩煩惱惱正坐，◎13有一個小妖從後面跳將來報道：「大王萬千之喜！」老妖道：「喜從何來？」小妖道：「我才在後門外澗頭上探看，忽聽得有人大哭，即𧿹上峰頭望望，原來是豬八戒、孫行者、沙和尚在那裏拜墳痛哭。想是把那個人頭認作唐僧的頭葬下，掆作墳墓哭哩。」行者在暗中聽說，心內歡喜道：「若出此言，我師父還藏在那裏，未曾吃哩。◎14等我再去尋尋，看死活如何，再與他說話。」

好大聖，飛在中堂，東張西看，見旁邊有個小門兒，關得甚緊，即從門縫兒裏鑽去看時，原是個大園子，隱隱的聽得悲聲。徑飛入深處，但見一叢大樹，樹底下綁著兩個人，一人正是唐僧。行者見了，心癢難撓，忍不住現了本相，近前叫聲：「師父！」那長老認得，滴淚道：「悟空，你來了？快救我一救！悟空！悟空！」行者道：「師父莫只管叫名字，面前有人，怕走了風汛。你既有命，我可救得你。那怪只說已將你吃了，拿個假人頭

評點

◎13. 爲到此時，大費躊躇，故曰難。（張評）
◎14. 轉筆極妙。（張評）
◎15. 只哄得一時一事，焉能常哄。（張評）
◎16. 機關已破，尚還做夢。（張評）

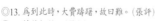

哄我，◎15我們與他恨苦相持。師父放心，且再熬熬兒，等我把那妖精弄倒，方好來解救。」

大聖念聲咒語，卻又搖身還變作個螞蟻兒，復入中堂，丁在正梁之上。只見那些未傷命的小妖，簇簇攢攢，紛紛嚷嚷。內中忽跳出一個小妖，告道：「大王，他們見堵了門，攻打不開，死心塌地，捨了唐僧，將假人頭弄作個墳墓。今日哭一日，明日再哭一日，後日復了三，好道回去。◎16打聽得他們散了啊，把唐僧拿出來，碎劙碎剁，把些大料煎了，香噴噴的大家吃一塊兒，也得個延年長壽。」又一個小妖拍著手道：「莫說，莫說，還是蒸了吃的有味！」又一個說：「煮了吃，還省柴。」又一個道：「他本是個稀奇之物，還著些鹽兒醃醃，吃得長久。」

行者在那梁中聽見，心中大怒道：「我師父與你有甚毒情，這般算計吃他！」即將毫毛拔了一把，口中嚼碎，輕輕吹出，暗念咒語，都教變作瞌睡蟲兒，往那眾妖臉上抛去。一個個鑽入鼻中，小妖漸漸打盹，不一時，都睡倒

孫悟空救了山中樵夫。圖為《歸去來辭圖》，元代錢選繪，描畫出鄉野樵子的生活景象。錢選（約西元1235－1307），字舜舉，號玉潭、霅川翁等，吳興（浙江湖州）人；南宋景定年間鄉貢進士，擅畫山水、人物、花鳥。

了。只有那個老妖睡不穩，他兩隻手揉頭搓臉，不住的打涕噴，捏鼻子。行者道：「莫是他曉得了？與他個雙捺燈。」又拔一根毫毛，依母※4兒做了，拋在他臉上，鑽於鼻孔內。兩個蟲兒，一個從左進，一個從右入。那老妖爬起來，伸伸腰，打兩個呵欠，呼呼的也睡倒了。◎17

行者暗喜，才跳下來，現出本相。耳朵裏取出棒來，幌一幌，有鴨蛋粗細，噹的一聲，把旁門打破，跑至後園，高叫：「師父！」長老道：「徒弟，快來解解繩兒！綁壞我了。」行者道：「師父不要忙，等我打殺妖精，再來解你。」急抽身跑至中堂。正舉棍要打，又滯住手道：「不好！等解了師父來打。」復至園中，又思量道：「等打了來救。」如此者兩三番，卻才跳跳舞舞的到園裏。長老見了，悲中作喜道：「猴兒，想是看見我不曾傷命，所以歡喜得沒是處，故這等作跳舞也。」行者才至前，將繩解了，挽著師父就走。又聽得對面樹上綁的人叫道：「老爺，捨大慈悲，也救我一命！」長老立定身，叫：「悟空，那個人也解他一解。」行者道：「他是甚麼人？」長老道：「他比我先拿進一日。他是個樵子，說有母親年老，甚是思想，倒是個盡孝的，一發連他都救了罷。」行者依言，也解了繩索，一同帶出後門，爬上石崖，過了陡澗。長老謝道：「賢徒，虧你救了他與我命。悟能、悟淨都在何處？」行者道：「他兩個都在那裏哭你哩，你可叫他一聲。」長老果厲聲高叫道：「八戒！八戒！」

那獃子哭得昏頭昏腦的，揩揩鼻涕眼淚道：「沙和尚，師父回家來顯魂哩。在那裏叫

我們不是？」行者上前喝了一聲道：「夯貨，顯甚麼魂！這不是師父來了？」那沙僧抬頭見了，忙忙跪在面前道：「師父，你受了多少苦呵！哥哥怎生救得你來也？」行者把上項事說了一遍。八戒聞言，咬牙恨齒，忍不住舉起鈀，把那墳塚一頓築倒，掘出那人頭，一頓築得稀爛。唐僧道：「你築他為何？」八戒道：「師父呵，不知他是那家的亡人，教我朝著他哭！」長老道：「虧他救了我命哩。你兄弟們打上他門，嚷著要我，想是拿他來搪塞，不然呵，就殺了我也。還把他埋一埋，見我們出家人之意。」那獃子聽長老此言，遂將一包稀爛骨肉埋下，也摑起個墳墓。

行者卻笑道：「師父，你請略坐坐，等我剿除去來。」即又跳下石崖，過澗入洞，把那綁唐僧與樵子的繩索拿入中堂。那老妖還睡著了，即將他四馬攢蹄捆倒，使金箍棒掬起來，握在肩上，徑出後門。豬八戒遠遠的望見道：「哥哥好幹這握頭※5事！再尋一個兒趁頭※6挑著不好？」行者到跟前放下，八戒舉鈀就築。行者道：「且住！洞裏還有小妖怪未拿哩。」八戒道：「哥啊，有便帶我進去打他。」行者道：「打又費工夫了，不若尋些柴，教他斷根罷。」那樵子聞言，即引八戒去東凹裏，尋了些破梢竹、敗葉松、空心柳、斷根藤、黃蒿、老荻、蘆葦、乾桑，挑了若干，送入後門裏。行者點上火，八戒兩耳搧起風。那大聖將身跳上，抖一抖，收了瞌睡蟲的毫毛。那些小妖及醒來，烟火齊著。可憐！

註

※4 母：模的同音字，指樣本、模範。

※5 握頭：淮安方言，用棍棒一頭挑著貨物的意思。

※6 趁頭：淮安方言，指用挑子挑貨物的時候，配在較輕一頭的貨物。趁，也作稱。

評點

◎17. 爲之不久便已乏困，故曰難乎有恆。（張評）

◆豬八戒打死了老怪，原來是隻花皮豹子精。（朱寶榮繪）

莫想有半個得命。連洞府燒得精空，卻回見師父。

師父聽見老妖方醒聲喚，便叫：「徒弟，妖精醒了。」八戒上前一鈀，把老怪築死，現出本相，原來是個艾葉花皮豹子精。行者道：「花皮會吃老虎，如今又會變人。這頓打死，才絕了後患也。」長老謝之不盡，攀鞍上馬。那樵子道：「老爺，向西南去不遠，就是舍下。請老爺到舍，見見家母，叩謝老爺活命之恩，送老爺上路。」

長老欣然，遂不騎馬，與樵子並四眾同行。向西南迤邐前來，不多路，果見那：

石徑重漫苔蘚，柴門蓬絡藤花。四面山光連接，一林鳥雀喧嘩。
密密松篁交翠，紛紛異卉奇葩。地僻雲深之處，竹籬茅舍人家。

遠見一個老嫗，倚著柴扉，眼淚汪汪的，兒天兒地的痛哭。這樵子看見是他母親，丟了長老，急忙忙先跑到柴扉前，跪下叫道：「母親，兒來也！」老嫗一把抱住道：「兒呵，你這幾日不來家，我只說是山主拿你去，害了性命，是我心疼難忍。你既不曾被害，何以今日才來？你繩擔、柯斧俱在何處？」樵子叩頭道：「母親，兒已被山主拿去，綁在樹上，實是難得性命。幸虧這幾位老爺！這老爺是東土唐朝往西天取經的羅漢。那老爺倒也被山主拿去，綁在樹上。他那三位徒弟老爺神通廣大，把山主一頓打

艾葉花皮豹子精。（fotoe提供）

死，卻是個艾葉花皮豹子精；◎18概衆小妖，俱盡燒死。卻將那老老爺解下救出，連孩兒都解救出來。此誠天高地厚之恩！不是他們，孩兒也死無疑了。如今山上太平，孩兒徹夜行走，也無事矣。」

那老嫗聽言，一步一拜，拜接長老四衆，都入柴扉茅舍中坐下。娘兒兩個磕頭稱謝不盡，慌慌忙忙的安排些素齋酬謝。八戒道：「樵哥，我見你府上也寒薄，只可將就一飯，切莫費心大擺佈。」樵子道：「不瞞老爺說，我這山間實是寒薄，沒甚麼香蕈、蘑菇、川椒、大料，只是幾品野菜奉獻老爺，權表寸心。」八戒笑道：「聒噪，聒噪。放快些兒就是，我們肚中飢了。」樵子道：「就有，就有。」果然不多時，展抹桌凳，擺將上來，果是幾盤野菜。但見那：

嫩焯黃花菜，酸虀白鼓丁。浮薔馬齒莧，江薺雁腸英。燕子不來香且嫩，芽兒拳小脆還青。爛煮馬藍頭，白熝狗腳跡。貓耳朵，野落蓽，灰條熟爛能中吃；剪刀股，牛塘利，倒灌窩螺操帚薺。碎米薺，萵菜薺，幾品清香又滑膩。油炒烏英花，菱科甚可誇；蒲根菜並茭兒菜，四般近水實清華。看麥娘，嬌且佳；破破納，不穿他；苦麻臺下藩籬架。雀兒綿單，猢猻腳跡，油灼灼煎來只好吃。斜蒿青蒿抱娘蒿，燈蛾兒飛上板蕎蕎。羊耳禿，枸杞頭，加上烏藍不用油。幾般野菜一餐飯，樵子虔心為謝酬。◎19

師徒們飽餐一頓，收拾起程。那樵子不敢久留，請母親出來，再拜再謝。樵子只是磕頭，取了一條棗木棍，結束了衣裙，出門相送。沙僧牽馬，八戒挑擔，行者緊隨左右，長

老在馬上拱手道：「樵哥，煩先引路，到大路上相別。」一齊登高下坂，轉澗尋坡。長老在馬上思量道：「徒弟呵！

自從別主來西域，遞遞迢迢去路遙。水水山山災不脫，妖妖怪怪命難逃。

心心只爲經三藏，念念仍求上九霄。碌碌勞勞何日了，幾時行滿轉唐朝？」

樵子聞言道：「老爺，切莫憂思。這條大路，向西方不滿千里，就是天竺國極樂之鄉也。」◎20長老聞言，翻身下馬道：「有勞遠涉。既是大路，請樵哥回府，多多拜上令堂老安人：適間厚擾盛齋，貧僧無甚相謝，只是早晚誦經，保佑你母子平安，百年長壽。」那樵子喏喏相辭，復回本路。師徒遂一直投西。正是：

降怪解冤離苦厄，受恩上路用心行。

畢竟不知還有幾日得到西天，且聽下回分解。

總批

悟一子曰：此承上篇，言禪心被障，由於怠欺，須精勤振攝，不可使一毫假借，然後能表裏洞徹、通透連環也。（陳評節錄）

悟元子曰：上回言不知根本之學，惟遏絕外緣，反致心病，非徒無益，而又害之矣。故此回叫人切實下功，處處在根本上著力，使金木和同，陰陽共濟。不隱不瞞，豁然貫通，而吾心之全體大用，無不明矣。（劉評節錄）

評點

◎18. 誰知分辯梅花計，卻現花皮艾葉形！（周評）
◎19. 一團敬意，卻於菜上寫出，尤爲奇絕。（張評）
◎20. 好了，好了，巴得著了。（周評）

第八十七回

鳳仙郡冒※1天止雨　孫大聖勸善施霖

大道幽深，如何消息，說破鬼神驚駭。挾藏宇宙，剖判玄光※2，眞樂世間無賽。靈鷲峰前，寶珠拈出，明映五般光彩。照乾坤上下群生，知者壽同山海。

卻說三藏師徒四衆，別樵子下了隱霧山，奔上大路。行經數日，忽見一座城池相近。三藏道：「悟空，你看那前面城池，可是天竺國麼？」◎1行者搖手道：「不是，不是。如來處雖稱極樂，卻沒有城池，乃是一座大山，山中有樓臺殿閣，喚作靈山大雷音寺。就到了天竺國，也不是如來住處，天竺國還不知離靈山有多少路哩！那城想是天竺之外郡，到前邊方知明白。」

不一時，至城外。三藏下馬，入到三層門裏，見那民事荒涼，街衢冷落。又到市口之

✦《新說西遊記圖像》描繪第八十七回精采場景：郡侯聽說唐僧能求雨，一見唐僧便倒身下拜。悟空為了求雨，上天一行，才發現乾旱的真相。（古版畫，選自《新說西遊記圖像》）

評點

◎1. 回照上文，順手卻帶出個「天」字。（張評）
◎2. 盧籠弗敬，先從人上一襯。（張評）
◎3. 籠起民災，便得倒提之勢。（張評）

間，見許多穿青衣者，左右擺列；有幾個冠帶者，立於房簷之下。他四眾順街行走，那些人更不遜避。◎2豬八戒村愚，把長嘴掬一掬，叫道：「讓路！讓路！」那些人猛抬頭，看見模樣，一個個骨軟筋麻，跌跌蹡蹡，都道：「妖精來了！妖精來了！」諕得那簷下冠帶者，戰兢兢躬身問道：「那方來者？」三藏恐他們闖禍，一力當先，對眾道：「貧僧乃東土大唐駕下拜天竺國大雷音寺佛祖求經者。路過寶方，一則不知地名，二則未落人家，才進城，甚失迴避，望列公恕罪。」那官人卻才施禮道：「此處乃天竺外郡，地名鳳仙郡。連年乾旱，郡侯差我等在此出榜，招求法師祈雨救民也。」◎3行者聞言道：「你的榜文何在？」眾官道：「榜文在此。適間才打掃廊簷，還未張掛。」行者道：「拿來我看看。」眾官即將榜文展開，掛在簷下。行者四眾上前同看，榜上寫著：

「大天竺國鳳仙郡郡侯上官，為榜聘明師，招求大法事。茲因郡土寬弘，軍民殷實，連年亢旱，累歲乾荒，民田菑※3而軍地薄，河道淺而溝澮空。井中無水，泉底無津。富室聊以全生，窮民難以活命。斗粟百金之價，束薪五兩之資。十歲女，易米三升；五歲男，隨人帶去。城中懼法，典衣當物以存身；鄉下欺公，打劫吃人而顧命。為此出給榜文，仰望十方賢哲，禱雨救民，恩當重報。願以千金奉謝，決不虛言。須至榜者。」

註

※1 冒：褻瀆、觸犯、得罪。
※2 玄光：玄黃，天地的意思。
※3 菑：災的古體字，指災禍、禍害。

古稱天竺的印度，雖是佛教發源地，但自古盛行印度教信仰。右圖中印度泰米爾納德邦的馬杜賴（Madurai），為古代印度教七大聖城之一；據文獻記載，此地以前是一片黑檀樹林，後來伐林建城，所以又名「格登泊克」，意即黑檀樹林。攝於2003年。（張奮泉／fotoe提供）

行者看罷，對衆官道：「上官乃是姓，此我郡侯之姓也。」行者笑道：「此姓卻少。」八戒道：「哥哥不曾讀書。《百家姓》後有一句『上官歐陽』。」三藏道：「徒弟們，且休閑講。那個會求雨，與他求一場甘雨，以濟民瘼※4，此乃萬善之事；如不會，就行，莫誤了走路。」行者道：「祈雨有甚難事！我老孫翻江攪海，換斗移星，踢天弄井，吐霧噴雲，擔山趕月，喚雨呼風，那一件兒不是幼年耍子的勾當？◎4何為稀罕！」

衆官聽說，著兩個急去郡中報道：「老爺，萬千之喜至也！」那郡侯正焚香默祝，聽得報聲喜至，即問：「何喜？」那官道：「今日領榜，方至市口張掛，即有四個和尚，稱是東土大唐差往天竺國大雷音拜佛求經者，見榜即道能祈甘雨，特來報知。」◎5

那郡侯即整衣步行，不用轎馬多人，徑至市口，以禮敦請。忽有人報道：「郡侯老爺來了。」衆人閃過。那郡侯一見唐僧，不怕他徒弟醜惡，當街心倒身下拜道：「下官乃鳳仙郡郡侯上官氏，熏沐拜請老師祈雨救民。望師◎6大捨慈悲，運神功，拔濟拔濟！」三藏答禮道：「此間不是講話處，待貧僧到那寺觀，卻好行事。」郡侯道：「老師同到小衙，自有潔淨之處。」

師徒們遂牽馬挑擔，徑至府中，一一相見。郡侯即命看茶擺齋。少頃齋至，那八戒放量吞餐，如同餓虎。諕得那些捧盤的心驚膽戰，一往一來，添湯添飯，就如走馬燈兒一般，剛剛供上，直吃得飽滿方休。◎7齋畢，唐僧謝了齋，卻問：「郡侯大人，貴處乾旱幾時了？」郡侯道：

「敝地大邦天竺國，鳳仙外郡吾司牧※5。一連三載遇乾荒，草子不生絕五穀。
大小人家買賣難，十門九户俱啼哭。三停餓死二停人，一停還似風中燭。
下官出榜遍求賢，幸遇眞僧來我國。若施寸雨濟黎民，願奉千金酬厚德！」

行者聽說，滿面喜生，呵呵的笑道：「莫說，莫說。若說千金為謝，半點甘雨全無；但論積功累德，老孫送你一場大雨。」◎8那郡侯原來十分清正賢良，愛民心重，即請行者上坐，低頭下拜道：「老師果捨慈悲，下官必不敢悖德。」行者道：「且莫講話，請起。但煩你好生看著我師父，等老孫行事。」沙僧道：「哥哥，怎麼行事？」行者道：「你和八戒過來，就在他這堂下隨著我做個羽翼，等老孫喚龍來行雨。」◎9八戒、沙僧謹依使令，三個人都在堂下。郡侯焚香禮拜，三藏坐著念經。

行者念動真言，誦動咒語，即時見正東上一朵烏雲，漸漸落至堂前，乃是東海老龍王敖廣。那敖廣收了雲腳，化作人形，走向前，對行者躬身施禮道：「大聖喚小龍來，那方使用？」行者道：「請起。累你遠來，別無甚事。此間乃鳳仙郡，連年乾旱，問你如何不來下雨？」老龍道：「啟上大聖得知，我雖能行雨，乃上天遣用之輩。上天不差，豈敢擅自來此行雨？」行者道：「我因路過此方，見久旱民苦，特著你來此施雨救濟，如何推托？」龍王道：「豈敢推托？但大聖念真言呼喚，不敢不來。一則未奉上天御旨，二則未

註

※4 民瘼：瘼，疾苦。民瘼，民間的疾苦。

※5 司牧：古代喻民衆爲羊，官員爲牧羊人，所以稱呼地方官員爲司牧。

評點

◎4. 以祈雨爲兒戲，足見其不敬。（張評）
◎5. 儼然以明師自任。（張評）
◎6. 乃雨師也，二字已爲下章作孕。（張評）
◎7. 民災未除，已私先遂。（張評）
◎8. 即此一語，可當一場大雨矣。豈非仁人之言，其利博哉！（周評）
◎9. 龍豈是喚得？（張評）

曾帶得行雨神將，怎麼動得雨部？大聖既有拔濟之心，容小龍回海點兵，煩大聖到天宮奏准，請一道降雨的聖旨，請水官放出龍來，我卻好照旨意數目下雨。」

行者見他說出理來，只得發放老龍回海。他即跳出罡斗，對唐僧備言龍王之事。唐僧道：「既然如此，你去為之，切莫打誑語。」行者即分付八戒、沙僧：「保著師父，我上天宮去也。」好大聖，說聲去，寂然不見。那郡侯膽戰心驚道：「孫老爺那裏去了？」八戒笑道：「駕雲上天去了。」郡侯十分恭敬，◎10傳出飛報，教滿城大街小巷，不拘公卿士庶、軍民人等，家家供養龍王牌位，門設清水缸，缸插楊柳枝，侍奉香火，拜天不題。◎11

卻說行者一路觔斗雲，逕到西天門外，早見護國天王引天丁、力士上前迎接道：「大聖，取經之事完乎？」行者道：「也差不遠矣。今行至天竺國界，有一外郡，名鳳仙郡，彼處三年不雨，民甚艱苦。老孫欲祈雨拯救，呼得龍王到彼，他言無旨，不敢私自為之。特來朝見玉帝請旨。」天王道：「那壁廂敢是不該下雨哩。我向時聞得說：那郡侯撒潑，冒犯天地，上帝見罪，立有米山、麵山、黃金大鎖；直等此三事倒斷，才該下雨。」◎12行者不知此意是何，要見玉帝。天王不敢攔阻，讓他進去。

逕至通明殿外，又見四大天師迎道：「大聖到此何幹？」行者道：「因保唐僧，路至天竺國界，鳳仙郡無雨，郡侯召師祈雨。老孫呼得龍王，意命降雨，他說未奉玉帝旨意，不敢擅行。特來求旨，以甦民困。」四大天師道：「那方不該下雨。」行者笑道：「該與不該，煩為引奏引奏，看老孫的人情何如。」葛仙翁道：「俗語云：『蒼蠅包網兒——好

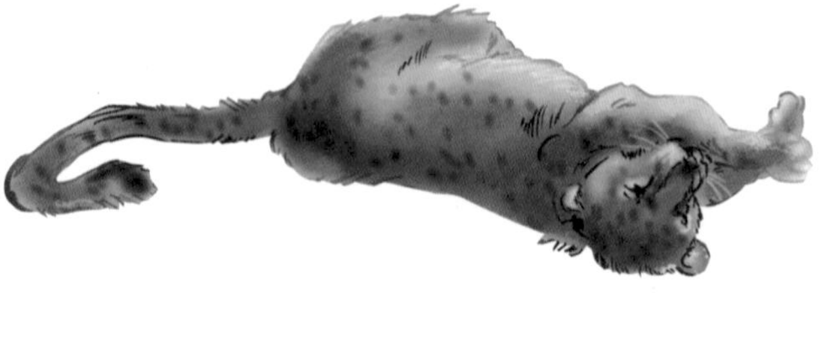

大面皮！』」許旌陽道：「不要亂談，且只帶他進去。」丘弘濟、張道陵與葛、許四真人引至靈霄殿下，啟奏道：「萬歲，有孫悟空路至天竺國鳳仙郡，欲與求雨，特來請旨。」玉帝道：「那廝三年前十二月二十五日，朕出行監觀萬天，浮遊三界。駕至他方，見那上官正不仁，將齋天素供推倒喂狗，口出穢言，造有冒犯之罪，朕即立以三事，在於披香殿內。汝等引孫悟空去看：若三事倒斷，即降旨與他；如不倒斷，且休管閑事。」

四天師即引行者至披香殿裏看時，見有一座米山，約有十丈高下；一座麵山，約有二十丈高下。米山邊有一隻拳大之雞，在那裏緊一嘴，慢一嘴，嗛那米吃；麵山邊有一隻金毛哈巴狗兒，在那裏長一舌，短

玉帝規定只有狗吃完了麵山等三事完成，才能降雨給鳳仙郡。（朱寶榮繪）

評點

◎10. 煩人爲己，安得不敬。（張評）
◎11. 先講敬天，極有層次。（張評）
◎12. 虛籠題面，極得弗敬降災之意。（張評）

一舌，餂那麵吃。左邊懸一座鐵架子，架上掛一把金鎖，約有一尺三四寸長短，鎖梃有指頭粗細，下面有一盞明燈，燈焰兒燎著那鎖梃。行者不知其意，回頭問天師曰：「此何意也？」天師道：「那廝觸犯了上天，玉帝立此三事，直等雞嗛了米盡，狗餂得麵盡，燈焰燎斷鎖梃，那方才該下雨哩。」◎13

行者聞言，大驚失色，再不敢啟奏，走出殿，滿面含羞。四大天師笑道：「大聖不必煩惱，這事只宜作善可解。◎14若有一念善慈，驚動上天，那米、麵山即時就倒，鎖梃即時就斷。你去勸他歸善，福自來矣。」行者依言，不上靈霄辭玉帝，徑來下界覆凡夫。須臾，到西天門，又見護國天王。天王道：「請旨如何？」行者將米山、麵山、金鎖之事說了一遍，道：「果依你言，不肯傳旨。適間天師送我，教勸那廝歸善，即福原也。」遂相別，降雲下界。

✦孫悟空拜見玉帝，請求為鳳仙郡降雨。（古版畫，選自李卓吾批評本《西遊記》）

那郡侯同三藏、

八戒、沙僧、大小官員人等接著，都簇簇攢攢來問。行者將郡侯喝了一聲道：「只因你這廝三年前十二月二十五日冒犯了天地，致令黎民有難，如今不肯降雨！」慌得郡侯跪伏在地道：「老師如何得知三年前事？」行者道：「你把那齋天的素供，怎麼推倒喂狗？可實實說來！」那郡侯不敢隱瞞，道：「三年前十二月二十五日，獻供齋天，在於本衙之內，因妻不賢，惡言相鬥，一時怒發無知，推倒供桌，潑了素饌，果是喚狗來吃了。這兩年憶念在心，神思恍惚，無處可以解釋。不知上天見罪，遺害黎民。今遇老師降臨，萬望明示，上界怎麼樣計較。」行者道：「那一日正是玉皇下界之日，見你將齋供喂狗，又口出穢言，玉帝即立三事記汝。」八戒問道：「是甚三事？」行者道：「披香殿立一座米山，約有十丈高下；一座麵山，約有二十丈高下。米山邊有拳大的一隻小雞，在那裏緊一嘴，慢一嘴的嗛那米吃；麵山邊有一個金毛哈巴狗兒，在那裏長一舌，短一舌的餂那麵吃。◎15 左邊又一座鐵架子，架上掛一把黃金大鎖，鎖梃兒有指頭粗細，下面有一盞明燈，燈焰兒燎著那鎖梃。直等那雞嗛米盡，狗餂麵盡，燈燎斷鎖梃，他這裏方才該下雨哩。」八戒笑道：「不打緊，不打緊！哥哥肯帶我去，變出法身來，一頓把他的米麵都吃了，鎖梃弄斷了，管取下雨。」行者道：「獃子莫胡說！此乃上天所設之計，你怎麼得見？」三藏道：「似這等說，怎生是好？」行者道：「不難，不難。我臨行時，四天師曾對我言，但只作善可解。」那郡侯拜伏在地，哀告道：「但憑老師指教，下官一一歸依也。」行者道：「你若回心向善，趁早兒念佛看經，我還替你作為；汝若仍前不改，我亦不能解釋，不久

評點

◎13. 怕人，怕人，果若此，是無厲仙矣。（周評）
◎14. 善即敬也，筆意絕妙。（張評）
◎15. 如此寫出個災字，眞乃奇聞罕見。（張評）

天即誅之，性命不能保矣。」

那郡侯磕頭禮拜，誓願歸依。當時召請本處僧道，啟建道場，各各寫發文書，申奏三天。郡侯領衆拈香瞻拜，答天謝地，引罪自責。三藏也與他念經。一壁廂又出飛報，教城裏城外，大家小戶，不論男女人等，都要燒香念佛。自此時，一片善聲盈耳。行者卻才歡喜，對八戒、沙僧道：「你兩個好生護持師父，等老孫再與他去去來。」八戒道：「哥哥又往那裏去？」行者道：「這郡侯聽信老孫之言，果然受教，恭敬善慈，誠心念佛。我這去再奏玉帝，求些雨來。」沙僧道：「哥哥既要去，不必遲疑，且耽擱我們行路；必求雨一壇，庶成我們之正果也。」

好大聖，又縱雲頭，直至天門外，還遇著護國天王。天王道：「你今又來做甚？」行者道：「那郡侯已歸善矣。」天王亦喜。正說處，早見直符使者捧定了道家文書、僧家關牒，到天門外傳遞。那符使見了行者，施禮道：「此意乃大聖勸善之功。」行者道：「你將此文牒送去何處？」符使道：「直送至通明殿上，與天師傳遞到玉皇大天尊前。」行者道：「如此，你先行，我當隨後而去。」那符使入天門去了。護國天王道：「大聖，不消見玉帝了。你只往九天應元府下，借點雷神，逕自聲雷掣電，還他就有雨下也。」

真箇行者依言，入天門裏，不上靈霄殿求請旨意，轉雲步，徑往九天應元府。見那雷門使者、糾錄典者、廉訪典者都來迎著，施禮道：「大聖何來？」行者道：「有事要見天尊。」三使者即為傳奏。天尊隨下九鳳丹霞之扆，整衣出迎。相見禮畢，行者道：「有一事

特來奉求。」天尊道：「何事？」行者道：「我因保唐僧，至鳳仙郡，見那乾旱之甚，已許他求雨，特來告借貴部官將到彼聲雷。」天尊道：「我知那郡侯冒犯上天，立有三事，不知可該下雨哩。」行者笑道：「我昨日已見玉帝請旨。玉帝著天師引我去披香殿看那三事，乃是米山、麵山、金鎖，只要三事倒斷，方該下雨。我愁難得倒斷，天師教我勸化郡侯等眾作善，以為『人有善念，天必從之』，庶幾可以回天心，解災難也。今已善念頓生，善聲盈耳。適間直符使者已將改行從善的文牒奏上玉帝去了，老孫因特造尊府，告

本回末，孫悟空帶四部衆神為鳳仙郡降雨，下足三尺零四十二點。才開始打雷刮風，鳳仙郡的人就跪了一地。（朱寶榮繪）

借雷部官將相助相助。」天尊道：「既如此，差鄧、辛、張、陶帥領閃電娘子，即隨大聖下降鳳仙郡聲雷。」

那四將同大聖，不多時至於鳳仙境界，即於半空中作起法來。只聽得唿喇喇的雷聲，又見那淅瀝瀝的閃電，真箇是：

電掣紫金蛇，雷轟群蟄鬨。熒煌飛火光，霹靂崩山洞。列缺※6滿天明，震驚連地縱。
紅銷一閃發萌芽，萬里江山都撼動。

那鳳仙郡城裏城外，大小官員、軍民人等，整三年不曾聽見雷電；今日見有雷聲霍閃，一齊跪下，頭頂著香爐，有的手拈著柳枝，都念：「南無阿彌陀佛！南無阿彌陀佛！」這一聲善念，果然驚動上天。◎16正是那古詩云：

人心生一念，天地悉皆知。善惡若無報，乾坤必有私。

且不說孫大聖指揮雷將，掣電轟雷於鳳仙郡，人人歸善。卻說那上界直符使者，將僧、道兩家的文牒送至通明殿，四天師傳奏靈霄殿。玉帝見了道：「那廝們既有善念，看三事如何？」正說處，忽有披香殿看管的將官報道：「所立米、麵山俱倒了，霎時間米、麵皆無，鎖梃亦斷。」◎17奏未畢，又有當駕天官引鳳仙郡土地、城隍、社令等神齊來拜奏道：「本郡郡主並滿城大小黎庶之家，無一家一人不皈依善果，禮佛敬天。今啟垂慈，普降甘雨，救濟黎民。」玉帝聞言大喜，即傳旨：「著風部、雲部、雨部，各遵號令，去下方，按鳳仙郡界，即於今日今時，聲雷佈雲，降雨三尺零四十二點。」◎18時有四大天師奉

旨，傳與各部，隨時下界，各逞神威，一齊振作。

行者正與鄧、辛、張、陶，令閃電娘子在空中調弄，只見眾神都到，合會一天。那其間風雲際會，甘雨滂沱。好雨：

漠漠濃雲，濛濛黑霧。雷車轟轟，閃電灼灼。滾滾狂風，淙淙驟雨。所謂一念回天，萬民滿望。全虧大聖施元運，萬里江山處處陰。好雨傾河倒海，蔽野迷空。簷前垂瀑布，窗外響玲瓏。萬戶千門人念佛，六街三市水流洪。東西河道條條滿，南北溪灣處處通。槁苗得潤，枯木回生。田疇麻麥盛，村堡荳糧升。客旅喜通販賣，農夫愛爾耘耕。從今黍稷多條暢，自然稼穡得豐登。風調雨順民安樂，海晏河清享太平。

一日雨下足了三尺零四十二點，眾神祇漸漸收回。孫大聖厲聲高叫道：「那四部眾神，且暫停雲從，待老孫去叫郡侯拜謝列位。列位可撥開雲霧，各現真身，與這凡夫親眼看看，他才信心供奉也。」眾神聽說，只得都停在空中。

這行者按落雲頭，徑至郡裏。早見三藏、八戒、沙僧都來迎接，那郡侯一步一拜來謝。行者道：「且慢謝我。我已留住四部神祇，你可傳召多人，同此拜謝，教他向後好來降雨。」郡侯隨傳飛報，召眾同酬，都一個個拈香朝拜。只見那四部神祇開明雲霧，各現真身。四部者，乃雨部、雷部、雲部、風部。只見那：

龍王顯像，雷將舒身，雲童出現，風伯垂真。龍王顯像，銀鬚蒼貌世無雙；雷將舒

註

※6 列缺：閃電。

評點

◎16. 如今念一聲佛求天者極多。（李評）
◎17. 妙不可言，如此方見造物之靈巧。（周評）
◎18. 定要餘幾十點何也？豈無零不成數耶！（周評）

身，鈎嘴威顏誠莫比；雲童出現，誰如玉面金冠；風伯垂眞，曾似燥眉環眼。齊齊顯露青霄上，各各挨排現聖儀。鳳仙郡界人才信，頂禮拈香惡性回。今日仰朝天上將，洗心向善盡皈依。

眾神祇寧待了一個時辰，人民拜之不已。孫行者又起在雲端，對眾作禮道：「有勞，有勞！請列位各歸本部。老孫還教郡界中人家供養高真，遇時節醮謝。列位從此後，五日一風，十日一雨，還來拯救拯救。」眾神依言，各各轉部不題。

卻說大聖墜落雲頭，與三藏道：「事畢民安，可收拾走路矣。」那郡侯聞言，急忙行禮道：「孫老爺說那裏話！今此一場，乃無量無邊之恩德。下官這裏差人辦備小宴，奉答厚恩。仍買治民間田地，與老爺起建寺院，立老爺生祠，勒碑刻名，四時享祀。雖刻骨鏤心，難報萬一，怎麼就說走路的話？」三藏道：「大人之言雖當，但我等乃西方掛搭行腳之僧，不敢久住。一二日間，定走無疑。」那郡侯那裏肯放，連夜差多人治辦酒席，起蓋祠宇。

次日，大開佳宴，請唐僧高坐，孫大聖與八戒、沙僧列坐。郡侯同本郡大小官員部臣，把杯獻饌，細吹細打，款待了一日。這場果是欣然，有詩為證：

田疇久旱逢甘雨，河道經商處處通。
深感神僧來郡界，多蒙大聖上天宮。
解除三事從前惡，一念皈依善果弘。

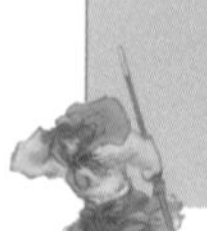

評點

◎19. 只謝雨師，便已注定下意。(張評)
◎20. 不知此跡今尚在否？(周評)

此後願如堯舜世，五風十雨萬年豐。

一日筵，二日宴；今日酬，明日謝；◎19扳留將有半月，只等寺院生祠完備。一日，郡侯請四衆往觀。唐僧驚訝道：「功程浩大，何成之如此速耶？」郡侯道：「下官催趲人工，晝夜不息，急急命完，特請列位老爺看看。」行者笑道：「果是賢才能幹的好賢侯也。」即時都到新寺，見那殿閣巍峨，山門壯麗，俱稱讚不已。行者請師父留一寺名，三藏道：「有，留名當喚作『甘霖普濟寺』。」◎20郡侯稱道：「甚好，甚好！」用金貼廣招僧衆，侍奉香火。殿左邊立起四衆生祠，每年四時祭祀；又起蓋雷神、龍神等廟，以答神功。看畢，即命趲行。

那一郡人民知久留不住，各備贐儀※7，分文不受。因此，合郡官員人等，盛張鼓樂，大展旌幢，送有三十里遠近，猶不忍別，遂掩淚目送，直至望不見方回。這正是：

碩德神僧留普濟，齊天大聖廣施恩。

畢竟不知此去還有幾日方見如來，且聽下回分解。

總批

米山、麵山處，亦可提醒不敬天地愚人。太守一念惡，則不雨；太守一念善，則雨。百姓死活，全在太守手裏。寄語天下太守，也要知他百姓死活方好。（李評）

悟元子曰：上回除去幻身後天之假陰陽，得其金丹先天之真陰陽，方是度已度人、內外雙修之大道矣。……《悟真》云：「黃芽白雪不難尋，達者須憑德行深。四象五行全藉土，三元八卦豈離壬。」正此回之妙旨。（劉評節錄）

註

※7 贐儀：送別禮。

山西五臺山普濟寺。（羅小韻／fotoe提供）

第八十八回

禪到玉華施法會　心猿木母授門人

話說唐僧喜喜歡歡別了郡侯，在馬上向行者道：「賢徒，◎1這一場善果，真勝似比丘國搭救兒童，皆爾之功也。」沙僧道：「比丘國只救得一千一百一十一個小兒，怎似這場大雨，滂沱浸潤，活穀者萬萬千千性命！弟子也暗自稱讚◎2大師兄的法力通天，慈恩蓋地也。」八戒笑道：「哥的恩也有，善也有，卻只是外施仁義，內包禍心；但與老豬走，就要作踐人。」◎3行者道：「我在那裏作踐你？」八戒道：「也彀了！常照顧我捆，照顧我吊，照顧我煮，照顧我蒸。今在鳳仙郡施了恩惠與萬萬之人，就該住上半年，帶挈我吃幾頓自在飽飯，卻只管催促行路！」長老聞言，喝道：「這個獃子，怎麼只思量擄嘴※1！快走路，再莫鬥口！」八戒不敢言，掬掬嘴，挑著行囊，打著哈

◆《新說西遊記圖像》描繪第八十八回精采場景：孫悟空師兄弟的武藝令三個小王子佩服不已，一齊下跪拜師。（古版畫，選自《新說西遊記圖像》）

哈，師徒們奔上大路。此時光景如梭，又值深秋之候。◎4但見：

水痕收，山骨瘦。紅葉紛飛，黃花時候。霜晴覺夜長，月白穿窗透。家家烟火夕陽多，處處湖光寒水溜。白蘋香，紅蓼茂。橘綠橙黃，柳衰穀秀。荒村雁落碎蘆花，野店雞聲收菽豆※2。◎5

四眾行彀多時，又見城垣影影。長老舉鞭遙指叫：「悟空，你看那裏又有一座城池，卻不知是甚去處？」行者道：「你我俱未曾到，何以知之？且行至前邊問人。」

說不了，忽見樹叢裏走出一個老者，手持竹杖，身著輕衣，足踏一對棕鞋，腰束一條扁帶。慌得唐僧滾鞍下馬，上前道個問訊。那老者扶杖還禮道：「長老那方來的？」唐僧合掌道：「貧僧東土唐朝差往雷音拜佛求經者。◎6今至寶方，遙望城垣，不知是甚去處，特問老施主指教。」那老者聞言，口稱：「有道禪師，我這敝處乃天竺國下郡，地名玉華縣。◎7縣中城主，就是天竺皇帝之宗室，封為玉華王。此王甚賢，專敬僧道，重愛黎民。老禪師若去相見，必有重敬。」三藏謝了，那老者徑穿樹林而去。

三藏才轉身對徒弟備言前事。他三人欣喜，扶師父上馬。三藏道：「沒多路，不須乘馬。」四眾遂步至城邊街道觀看。原來那關廂人家，做買做賣的，人烟湊集，生意亦甚茂盛。觀其聲音相貌，與中華無異。三藏分付：「徒弟們謹慎，切不可放肆。」那八戒低了頭，沙僧掩著臉，惟孫行者攙著師父。兩邊人都來爭看，齊聲叫道：「我這裏只有降龍伏

註

※1 擄嘴：白吃他人食物，即有貪吃、嘴饞之意。

※2 菽豆：豆的總稱。

評點

◎1. 二字絕妙。（張評）

◎2. 弟子、小兒正證人字，以爲師字一襯。（張評）

◎3. 自抬身分，便得好爲之意。（張評）

◎4. 秋爽來學，便是爲師之際。（張評）

◎5. 鄉農村學，多在秋收之後，故常言「冬烘」先生。正取此意。（張評）

◎6. 但不知求的是那一經？（張評）

◎7. 又奇似華陰縣，乃文明之所。（張評）

虎的高僧，不曾見降豬伏猴的和尚。」◎8八戒忍不住，把嘴一掬道：「你們可曾看見降豬王的和尚？」諕得滿街上人跌跌蹡蹡，都往兩邊閃過。行者笑道：「獃子，快藏了嘴，莫裝扮，仔細腳下過橋。」那獃子低著頭，只是笑。過了吊橋，入城門內，又見那大街上酒樓歌館，熱鬧繁華，果然是神洲都邑。有詩為證，詩曰：

錦城鐵甕萬年堅，臨水依山色色鮮。
百貨通湖船入市，千家沽酒店垂帘。
樓臺處處人烟廣，巷陌朝朝客賈喧。
不亞長安風景好，雞鳴犬吠亦般般。

三藏心中暗喜道：「人言西域諸番，更不曾到此。細觀此景，與我大唐何異！所為極樂世界，誠此之謂也。」◎9又聽得人說，白米四錢一石，麻油八釐一斤，◎10真是五穀豐登之處。

唐山陶瓷《西遊記》人物像，攝於2001年。（于惠通／fotoe提供）

行轂多時，方到玉華王府。府門左右，有長史府、審理廳、典膳所、待客館。三藏道：「徒弟，此間是府，等我進去，朝王驗牒而行。」八戒道：「師父進去，我們可好在衙門前站立？」三藏道：「你不看這門上是『待客館』三字？你們都去那裏坐下，看有草料，買些喂馬。我見了王，倘或賜齋，便來喚你等同享。」行者道：「師父放心前去，老孫自當理會。」那沙僧把行李挑至館中。◎11館中有看館的人役，見他們面貌醜陋，也不敢問他，也不敢教他出去，只得讓他坐下不題。

卻說老師父換了衣帽，拿了關文，徑至王府前。早見引禮官迎著問道：「長老何來？」三藏道：「東土大唐差來大雷音拜佛祖求經之僧。今到貴地，欲倒換關文，特來朝參千歲。」引禮官即為傳奏。那王子果然賢達，即傳旨召進。三藏至殿下施禮，王子即請上殿賜坐。三藏將關文獻上。王子看了，見有各國印信手押，也就欣然將寶印了，押了花字，收摺在案。問道：「國師長老，自你那大唐至此，歷遍諸邦，共有幾多路程？」三藏道：「貧僧也未記程途，但先年蒙觀音菩薩在我王御前顯身，曾留了頌子，言西方十萬八千里。貧僧在路，已經過一十四遍寒暑矣。」◎12王子笑道：「十四遍寒暑，即十四年了。想是途中有甚耽擱。」三藏道：「一言難盡！萬蟄千魔，也不知受了多少苦楚，才到得寶方。」那王子十分歡喜，即著典膳官備素齋管待。三藏起身道：「啟上殿下，貧僧有三個小徒在外等候，不敢領齋，但恐遲誤行程。」王子教當殿官：「快去請長老三位徒弟，進府同齋。」

評點

◎8. 此語卻有諧趣。（周評）
◎9. 然則大唐亦可稱極樂世界耶！（周評）
◎10. 寫出好字之意，爲下飲字伏案。（張評）
◎11. 漸漸引來寫入館，絕妙。（張評）
◎12. 到此處方能總計寒暑，則以前十四年之勞劇擽亂，不言可知矣。（周評）

當殿官隨出外相請，都道：「未曾見，未曾見。」有跟隨的人道：「待客館中坐著三個醜貌和尚，想必是也。」當殿官同衆至館中，即問看館的道：「那個是大唐取經僧的高徒？我主有旨，請吃齋也。」八戒正坐打盹，◎13聽見一個「齋」字，忍不住跳起身來答道：「我們是！我們是！」當殿官一見了，魂飛魄喪，都戰戰的道：「是個豬魈！豬魈！」行者聽見，一把扯住八戒道：「兄弟，放斯文些，莫撒村野。」那衆官見了行者，又道：「是個猴精！猴精！」沙僧拱手道：「列位休得驚恐。我三人都是唐僧的徒弟。」衆官見了，又道：「灶君！灶君！」孫行者即教八戒牽馬，沙僧挑擔，同衆入玉華王府。當殿官先入啟知。

那王子舉目見那等醜惡，卻也心中害怕。三藏合掌道：「千歲放心。頑徒雖是貌醜，卻都心良。」八戒朝上唱個喏道：「貧僧問訊了。」王子愈覺心驚。三藏道：「頑徒都是山野中收來的，不會行禮，萬望赦罪。」王子奈著驚恐，教典膳官請衆僧去暴紗亭吃齋。◎14三藏謝了恩，辭王下殿，同至亭內，埋怨八戒道：「你這夯貨，全不知一毫禮體！索性不開口，便也罷了，怎麼那般粗魯？◎15一句話，足足衝倒泰山！」行者笑道：「還是我不唱喏的好，也省些力氣。」沙僧道：「他唱喏又不等齊，預先就抒著個嘴吆喝。」八戒道：「活淘氣！活淘氣！師父前日教我，見人打個問訊兒是禮；今日打問訊，又說不好，教我怎的幹麼？」三藏道：「我教你見了人打個問訊，不曾教你見王子就此歪纏！常言道：『物有幾等物，人有幾等人。』如何不分個貴賤？」正說處，見那典膳官帶領人役，

調開桌椅，擺上齋來。師徒們盡不言語，各各吃齋。

卻說那王子退殿進宮，宮中有三個小王子，見他面容改色，即問道：「父王今日為何有此驚恐？」王子道：「適才有東土大唐差來拜佛取經的一個和尚倒換關文，卻一表非凡。我留他吃齋，他說有徒弟在府前，我即命請。少時進來，見我不行大禮，打個問訊，我已不快；及抬頭看時，一個個醜似妖魔，心中不覺驚駭，故此面容改色。」原來那三個小王子比衆不同，一個個好武好強，便就伸拳擄袖道：「莫敢是那山裏走來的妖精，假裝人像？待我們拿兵器出去看來。」

好王子，大的個拿一條齊眉棍，第二個輪一把九齒鈀，第三個使一根烏油黑棒子，雄糾糾、氣昂昂的走出王府，吆喝道：「甚麼取經的和尚！在那裏？」時有典膳官員人等跪下道：「小主，他們在這暴紗亭吃齋哩。」小王子不分好歹，闖將進去，喝道：「汝等是人是怪，快早說來，饒你性命！」諕得三藏面容失色，丟下飯碗，躬著身道：「貧僧乃唐朝來取經者，人也，非怪也。」小王子道：「你便還像個人，那三個醜的，斷然是怪！」八戒只管吃飯不睬。沙僧與行者欠身道：「我等俱是人，面雖醜而心良，身雖夯而性善。汝三個卻是何來，卻這樣海口輕狂？」旁有典膳等官道：「三位是我王之子，小殿下。」八戒丟了碗道：「小殿下，各拿兵器怎麼？莫是要與我們打哩？」

二王子掣開步，雙手舞鈀，便要打八戒。八戒嘻嘻笑道：「你那鈀只好與我這鈀做孫子罷了！」即揭衣，腰間取出鈀來，幌一幌，金光萬道；丟了解數，有瑞氣千條。◎16把

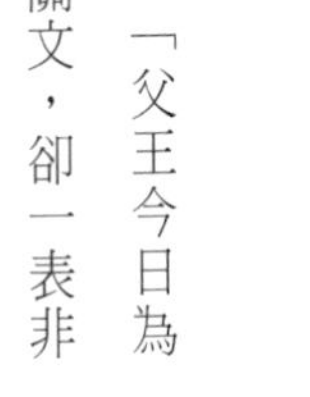

評點

◎13. 似此學問，卻令其打盹，四字絕妙。（張評）
◎14. 「暴紗」之名，亦不可解。（周評）
◎15. 先翻其語言粗俗不堪，爲師下轉患字一擊自到。（張評）
◎16. 好本領，自覺有餘而並無不足之處。（張評）

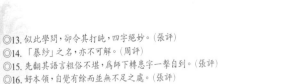

個王子諕得手軟筋麻，不敢舞弄。行者見大的個使一條齊眉棍，跳阿跳的，即耳朵裏取出金箍棒來，幌一幌，碗來粗細，有丈二三長短；著地下一搗，搗了有三尺深淺，豎在那裏，笑道：「我把這棍子送你罷！」那王子聽言，即丟了自己棍，去取那棒，雙手盡氣力一拔，莫想得動分毫；再又端一端，搖一搖，就如生根一般。第三個撒起莽性，使烏油棒便來打。被沙僧一手劈開，取出降妖寶杖，拈一拈，豔豔光生，紛紛霞亮。諕得那典膳等官，一個個獃獃掙掙，口不能言。三個小王子一齊下拜道：「神師，神師！我等凡人不識，萬望施展一番，我等好拜授也。」行者走近前，輕輕的把棒拿將起來道：「這裏窄狹，不好展手，等我跳在空中，耍一路兒你們看看。」

好大聖，唿哨一聲，將觔斗一縱，兩隻腳踏著五色祥雲，起在半空，離地約有三百步高下，把金箍棒丟開個撒花蓋頂，黃龍轉身，一上一下，左旋右轉。起初時，人與棒似錦上添花；次後來不見人，只見一天棒滾。八戒在底下喝聲采，也忍不住手腳，厲聲喊道：

悟空師兄弟一齊上天，施展武藝。（古版畫，選自李卓吾批評本《西遊記》）

「等老豬也去耍耍來！」好獃子，駕起風頭，也到半空，丟開鈀，上三下四，左五右六，前七後八，滿身解數，只聽得呼呼風響。正使到熱鬧處，沙僧對長老道：「師父，也等老沙去操演操演。」好和尚，雙著腳一跳，輪著杖，也起在空中，只見那瑞氣氤氳，金光縹緲。雙手使降妖杖，丟一個「丹鳳朝陽」、「餓虎撲食」，緊迎慢擋，捷轉忙攛。弟兄三個大展神通，都在那半空中一齊揚威耀武。◎17這才是：

眞禪景象不凡同，大道緣由滿太空。金木施威盈法界，刀圭展轉合圓通。
神兵精銳隨時顯，丹器花生到處崇。天竺雖高還戒性，玉華王子總歸中。

諕得那三個小王子，跪在塵埃；暴紗亭大小人員，並王府裏老王子，滿城中軍民男女，僧尼道俗，一應人等，家家念佛磕頭，戶戶拈香禮拜。果然是：

見像歸眞度衆僧，人間作福享清平。從今果正菩提路，盡是參禪拜佛人。

他三個各逞雄才，使了一路，按下祥雲，把兵器收了。到唐僧面前問訊，謝了師恩，各各坐下不題。

那三個小王子急回宮裏，告奏老王道：「父王萬千之喜！今有莫大之功也。適才可曾看見半空中舞弄麼？」老王道：「我才見半空霞彩，就於宮院內同你母親等衆焚香啟拜，更不知是那裏神仙降聚也。」小王子道：「不是那裏神仙，就是那取經僧三個醜徒弟。一個使金箍鐵棒，一個使九齒釘鈀，一個使降妖寶杖，把我三個的兵器比得通沒有分毫。我們教他使一路，他嫌：『地上窄狹，不好施展，等我起在空中，使一路你看。』他就各駕

評點

◎17. 棒、鈀、杖既名寶貝，向來碌碌風塵，自不可一番施展，豈專爲授徒而發。(周評)

雲頭，滿空中祥雲縹緲，瑞氣氤氳。才然落下，都坐在暴紗亭裏。做兒的十分歡喜，欲要拜他為師，學他手段，保護我邦。此誠莫大之功，不知父王以為何如？」老王聞言，信心從願。

當時父子四人，不擺駕，不張蓋，步行到暴紗亭。他四眾收拾行李，欲進府謝齋，辭王起行。偶見玉華王父子上亭來，倒身下拜，慌得長老舒身，撲地還禮。行者等閃過旁邊，微微冷笑。眾拜畢，請四眾進府堂上坐。四眾欣然而入。老王起身道：「唐老師父，孤有一事奉求，不知三位高徒可能容否？」三藏道：「但憑千歲分付，小徒不敢不從。」老王道：「孤先見列位時，只以為唐朝遠來行腳僧，其實肉眼凡胎，多致輕褻。適見孫師、豬師、沙師起舞在空，方知是仙是佛。孤三個犬子，一生好弄武藝，今謹發虔心，欲拜為門徒，學些武藝。萬望老師開天地之心，普運慈舟，傳度小兒，必以傾城之貲奉謝。」行者聞言，忍不住呵呵笑道：「你這殿下，好不會事！我等出家人，巴不得要傳幾個徒弟。你令郎既有從善之心，切不可說起分毫之利，但只以情相處，足為愛也。」

王子聽言，十分歡喜，隨命大排筵宴，就於本府正堂擺列。噫！一聲旨意，即刻俱完。但見那：

結綵飄颻，香烟馥郁。戧金桌子掛絞綃，幌人眼目；彩漆椅兒鋪錦繡，添座風光。樹果新鮮，茶湯香噴。三五道閑食清甜，一兩餐饅頭豐潔。蒸酥蜜煎更奇哉，油炸糖澆真美矣。有幾瓶香糯素酒，斟出來，賽過瓊漿；獻幾番陽羨※3仙茶，捧到手，香欺丹桂。般般

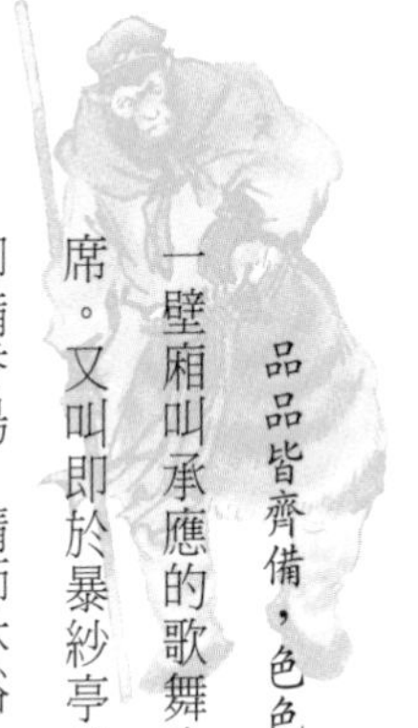

品品皆齊備，色色行行盡出奇。

一壁廂叫承應的歌舞吹彈，撮弄演戲。他師徒們並王父子，盡樂一日。不覺天晚，散了酒席。又叫即於暴紗亭鋪設牀幃，請師安宿，待明早竭誠焚香再拜，求傳武藝。眾皆聽從，即備香湯，請師沐浴，眾卻歸寢。此時那：

眾鳥高棲萬籟沉，詩人下榻罷哦吟。銀河光顯天彌亮，野徑荒涼草更深。
砧杵叮咚敲別院，關山杳窵※4動鄉心。寒蛩聲朗知人意，嚦嚦牀頭破夢魂。

一宵晚景題過。明早，那老王父子又來相見這長老。昨日相見，還是王禮，今日就行師禮。那三個小王子對行者、八戒、沙僧當面叩頭，拜問道：「尊師之兵器，還借出與弟子們看看。」八戒聞言，欣然取出釘鈀，抛在地下。沙僧將寶杖抛出，倚在牆邊。二王子與三王子跳起去便拿，就如蜻蜓撼石柱，一個個掙得紅頭赤臉，莫想拿動半分毫。大王子見了，叫道：「兄弟，莫費力了。師父的兵器，俱是神兵，不知有多少重哩！」八戒笑道：「我的鈀也沒多重，只有一藏之數，連柄五千零四十八斤。」三王子問沙僧道：「師父寶杖多重？」沙僧笑道：「也是五千零四十八斤。」大王子求行者的金箍棒看。行者去耳朵裏取出一個針兒來，迎風幌一幌，就有碗來粗細，直直的豎立面前。那王父子都皆悚懼，眾官員個個心驚。三個小王子禮拜道：「豬師、沙師之兵，俱隨身帶在衣下，即可取

註

※3 陽羨：今江蘇宜興縣南。古代傳說這裏以產茶聞名於世。
※4 杳窵：深遠、遙遠的意思。窵，音掉。

之。孫師為何自耳中取出？見風即長，何也？」行者笑道：「你不知，我這棒不是凡間等閑可有者。這棒是：

鴻濛初判陶鎔鐵，大禹神人親所設。湖海江河淺共深，曾將此棒知之切。
開山治水太平時，流落東洋鎮海闕。日久年深放彩霞，能消能長能光潔。
老孫有分取將來，變化無方隨口訣。要大彌於宇宙間，要小卻似針兒節。
棒名如意號金箍，天上人間稱一絕。重該一萬三千五百斤，或粗或細能生滅。
也曾助我鬧天宮，也曾隨我攻地闕。伏虎降龍處處通，煉魔蕩怪方方徹。
舉頭一指太陽昏，天地鬼神皆膽怯。混沌仙傳到至今，原來不是凡間鐵。」

那王子聽言，個個頂禮不盡。三人向前重重拜禮，虔心求授。行者道：「你三人不知學那般武藝？」王子道：「願使棍的就學棍，慣使鈀的就學鈀，愛用杖的就學杖。」行者笑道：「教便也容易，只是你等無力量，使不得我們的兵器，恐學之不精，如『畫虎不成反類狗』也。古人云：『訓教不嚴師之惰，學問無成子之罪。』汝等既有誠心，可去焚香來拜了天地，我先傳你些神力，然後可授武藝。」◎18

三個小王子聞言，滿心歡喜，即便親抬香案，沐手焚香，朝天禮拜。拜畢，請師傳法。行者轉下身來，對唐僧行禮道：「告尊師，恕弟子之罪。自當年在兩界山蒙師父大德救脫弟子，秉教沙門，一向西來，雖不曾重報師恩，卻也曾渡水登山，竭盡心力。今來佛國之鄉，幸遇賢王三子，投拜我等，欲學武藝。彼既為我等之徒弟，即為我師之徒孫也。

謹稟過我師，庶好傳授。」三藏十分大喜。八戒、沙僧見行者行禮，也即轉身朝三藏磕頭道：「師父，我等愚魯，拙口鈍腮，不會說話。望師父高坐法位，也讓我兩個各招個徒弟耍耍，也是西方路上之憶念。」三藏俱欣然允之。

三個小王子正式拜悟空師兄弟三人為師。（朱寶榮繪）

評點

◎18. 便放出先生面孔，拈弄先生舌頭矣。（李評）

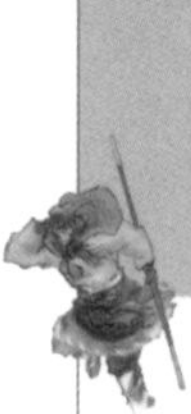

行者才教三個王子就在暴紗亭後，靜室之間，畫了罡斗※5；教三人都俯伏在內，一個個瞑目寧神。這裏卻暗暗念動真言，誦動咒語，將仙氣吹入他三人心腹之中，把元神收歸本舍，傳與口訣，各授得萬千之膂力，運添了火候，卻像個脫胎換骨之法。運遍了子午周天※6，◎19那三個小王子方才甦醒，一齊爬將起來，抹抹臉，精神抖擻，一個個骨壯筋強：大王子就拿得金箍棒，二王子就輪得九齒鈀，三王子就舉得降妖杖。

老王見了歡喜不勝，又排素宴，啟謝他師徒四眾。就在筵前各傳各授：學棍的演棍，學鈀的演鈀，學杖的演杖。雖然打幾個轉身，丟幾般解數，終是有些著力，走一路便喘氣噓噓，不能耐久。蓋他那兵器都有變化，其進退攻揚，隨消隨長，皆有自然之妙，此等終是凡夫，豈能以遽及也？當日散了筵宴。

次日，三個王子又來稱謝道：「感蒙神師授賜了膂力，縱然輪得師的神器，只是轉換艱難。意欲命工匠依神師兵器式樣，減削斤兩，打造一般，未知師父肯容否？」八戒道：「好，好，好！說得有理。我們的器械，一則你們使不得，二則我們要護法降魔，正該另造另造。」王子又隨宣召鐵匠，買辦鋼鐵萬斤，就於王府內前院搭廠，支爐鑄造。先一日將鋼鐵煉熟，次日請行者三人將金箍棒、九齒鈀、降妖杖，都取出放在篷廠之間，看樣造作。遂此晝夜不收。

噫！這兵器原是他們隨身之寶，一刻不可離者，◎20各藏在身，自有許多光彩護體。今放在廠院中幾日，那霞光有萬道沖天，瑞氣有千般罩地。其夜，有一妖精，離城只有七十

里遠近，山喚豹頭山，洞喚虎口洞；夜坐之間，忽見霞光瑞氣，即駕雲而來，見光彩起處是王府之內。他按下雲頭，近前觀看，乃是這三般兵器放光。妖精又喜又愛道：「好寶貝！好寶貝！這是甚人用的，今放在此？也是我的緣法，拿了去呀！拿了去呀！」他愛心一動，弄起威風，將三般兵器一股收之，徑轉本洞。正是那：

道不須臾離，可離非道也。神兵盡落空，枉費參修者。◎21

畢竟不知怎生尋得這兵器，且聽下回分解。

總批

既要做他們徒弟，只合學空、學能、學淨，卻去學棒、學鈀、學杖。所以今之學者，只能得師門之糟粕而已。（李評）

悟一子曰：此明大道必藉師傳。得道不傳過天道，得道輕傳褻天寶，不可不悟也。（陳評節錄）

悟元子曰：上回言修道者，必內積陰德，外施普濟，方是道高德重，聖賢體用。然普濟之道，是闡揚聖教、傳續道脈之事，苟未到禪性穩定之時，而不可傳人；不遇眞正誠信之士，亦未可輕傳。故此回合下二回，皆明師徒接受之邪正，使爲師者，不得妄泄天機，失之匪人；求師者，不得妄貪天寶，誤入傍門，須宜謹愼，以免禍患也。（劉評節錄）

註

※5 罡斗：天罡北斗。

※6 子午周天：小周天亦稱「子午周天」。小周天功就是要通過子午周流，打通任督之法，取坎塡離而爲乾坤，恢復先天八卦元氣。

評點

◎19. 雖是傳力，無異傳道之功。（周評）

◎20. 不但不可離，亦不可弄。但知慢藏誨盜，豈知妄動招妖。（周評）

◎21. 信手拈來無窮妙理，方信一部《中庸》，處處可參禪。（周評）

第八十九回 黃獅精虛設釘鈀宴　金木土計鬧豹頭山

卻說那院中幾個鐵匠，因連日辛苦，夜間俱自睡了。及天明起來打造，篷下不見了三般兵器，一個個獃掙神驚，四下尋找。只見那三個王子出宮來看，那鐵匠一齊磕頭道：「小主啊，神師的三般兵器，都不知那裏去了！」

小王子聽言，心驚膽戰道：「想是師父今夜收拾去了。」急奔暴紗亭看時，見白馬尚在廊下，忍不住叫道：「師父還睡哩！」沙僧道：「起來了。」即將房門開了，讓王子進裏看時，不見兵器，慌慌張張問道：「師父的兵器都收來了？」行者跳起道：「不曾收啊！」王子道：「三般兵器，今夜都不見了。」八戒連忙爬起道：「我的鈀在麼？」小王道：「適才我等出來，只見衆

◆《新說西遊記圖像》描繪第八十九回精采場景：行者、八戒、沙僧拿了自己的器械，就現了原身，圍攻魔頭。（古版畫，選自《新說西遊記圖像》）

人前後找尋不見，弟子恐是師父收了，卻才來問。老師的寶貝，俱是能長能消，想必藏在身邊哄弟子哩。」行者道：「委的未收。都尋去來！」

隨至院中篷下，果然不見踪影。八戒道：「定是這夥鐵匠偷了。快拿出來！略遲了些兒，就都打死！打死！」◎1那鐵匠慌得磕頭滴淚道：「爺爺，我們連日辛苦，夜間睡著，乃至天明起來，遂不見了。我等乃一概凡人，怎麼拿得動？望爺爺饒命！饒命！」行者無語，暗恨道：「還是我們的不是。既然看了式樣，就該收在身邊，怎麼卻丟放在此？那寶貝霞彩光生，想是驚動甚麼歹人，今夜竊去也。」八戒不信道：「哥哥說那裏話！這般個太平境界，又不是曠野深山，怎得個歹人來？定是鐵匠欺心，他見我們的兵器光彩，認得是三件寶貝，連夜走出王府，夥些人來，抬的抬，拉的拉，偷出去了。拿過來打呀！打呀！」衆匠只是磕頭發誓。

正嚷處，只見老王子出來，問及前事，卻也面無人色，沉吟半晌，道：「神師兵器，本不同凡，就有百十餘人也禁挫不動。況孤在此城，今已五代，不是大膽海口，孤也頗有個賢名在外；這城中軍民匠作人等，也頗懼孤之法度，斷是不敢欺心。望神師再思可矣。」行者笑道：「不用再思，也不須苦賴鐵匠。我問殿下：你這州城四面，可有甚麼山林妖怪？」王子道：「神師此問，甚是有理。孤這州城之北，有一座豹頭山，山中有一座虎口洞。◎2往往人言洞內有仙，又言有虎狼，又言有妖怪。孤未曾訪得端的，不知果是何物。」行者笑道：「不消講了，定是那方歹人，知道俱是寶貝，一夜偷將去了。」叫：

評點

◎1. 遺患工匠，正爲好字亦緊。（張評）

◎2. 師父未覺可患，弟子先已遭瘟。（張評）

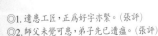

「八戒、沙僧，你都在此保著師父，護著城池，等老孫尋訪去來。」又叫：「鐵匠們不可住了爐火，一一煉造。」

好猴王，辭了三藏，唿哨一聲，形影不見，早跨到豹頭山上。原來那城相去只有七十里，一瞬即到。徑上山峰觀看，果然有些妖氣。真是：

龍脈悠長，地形遠大。尖峰挺挺插天高，陡澗沉沉流水急。山前有瑤草鋪茵，山後有奇花佈錦。喬松老柏，古樹修篁。山鴉山鵲亂飛鳴，野鶴野猿皆嘯唳。懸崖下，麋鹿雙雙；峭壁前，獾狐對對。一起一伏遠來龍，九曲九灣潛地脈。埂頭相接玉華州，萬古千秋興勝處。

行者正然看時，忽聽得山背後有人言語，急回頭視之，乃兩個狼頭妖怪，朗朗的說著話，向西北上走。行者揣道：「這定是巡山的怪物，等老孫跟他去聽聽，看他說些甚的。」捻著訣，念個咒，搖身一變，變作個蝴蝶兒，展開翅，翩翩翻翻，逕自趕上。果然變得有樣範：

一雙粉翅，兩道銀鬚。乘風飛去急，映日舞來徐。渡水過牆能疾俏，偷香弄絮甚歡娛。體輕偏愛鮮花味，雅態芳情任卷舒。

他飛在那個妖精頭直上，飄飄蕩蕩，聽他說話。那妖猛的叫道：「二哥，我大王連日僥倖。前月裏得了一個美人兒，◎3在洞內盤桓，十分快樂；昨夜裏又得了三般兵器，果然是無價之寶。明朝開宴慶『釘鈀會』哩，我們都有受用。」這個道：「我們也有些僥倖，拿

這二十兩銀子買豬羊去。如今到了乾方集上，先吃幾壺酒兒，把東西開個花帳※1兒，落他二三兩銀子，買件綿衣過寒，卻不是好？」兩個怪說說笑笑的，上大路急走如飛。

行者聽得要慶釘鈀會，心中暗喜；欲要打殺他，爭奈不干他事，況手中又無兵器。◎4他即飛向前邊，現了本相，在路口上立定。那怪看看走到身邊，被他一口法唾噴將去，念一聲「唵吽吒唎」，即使個定身法，◎5把兩個狼頭精定住。眼睜睜，口也難開；直挺挺，雙腳站住。又將他扳翻倒，揭衣搜檢，果是有二十兩銀子，著一條搭包兒打在腰間裙帶上，又各掛著一個粉漆牌兒，一個上寫著「刁鑽古怪」，一個上寫著「古怪刁鑽」。

好大聖，取了他銀子，解了他牌兒，返跨步回至州城。到王府中，見了王子、唐僧並大小官員、匠作人等，具言前事。八戒笑道：「想是老豬的寶貝霞彩光明，所以買豬羊，治筵席慶賀哩。但如今怎得他來？」行者道：「我兄弟三人俱去。這銀子是買辦豬羊的，且將這銀子賞了匠人，教殿下尋幾個豬羊。八戒，你變作刁鑽古怪，我變作古怪刁鑽，◎6沙僧裝作個販豬羊的客人，走進那虎口洞裏，得便處，各人拿了兵器，打絕那妖邪，回來卻收拾走路。」沙僧笑道：「妙，妙，妙！不宜遲，快走！」老王果依此計，即教管事的買辦了七八口豬，四五腔羊。◎7

他三人辭了師父，在城外大顯神通。八戒道：「哥哥，我未

註

※1 花帳：假帳，以少報多、弄虛作假的帳目。

評點

◎3. 且是個酒色之徒，更有愧師道。(張評)
◎4. 不知將何以存理遏欲，此深可以爲患也。(張評)
◎5. 此法自蟠桃園七仙女之後，有五百餘年不用矣！(周評)
◎6. 好字不堪再問。(張評)
◎7. 此其所以好也。(張評)

曾看見那刁鑽古怪，怎生變得他的模樣？」行者道：「那怪被老孫使了定身法，定住在那裏，直到明日此時方醒。我記得他的模樣，你站下，等我教你變。如此……如彼……，就是他的模樣了。」那獃子真箇口裏念著咒，行者吹口仙氣，霎時就變得與那刁鑽古怪一般無二，將一個粉牌兒帶在腰間。行者即變作古怪刁鑽，腰間也帶了一個牌兒。沙僧打扮得像個販豬羊的客人。一起兒趕著豬羊，上大路，徑奔山來。不多時，進了山凹裏，又遇見一個小妖。他生得嘴臉也恁地兇惡！看那：

圓滴溜兩隻眼，如燈幌亮；紅刺媸一頭毛，似火飄光。糟鼻子，猙猍口※2，獠牙尖利；查耳朵，砍額頭，青臉泡浮。身穿一件淺黃衣，足踏一雙莎蒲履※3。雄雄糾糾若兇神，急急忙忙如惡鬼。

那怪左脅下挾著一個彩漆的請書匣兒，迎著行者叫道：「古怪刁鑽，你兩個來了？買了幾口豬羊？」行者道：「這趕的不是？」那怪朝沙僧道：「此位是誰？」行者道：「就是販豬羊的客人。還少他幾兩銀子，帶他來家取的。◎8你往那裏去？」那怪道：「我往竹節山去請老大王明早赴會。」行者綽他的口氣兒，就問：「共請多少人？」那怪道：「請老大王坐首席，連本山大王共頭目等衆，約有四十多位。」正說處，八戒道：「去罷，去罷！豬羊都四散走了。」行者道：「你去邀著，等我討他帖兒看看。」那怪見自家人，

西藏納木湖畔的經文與牛頭。（美工圖書社：中國圖片大系提供）

即揭開取出，遞與行者。行者展開看時，上寫著：

「明辰敬治餚酌慶釘鈀嘉會，◎9屈尊車從過山一敘。幸勿外，至感！右啓祖翁九靈元聖老大人尊前。門下孫黃獅頓首百拜。」◎10

行者看畢，仍遞與那怪。那怪放在匣內，徑往東南上去了。

沙僧問道：「哥哥，帖兒上是甚麼話頭？」行者道：「乃慶釘鈀會的請帖。名字寫著『門下孫黃獅頓首百拜』，請的是祖翁九靈元聖老大人。」沙僧笑道：「黃獅想必是個金毛獅子成精。◎11但不知九靈元聖是個何物？」八戒聽言，笑道：「是老豬的貨了！」行者道：「怎見得是你的貨？」八戒道：「古人云：『癩母豬專趕金毛獅子。』故知是老豬之貨物也。」他三人說說笑笑，趕著豬羊，卻就望見虎口洞門。但見那門兒外：

周圍山遶翠，一脈氣連城。峭壁扳青蔓，高崖掛紫荊。
鳥聲深樹匝，花影洞門迎。不亞桃源洞，堪宜避世情。

漸漸近於門口，又見一叢大大小小的雜項妖精，在那花樹之下頑耍。忽聽得八戒「呵！呵！」趕豬羊到時，都來迎接，便就捉豬的捉豬，捉羊的捉羊，一齊捆倒。早驚動裏面妖王，領十數個小妖，出來問道：「你兩個來了？買了多少豬羊？」行者道：「買了八口豬，七腔羊，共十五個牲口。豬銀該一十六兩，羊銀該九兩；前

註

※2 猙猍口：歪著嘴巴。
※3 莎蒲履：草鞋。

評點

◎8. 不學古之道，卻從子敎來，好字更有意。（張評）
◎9. 釘鈀會名色甚醜，不及黑熊怪之佛衣會多矣。（周評）
◎10. 天下豈有門下孫乎？怪物不通可笑。（周評）
◎11. 獅子哈哈笑，爲下飲字寫照。（張評）

◆行者、八戒和沙僧分別變化成小妖怪和賣羊人，混到了妖怪的洞穴前。（古版畫，選自李卓吾批評本《西遊記》）

者領銀二十兩，仍欠五兩。這個就是客人，跟來找銀子的。」妖王聽說，即喚：「小的們，取五兩銀子打發他去。」行者道：「這客人，一則來找銀子，二來要看看嘉會。」那妖大怒，罵道：「你這個刁鑽兒憊懶！你買東西罷了，又與人說甚麼會不會！」八戒上前道：「主人公得了寶貝，誠是天下之奇珍，就教他看看，怕怎的？」那怪咄的一聲道：「你這古怪也可惡！我這寶貝，乃是玉華州城中得來的；倘這客人看了，去那州中傳說，說得人知，那王子一時來訪求，卻如之何？」◎12行者道：「主公，這個客人乃乾方集後邊的人，去州許遠，又不是他城中人也，那裏去傳說？二則他肚裏也飢了，我兩個也未曾吃飯。家中有現成酒飯，賞他些吃了，打發他去罷。」說不了，有一小妖取了五兩銀子，遞與行者。行者將銀子遞與沙僧道：「客人，收了銀子，我與你進後面去吃些飯來。」

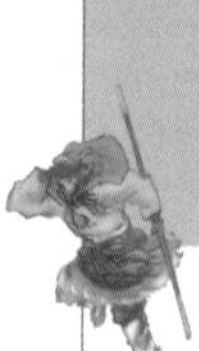

沙僧仗著膽，同八戒、行者進於洞內。到二層廠廳之上，只見正中間桌上，高高的供養著一柄九齒釘鈀，真箇是光彩映目；東山頭靠著一條金箍棒，西山頭靠著一條降妖杖。那怪王隨後跟著道：「客人，那中間放光亮的就是釘鈀。你看便看，只是出去千萬莫與人說。」沙僧點頭稱謝了。

噫！這正是：物見主，必定取。那八戒一生是個魯夯的人，他見了釘鈀，那裏與他敘甚麼情節，跑上去，拿下來，輪在手中，現了本相，丟了解數，望妖精劈臉就築。這行者、沙僧也奔至兩山頭，各拿器械，現了原身。三弟兄一齊亂打，慌得那怪王急抽身閃過，轉入後邊，取一柄四明鏟，桿長鐏※4利，趕到天井中，支住他三般兵器，厲聲喝道：「你是甚麼人，敢弄虛頭，騙我寶貝？」◎13行者罵道：「我把你這個賊毛團！你是認我不得！我們乃東土聖僧唐三藏的徒弟。因至玉華州倒換關文，蒙賢王教他三個王子拜我們為師，學習武藝，將我們寶貝作樣，打造如式兵器。因放在院中，被你這賊毛團夤夜※5入城偷來，倒說我弄虛頭騙你寶貝！不要走！就把我們這三件兵器，各奉承你幾下嘗嘗！」◎14那妖精就舉鏟來敵。這一場，從天井中鬥出前門。看他三僧攢一怪！好殺：

呼呼棒若風，滾滾鈀如雨。降妖杖舉滿天霞，四明鏟伸雲生綺。好似三仙煉大丹，火光彩幌驚神鬼。行者施威甚有能，妖精盜寶多無禮！天蓬八戒顯神通，大將沙僧英更美。弟兄合意運機謀，虎口洞中興鬥起。那怪豪強弄巧乖，四個英雄堪廝比。當時殺至日頭

註

※4鐏：音尊，戈柄下端的圓錐形金屬套。

※5夤夜：深夜。

評點

◎12. 竊取之學生，怕露出馬腳。（張評）

◎13. 竟以此爲寶，無怪其自足而不復有進也。（張評）

◎14. 定有些糖氣。（張評）

西，妖邪力軟難相抵。

他們在豹頭山戰鬥多時，◎15那妖精抵敵不住，向沙僧前喊一聲：「看鏟！」沙僧讓個身法躲過，妖精得空而走，向東南巽宮上乘風飛去。八戒拽步要趕，行者道：「且讓他去。自古道：『窮寇勿追。』且只來斷他歸路。」八戒依言。

三人徑至洞口，把那百十個若大若小的妖精盡皆打死，原來都是些虎狼彪豹、馬鹿山羊。被大聖使個手法，將他那洞裏細軟物件，並打死的雜項獸身與趕來的豬羊，通皆帶出。◎16沙僧就取出乾柴，放起火來，八戒使兩個耳朵搧風，把一個巢穴霎時燒得乾淨；◎17卻將帶出的諸物，即轉州城。

此時城門尚開，人家未睡。老王父子與唐僧俱在暴紗亭盼望。只見他們撲哩撲剌※6的丟下一院子死獸、豬羊及細軟物件，一齊叫道：「師父，我們已得勝回來也！」那殿下喏喏相謝，唐長老滿心歡喜。三個小王子跪拜於地，沙僧攙起道：「且莫謝，

孫悟空師兄弟三人在妖怪洞穴看到自己的兵器。師兄弟隨後拿了武器，變回自身模樣，和妖怪奮戰。（朱寶榮繪）

都近前看看那物件。」王子道：「此物俱是何來？」行者笑道：「那虎狼彪豹、馬鹿山羊，都是成精的妖怪。被我們取了兵器，打出門來。那老妖是個金毛獅子，他使一柄四明鏟，與我等戰到天晚，敗陣逃生，往東南上走了。我等不曾趕他，卻掃除他歸路，打殺這些群妖，搜尋他這些物件，帶將來的。」老王聽說，又喜又憂：喜的是得勝而回，憂的是那妖日後報仇。行者道：「殿下放心，我已慮之熟，處之當矣。一定與你掃除盡絕，方才起行，決不至貽害於後。我午間去時，撞見一個青臉紅毛的小妖送請書，我看他帖子上寫著：『明辰敬治餚酌慶釘鈀嘉會，屈尊車從過山一敘。幸勿外，至感！右啟祖翁九靈元聖老大人尊前。』名字是『門下孫黃獅頓首百拜』。才子那妖精敗陣，必然向他祖翁處去會話。明辰斷然尋我們報仇，當情與你掃蕩乾淨。」老王稱謝了，擺上晚齋。師徒們齋畢，各歸寢處不題。

卻說那妖精果然向東南方奔到竹節山。那山中有一座洞天之處，喚名九曲盤桓洞。◎18洞中的九靈元聖是他的祖翁。當夜足不停風，行至五更時分，到於洞口，敲門而進。小妖見了道：「大王，昨晚有青臉兒下請書，老爺留他住到今早，欲同他去赴你釘鈀會，你怎麼又絕早親來邀請？」妖精道：「不好說，不好說！會成不得了。」正說處，見青臉兒從裏邊走出道：「大王，你來怎的？老大王爺爺起來，就同我去赴會哩。」妖精慌張的，只是搖手不言。

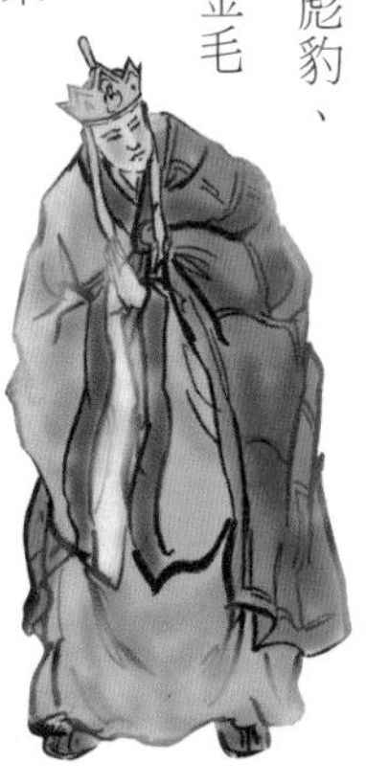

註

※6 撲哩撲剌：沉重物體墜地發出的聲音。

評點

◎15. 爲館爭鬥，誠爲罕見。（張評）
◎16. 何獨不及美人，豈深藏獅子牀下耶？（周評）
◎17. 猶是虎口，然已屬豬師矣。（張評）
◎18. 委委曲曲，師道亦難言矣。（張評）

少頃，老妖起來了，喚入。這妖精丟了兵器，倒身下拜，止不住腮邊淚落。老妖道：「賢孫，你昨日下柬，今早正欲來赴會，你又親來，為何發悲煩惱？」妖精叩頭道：「小孫前夜對月閑行，只見玉華州城中有光彩沖空。急去看時，乃是王府院中三般兵器放光：一件是九齒滲金釘鈀，一件是寶杖，一件是金箍棒。小孫即使神法攝來，立名『釘鈀嘉會』，著小的們買豬羊果品等物，設宴慶會，請祖爺爺賞之，以為一樂。昨差青臉來送柬之後，只見原差買豬羊的刁鑽兒等趕著幾個豬羊，又帶了一個販賣的客人來找銀子。他定要看看會去，是小孫恐他外面傳說，不容他看。他又說肚中飢餓，討些飯吃，因教他後邊吃飯。他走到裏邊，看見兵器，說是他的。三人就各搶去一件，現出原身：一個是毛臉雷公嘴的和尚，一個是長嘴大耳朵的和尚，一個是晦氣色臉的和尚。他都不分好歹，喊一聲亂打。是小孫急取四明鏟趕出與他相持，問是甚麼人敢弄虛頭。他道是東土大唐差往西天去的唐僧之徒弟，因過州城，倒換關文，被王子留住，習學武藝，將他這三件兵器作樣子打造，放在院內，被我偷來，遂此不忿相持。不知那三個和尚叫作甚名，卻俱有本事。小孫一人敵他三個不過，所以敗走祖爺處。望拔刀相助，拿那和尚報仇，庶見我祖愛孫之意也！」

老妖聞言，默想片時，笑道：「原來是他。我賢孫，你錯惹了他也！」妖精道：「祖爺知他是誰？」老妖道：「那長嘴大耳者乃豬八戒，晦氣色臉者乃沙和尚，這兩個猶可。那毛臉雷公嘴者叫作孫行者，這個人其實神通廣大，五百年前曾大鬧天宮，十萬天兵也不曾拿得住。他專意尋人的，他便就是個搜山揭海、破洞攻城、闖禍的個都頭！你怎麼惹他？也罷，等我和你去，把那廝連玉華王子都擒來，替你出氣！」那妖精聽說，即叩頭而謝。

當時老妖點猱獅、雪獅、狻猊、白澤、伏狸※7、摶象※8諸孫，各執鋒利器械；黃獅引領，各縱狂風，徑至豹頭山界。只聞得烟火之氣撲鼻，又聞得有哭泣之聲。仔細看時，原來是刁鑽、古怪二人在那裏叫主公、哭主公哩。妖精近前喝道：「你是真刁鑽兒，假刁鑽兒？」◎19二怪跪倒，噙淚叩頭道：「我們怎是假的？昨日這早晚領了銀子去買豬羊，走至山西邊大路之上，見一個毛臉雷公嘴的和尚。他啐了我們一口，我們就腳軟口強，不能言語，不能移步，被他扳倒，把銀子搜了去，牌兒解了去。我兩個昏昏沉沉，直到此時才醒。及到家，見烟火未息，房舍盡皆燒了，又不見主公並大小頭目，故在此傷心痛哭。不知這火是怎生起的？」

那妖精聞言，止不住淚如泉湧，雙腳齊跌，喊聲振天，恨道：「那禿廝！十分作惡！怎麼幹出這般毒事，把我洞府燒盡，美人燒死，家當老小一空。氣殺我也！氣殺我也！」老妖叫猱獅扯他過來，道：「賢孫，事已至此，徒惱無益。且養全銳氣，到州城裏拿那和尚去。」那妖精猶不肯住哭，道：「老爺，我那們個山場，非一日治的。今被這禿廝盡毀，我卻要此命做甚的！」掙起來，往石崖上撞頭磕腦，被雪獅、

註

※7 伏狸：一種類似獅子的動物。

※8 摶象：志怪小說中一種類似獅子的動物。

評點

◎19. 何不云「眞古怪」、「假古怪」？（周評）

猱獅等苦勸方止。當時丟了此處，都奔州城。

只聽得那風滾滾，霧騰騰，來得甚近。諕得那城外各關廂人等，拖男挾女，顧不得

黃獅精怪被悟空趕走，投奔老妖，哭哭啼啼地向他哭訴。（朱寶榮繪）

家私，都往州城中走；走入城門，將門閉了。有人報入王府中道：「禍事！禍事！」那王子、唐僧等正在暴紗亭吃早齋，聽得人報禍事，卻出門來問。衆人道：「一群妖精，飛沙走石，噴霧掀風的，來近城了！」老王大驚道：「怎麼好？」行者笑道：「都放心，都放心！這是虎口洞妖精，昨日敗陣，往東南方去夥了那甚麼九靈元聖兒來也。等我同兄弟們出去。分付教關了四門，汝等點人夫看守城池。」那王子果傳令把四門閉了，點起人夫上城。他父子並唐僧在城樓上點箚，旌旗蔽日，炮火連天。行者三人，卻半雲半霧，出城迎敵。這正是：

失卻慧兵緣不謹，頓教魔起衆邪凶。◎20

畢竟不知這場勝敗如何，且聽下回分解。

總批

「失卻慧兵緣不謹，頓教魔起衆邪凶。」慧兵是恁麼？魔是恁麼？邪是恁麼？如何爲不謹？如何爲失卻？如何爲凶？不要看遠了。（李評）

悟一子曰：此言黃冠者流，假竊道號，無師妄作之禍。……此釘鈀而設會，乃盜道無師，師心自用。故曰「虛設會」。（陳評節錄）

悟元子曰：上回言眞師授道，須要擇人，不得妄泄天機矣。然假師足以亂眞師，學者若不識眞假，認假爲眞，是自授羅網，禍即不旋踵而至。故此回極寫假師之爲害，使人早爲細辨耳。（劉評節錄）

評點

◎20.慧兵所以降魔，而一失則能起魔。（周評）

第九十回

師獅授受同歸一　盜道纏禪靜九靈

卻說孫大聖同八戒、沙僧出城頭，覿面相迎，見那夥妖精都是些雜毛獅子：黃獅精在前引領，狻猊獅、摶象獅在左，白澤獅、伏狸獅在右，猱獅、雪獅在後，中間卻是一個九頭獅子。那青臉兒怪執一面錦繡團花寶幢，緊挨著九頭獅子；刁鑽古怪兒、古怪刁鑽兒打兩面紅旗，齊齊的都佈在坎宮之地。◎1

八戒莽撞，走近前罵道：「偷寶貝的賊怪！你去那裏夥這幾個毛團來此怎的？」◎2黃獅精切齒罵道：「潑狠禿廝！昨日三個敵我一個，我敗回去，讓你為人罷了；你怎麼這般狠惡，燒了我的洞府，損了我的山場，傷了我的眷族。我和你冤仇深如大海！◎3不要走，吃你老爺一鏟！」好八戒，舉鈀就迎。兩個

《新說西遊記圖像》描繪第九十回精采場景：眾妖精與悟空師兄弟混戰，老妖被趕到幫忙的太乙天尊降服，原來牠本是天尊的坐騎。（古版畫，選自《新說西遊記圖像》）

才交手，還未見高低，那猱獅精輪一根鐵蒺藜，雪獅精使一條三楞簡※1，徑來奔打。八戒發一聲喊道：「來得好！」你看他橫衝直抵，鬥在一處。這壁廂，沙和尚急掣降妖杖，近前相助。又見那狻猊精、白澤精與摶象、伏狸二精，一擁齊上。這裏孫大聖使金箍棒架住群精。狻猊使悶棍，白澤使銅鎚，摶象使鋼鎗，伏狸使鉞斧。那七個獅子精，這三個狠和尚，好殺：◎4

棍鎚鎗斧三楞簡，蒺藜骨朵四明鏟。七獅七器甚鋒芒，圍戰三僧齊吶喊。
大聖金箍鐵棒兇，沙僧寶杖人間罕。八戒顛風騁勢雄，釘鈀幌亮光華慘。
前遮後擋各施功，左架右迎都勇敢。城頭王子助威風，擂鼓篩鑼齊壯膽。
投來搶去弄神通，殺得昏濛天地反。」

那一夥妖精，齊與大聖三人，戰經半日，不覺天晚。八戒口吐黏涎，看看腳軟，虛幌一鈀，敗下陣去。◎5被那雪獅、猱獅二精喝道：「那裏走！看打！」獃子躲閃不及，被他照脊梁上打了一簡，睡在地下，只叫：「罷了！罷了！」兩個精把八戒採鬃拖尾，扛將去見那九頭獅子，報道：「祖爺，我等拿了一個來也。」

說不了，沙僧、行者也都戰敗。眾妖精一齊趕來，被行者拔一把毫毛，嚼碎噴將去，叫聲：「變！」即變作百十個小行者，圍圍繞繞，將那白澤、狻猊、摶象、伏狸並金毛獅怪圍裹在中。沙僧、行者卻又上前攢打。到晚，拿住狻猊、白澤，走了伏狸、摶象。金毛

註

※1 三楞簡：簡，古兵器，鞭類。三楞簡，三楞形狀的兵器。

評點

◎1. 擺設齊整。（周評）
◎2. 一來爭館，二來爭徒弟。（張評）
◎3. 破館失業，安得不恨。（張評）
◎4. 三僧、七怪，從來亦無此大戰。（周評）只寫獅群爭館，好字不覺噴飯。（張評）
◎5. 定是此公先敗。（周評）

報知老妖，老怪見失了二獅，分付：「把豬八戒捆了，不可傷他性命。待他還我二獅，卻將八戒與他。他若無知，壞了我二獅，即將八戒殺了對命！」◎6當晚群妖安歇城外不題。

卻說孫大聖把兩個獅子精抬近城邊，老王見了，即傳令開門，差二三十個校尉拿繩扛出門，綁了獅精，扛入城裏。孫大聖收了法毛，同沙僧徑至城樓上，見了唐僧。唐僧道：「這場事甚是利害呀！◎7悟能性命，不知有無？」行者道：「沒事！我們把這兩個妖精拿了，他那裏斷不敢傷。且將二精牢拴緊縛，待明早抵換八戒也。」三個小王子對行者叩頭道：「師父先前賭鬥，只見一身；及後佯輸而回，卻怎麼就有百十位師身？及至拿住妖精，近城來還是一身。此是甚麼法力？」行者笑道：「我身上有八萬四千毫毛，以一化十，以十化百，百千萬億之變化，皆身外身之法也。」那王子一個個頂禮，即時擺上齋來，就在城樓上吃了。各垛口上都要燈籠旗幟，梆鈴鑼鼓，支更傳箭，放炮吶喊。

早又天明。老怪即喚黃獅精定計道：「汝等今日用心拿那行者、沙僧，等我暗自飛空上城，拿他那師父並那老王父子，先轉九曲盤桓洞，待你得勝回報。」黃獅領計，便引猱獅、雪獅、摶象、伏狸，各執兵器，到城邊，滾風釀霧的索戰。這裏行者與沙僧跳出城頭，厲聲罵道：「賊潑怪！快將我師弟八戒送還，我饒你性命！不然，都教你粉骨碎屍！」那妖精那容分說，一擁齊來。這大聖弟兄兩個，各運機謀，擋住五個獅子。這殺，比昨日又甚不同：◎8

呼呼刮地狂風惡，暗暗遮天黑霧濃。走石飛沙神鬼怕，推林倒樹虎狼驚。鋼鎗狠狠鉞

斧明，蒺藜簡鏟太毒情。恨不得囫圇吞行者，活活捉沙僧。這大聖一條如意棒，卷舒收放

甚精靈。沙僧那柄降妖杖，靈霄殿外有名聲。今番幹運神通廣，西域施功掃蕩精。

這五個雜毛獅子精與行者、沙僧正廝殺到好處，那老怪駕著黑雲，徑直騰至城樓上，搖一搖頭，諕得那城上文武大小官員並守城人夫等，都滾下城去。被他奔入樓中，張開口，把三藏與老王父子一頓※2噙出；復至坎宮地下，將八戒也著口噙之。原來他九個頭就有九張口，一口噙著唐僧，一口噙著八戒，一口噙著老王，一口噙著大王子，一口噙著二王子，一口噙著三王子；六口噙著六人，◎9還空了三張口。發聲喊，叫道：「我先去也！」這五個小獅精見他祖得勝，一個個愈展雄才。

✦老怪九頭獅與悟空、沙僧對戰。（朱寶榮繪）

行者聞得城上人喊嚷，情知中了他計，急喚：「沙僧仔細！」他卻把臂膊上毫毛盡皆拔下，入口嚼爛噴出，變作千百個小行者，一擁攻上。當時拖倒猱獅，活捉了雪獅，拿住了搏象獅，扛翻了伏狸獅，將黃獅打死。◎10烘烘的嚷到州城之下，

註

※2 一頓：一併、一齊的意思。

評點

◎6. 一馬不換兩驢，豬乃能抵二獅耶？（周評）

◎7. 更爲出奇。（張評）

◎8. 不是馬孟起步戰五將，正是諸葛公舌戰群儒。（張評）

◎9. 一邊佔住館地，一邊卻搶去徒弟，爲之絕倒。（張評）

◎10. 有此一棒，又勝似水陸七夜。（張評）

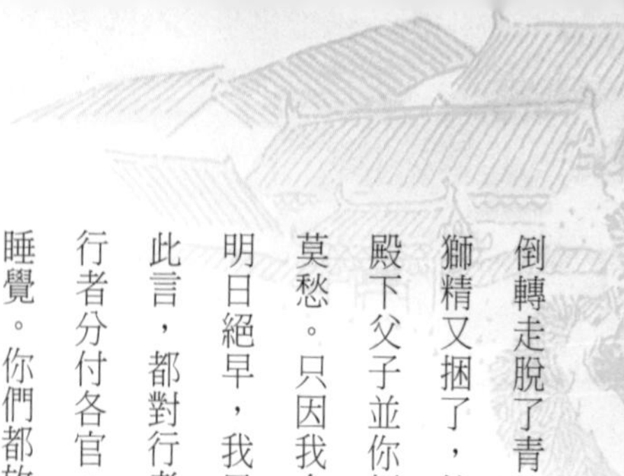

倒轉走脫了青臉兒與刁鑽古怪、古怪刁鑽兒二怪。那城上官看見，卻又開門，將繩把五個獅精又捆了，抬進城去。還未發落，只見那王妃哭哭啼啼，對行者禮拜道：「神師啊，我殿下父子並你師父性命休矣！這孤城怎生是好？」大聖收了法毛，對王妃作禮道：「賢后莫愁。只因我拿他七個獅精，那老妖弄攝法，定將我師父與殿下父子攝去，料必無傷。待明日絕早，我兄弟二人去那山中，管情捉住老妖，還你四個王子。」那王妃一簇女眷聞得此言，都對行者下拜道：「願求殿下父子全生，皇圖堅固！」拜畢，一個個含淚還宮。◎11 行者分付各官：「將打死的黃獅精剝了皮，六個活獅精牢牢拴鎖。取些齋飯來，我們吃了睡覺。你們都放心，保你無事。」

至次日，大聖領沙僧駕起祥雲，不多時，到於竹節山頭。按雲頭觀看，好座高山！但見：

峰排突兀，嶺峻崎嶇。深澗下潺湲水漱，陡崖前錦繡花香。回巒重疊，古道灣環。真是鶴來松有伴，果然雲去石無依。玄猿覓果向晴暉，麋鹿尋花歡日暖。青鸞聲淅瀝，黃鳥語綿蠻。春來桃李爭妍，夏至柳槐競茂；秋到黃花佈錦，冬交白雪飛綿。四時八節好風光，不亞瀛洲仙景象。◎12

他兩個正在山頭上看景，忽見那青臉兒手拿一條短棍，徑跑出崖谷之間。行者喝道：「那裏走！老孫來也！」諕得那小妖一翻一滾的跑下崖谷。他兩個一直追來，又不見蹤跡。向前又轉幾步，卻是一座洞府。兩扇花斑石門，緊緊關閉。門楟上橫嵌著一塊石版，楷鐫了

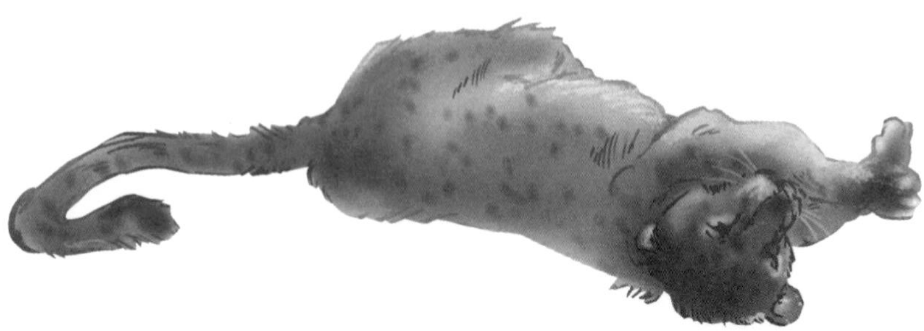

十個大字，乃是：「萬靈竹節山，九曲盤桓洞」。

那小妖原來跑進洞去，即把洞門閉了，到中間對老妖道：「爺爺，外面又有兩個和尚來了。」老妖道：「你大王並猱獅、雪獅、摶象、伏狸可曾來？」小妖道：「不見，不見！只是兩個和尚，在山峰高處眺望。我看見回頭就跑，他趕將來，我卻閉門來也。」老妖聽說，低頭不語。半晌，忽的吊下淚來，叫聲：「苦啊！我黃獅孫死了！◎13猱獅孫等，又盡被和尚捉進城去矣！此恨怎生報得？」八戒捆在旁邊，與王父子、唐僧俱攢在一處，恓恓惶惶受苦，聽見老妖說聲「衆孫被和尚捉進城去」，暗暗喜道：「師父莫怕！殿下休愁！我師兄已得勝，捉了衆妖，尋到此間救拔吾等也。」說罷，又聽得老妖叫：「小的們，好生在此看守，等我出去拿那兩個和尚進來，一發懲治。」

你看他身無披掛，手不拈兵，大踏步走到前邊，只聞得孫行者吆喝哩。他就大開了洞門，不答話，徑奔行者。行者使鐵棒當頭支住，沙僧輪寶杖就打。

九頭獅現出原形，一下就把悟空、沙僧一口咬住。悟空、沙僧被老怪扔進洞，讓小妖怪綁了起來。（古版畫，選自李卓吾批評本《西遊記》）

評點

◎11. 遺害東人，恰是患字餘意。（張評）
◎12. 外貌有餘，內裏卻不足，寫盡妝修粉飾之士。（張評）
◎13. 倒免得人患。（張評）

那老妖把頭搖一搖，左右八個頭，一齊張開口，把行者、沙僧輕輕的又啣入洞內，教：「取繩索來！」那刁鑽古怪、古怪刁鑽與青臉兒，是昨夜逃生而回者，即拿兩條繩，把他二人著實捆了。老妖問道：「你這潑猴，把我那七個兒孫捉了；我今拿住你和尚四個、王子四個，也足以抵得我兒孫之命。◎14小的們，選荊條柳棍來，且打這猴頭一頓，與我黃獅孫報報冤仇！」那三個小妖各執柳棍，專打行者。行者本是熬煉過的身體，那些些柳棍兒，只好與他拂癢，他那裏做聲？憑他怎麼捶打，略不介意。八戒、唐僧與王子見了，一個個毛骨悚然。少時，打折了柳棍；直打到天晚，也不計其數。沙僧見打得多了，甚不過意道：「我替他打百十下罷。」老妖道：「你且莫忙，明日就打到你了。一個個挨次兒打將來。」八戒著忙道：「後日就打到我老豬也！」

打一會，漸漸的天昏了。老妖叫：「小的們，且住。點起燈火來，你們吃些飲食，讓我到錦雲窩略睡睡去。◎15汝三人都是遭過害的，卻用心看守，待明早再打。」三個小妖移

非洲獅。與其他動物對峙時，獅子的鬃毛令其看起來體形更壯碩。（Ltshears - Trisha M Shears提供）

評點

◎14. 弄得兩下，不得爲絕妙收場。(張評)
◎15. 好受用，怪不得人；好不謂有此美處。(張評)

過燈來，拿柳棍又打行者腦蓋，就像敲梆子一般，剔剔托，托托剔，緊幾下，慢幾下。夜將深了，卻都盹睡。行者就使個遁法，將身一小，脫出繩來；抖一抖毫毛，整束了衣服。耳朵內取出棒來，幌一幌，有吊桶粗細，二丈長短，朝著三個小妖道：「你這孽畜，把你老爺就打了許多棍子！老爺還只照舊，老爺也把這棍子略挜你挜，看道如何！」把三個小妖輕輕一挜，就挜作三個肉餅；卻又剔亮了燈，解放沙僧。八戒捆急了，忍不住大聲叫道：「哥哥！我的手腳都捆腫了，倒不來先解放我！」

這獃子喊了一聲，卻早驚動老妖。老妖一轂轆爬起來道：「是誰人解放？」那行者聽見，一口吹息燈，也顧不得沙僧等衆，使鐵棒，打破幾重門走了。那老妖到中堂裏叫：「小的們，怎麼沒了燈光？只莫走了人也？」叫一聲，沒人答應；又叫一聲，又沒人答應。及取燈火來看時，只見地下血淋淋的三塊肉餅，老王父子及唐僧、八戒俱在，只不見了行者、沙僧。點著火，前後趕看，忽見沙僧還背貼在廊下站哩，被他一把拿住摔倒，照舊捆了。又找尋行者，但見幾層門盡皆損破，情知是行者打破走了。也不去追趕，將破門補的補，遮

✦三官大帝和四聖真君。上方兩位武將為天蓬元帥和天猷元帥，最下方為代表天、地、水的三官大帝。四聖真君為北極紫微大帝下的四將，天蓬、天猷為其中兩位。明代絹畫。

的遮，固守家業不題。

卻說孫大聖出了那九曲盤桓洞，跨祥雲，徑轉玉華州。但見那城頭上，各方的土地、神祇與城隍之神迎空拜接。行者道：「汝等怎麼今夜才見？」城隍道：「小神等知大聖下降玉華州，因有賢王款留，故不敢見。今知王等遇怪，大聖降魔，特來叩接。」行者正在嗔怪處，又見金頭揭諦、六甲六丁神將押著一尊土地，跪在面前道：「大聖，吾等捉得這個地裏鬼來也？」行者喝道：「汝等不在竹節山護我師父，卻怎麼嚷到這裏？」丁甲神道：「大聖，那妖精自你逃時，復捉住捲簾大將，依然捆了。我等見他法力甚大，卻將竹節山土地押解至此。◎[16]他知那妖精的根由，乞大聖問他一問，便好處治，以救聖僧、賢王之苦。」行者聽言甚喜。那土地戰兢兢叩頭道：「那老妖前年下降竹節山。那九曲盤桓洞原是六獅之窩，那六個獅子，自得老妖至此，就都拜為祖翁。祖翁乃是個九頭獅子，號為九靈元聖。◎[17]若得他滅，須去到東極妙巖宮，請他主人公來，方可收伏。他人莫想擒也。」行者聞言，思憶半晌道：「東極妙巖宮，是太乙救苦天尊啊。他坐下正是個九頭獅子。這等說……」便教：「揭諦、金甲，還同土地回去，暗中護祐師父、師弟並州王父子。本處城隍守護城池。」眾神各各遵守去訖。

這大聖縱觔斗雲，連夜前行。約有寅時，到了東天門外，正撞著廣目天王與天丁、力士一行儀從。眾皆停住，拱手迎道：「大聖何往？」行者對眾禮畢，道：「前去妙巖宮走走。」天王道：「西天路不走，卻又東天來做甚？」行者道：「因到玉華州，蒙州王相

款，遣三子拜我等弟兄為師，習學武藝，不期遇著一夥獅怪。今訪得妙巖宮太乙救苦天尊乃怪之主人公，欲請他來降怪救師。」天王道：「那廂因你欲為人師，所以惹出這一窩獅子來也。」◎18行者笑道：「正為此，正為此。」衆天丁、力士一個個拱手，讓道而行。大聖進了東天門，不多時，到妙巖宮前。但見：

彩雲重疊，紫氣龍蔥。瓦漾金波焰，門排玉獸崇。花盈雙闕紅霞遶，日映騫林翠霧籠。果然是萬眞環拱，千聖興隆。殿閣層層錦，窗軒處處通。蒼龍盤護祥光藹，黃道光輝瑞氣濃。這的是青華長樂界，東極妙巖宮。

那宮門裏立著一個穿霓帔的仙童，忽見孫大聖，即入宮報道：「爺爺，外面是鬧天宮的齊天大聖來了。」太乙救苦天尊聽得，即喚侍衛衆仙迎接。迎至宮中，只見天尊高坐九色蓮花座上，百億瑞光之中，見了行者，下座來相見。行者朝上施禮，天尊答禮道：「大聖，這幾年不見，前聞得你棄道歸佛，保唐僧西天取經，想是功行完了？」行者道：「功行未完，卻也將近。但如今因保唐僧到玉華州，蒙王子遣三子拜老孫等為師，習學武藝，把我們三件神兵照樣打造，不期夜間被賊偷去。及天明尋找，原是城北豹頭山虎口洞一個金毛獅子成精盜去。老孫用計取出，那精就夥了若干獅精與老孫大鬧。內有一個九頭獅子，神通廣大，將我師父與八戒並王父子四人都啣去，到一竹節山九曲盤桓洞。次日，老孫與沙僧跟尋，亦被啣去。老孫被他捆打無數，幸而弄法走了。他們正在彼處受罪。問及當坊土地，始知天尊是他主人，特來奉請收降解救。」

評點

◎16. 群獅作孽，累及土地，遭瘟合是後層。（張評）
◎17. 何物獅子，有此尊號。（周評）
◎18. 趣甚，趣甚。（李評）

天尊聞言，即令仙將到獅子房喚出獅奴來問。那獅奴熟睡，被衆將推搖方醒，揪至中廳來見。天尊問道：「獅獸何在？」那奴兒垂淚叩頭，只教：「饒命！饒命！」天尊道：「孫大聖在此，且不打你。你快說為何不謹，走了九頭獅子？」獅奴道：「爺爺，我前日在大千甘露殿中見一瓶酒，不知偷去吃了，不覺沉醉睡著，失於拴鎖，是以走了。」天尊道：「那酒是太上老君送的，喚作『輪迴瓊液』。你吃了，該醉三日不醒。◎19那獅獸今走幾日了？」大聖道：「據土地說，他前年下降，到今二三年矣。」天尊笑道：「是了，是了！天宮裏一日，在凡世就是一年。」叫獅奴道：「你且起來，饒你死罪，跟我與大聖下方去收他來。汝衆仙都回去，不用跟隨。」

天尊遂與大聖、獅奴，踏雲徑至竹節山。只見那五方揭諦、六丁六甲、本山土地都來跪接。行者道：「汝等護祐，可曾傷著我師？」衆神道：「妖精著了惱睡了，更不曾動甚刑罰。」天尊道：「我那元聖兒，也是一個久修得道的真靈：他喊一聲，上通三聖，下徹九泉，等閑也便不傷生。◎20孫大聖，你去他門首索戰，引他出來，我好收之。」

行者聽言，果掣棒跳近洞口，高罵道：「潑妖精，還我人來也！潑妖精，還我人來也！」連叫了數聲，那老妖睡著了，無人答應。行者性急起來，輪鐵棒，往裏打進，口中不住的喊罵。那

北京白雲觀三清閣玉清元始天尊塑像，攝於2006年7月3日。（聶鳴／fotoe提供）

老妖方才驚醒，心中大怒，爬起來，喝一聲：「趕戰！」搖搖頭，便張口來啣。行者回頭跳出。妖精趕到外邊，罵道：「賊猴！那裏走！」行者立在高崖上笑道：「你還敢這等大膽無禮，你死活也不知哩！這不是你老爺主公在此？」那妖精趕到崖前，早被天尊念聲咒語，喝道：「元聖兒，我來了！」那妖認得是主人，不敢展掙，四隻腳伏之於地，只是磕頭。旁邊跑過獅奴兒，一把撾住項毛，用拳著項上打穀百十，口裏罵道：「你這畜生！如何偷走，教我受罪！」那獅獸合口無言，不敢搖動。獅奴兒打得手困，方才住了。即將錦韂安在他身上，天尊騎了，喝聲教走。他就縱身駕起彩雲，徑轉妙巖宮去。

大聖望空稱謝了，卻入洞中，先解玉華王，次解唐三藏，次又解了八戒、沙僧並三王子。共搜他洞裏物件，逍逍停停，將衆領出門外。八戒就取了若干枯柴，前後堆上，放起火來，把一個九曲盤桓洞，燒作個烏焦破瓦窰！大聖又發放了衆神，還教土地在此鎮守，卻令八戒、沙僧各各使法，把王父子背馱回州。◎21他攙著唐僧。不多時，到了州城，天色漸晚，當有妃后、官員，

太乙天尊收伏九頭獅，看守獅子不力的獅奴見了獅子就打。（朱寶榮繪）

評點

◎19. 天上有人饋此美酒，神仙眞不可不做。（周評）
◎20. 既如此，偷走下方何爲？（周評）
◎21. 師父馱徒弟，如何算帳？（周評）

都來接見了。擺上齋筵，共坐享之。長老師徒還在暴紗亭安歇，王子們入宮各寢。一宵無話。

次日，王又傳旨，大開素宴。合府大小官員，一一謝恩。行者又叫屠子來，把那六個活獅子殺了，共那黃獅子都剝了皮，將肉安排將來受用。殿下十分歡喜，即命殺了。把一個留在本府內外人用，一個與王府長史等官分用；把五個都剁作一二兩重的塊子，差校尉散給州城內外軍民人等，各吃些須：一則嘗嘗滋味，二則押押驚恐。那些家家戶戶，無不瞻仰。

又見那鐵匠人等造成了三般兵器，對行者磕頭道：「爺爺，小的們工都完了。」問道：「各重多少斤兩？」鐵匠道：「金箍棒有千斤，九齒鈀與降妖杖各有八百斤。」行者道：「也罷。」叫請三位王子出來，各人執兵器。三子對老王道：「父王，今日兵器完矣。」老王道：「為此兵器，幾乎傷了我父子之命。」小王子道：「幸蒙神師施法，救出我等，卻又掃蕩妖邪，除了後患。誠所謂海晏河清，太平之世界也。」當時老王父子賞勞了匠作，又至暴紗亭拜謝了師恩。

三藏又教大聖等快傳武藝，莫誤行程。他三人就各輪兵器，在王府院中，一一傳授。不數日，那三個王子盡皆操演精熟，其餘攻退之方，緊慢之法，各有七十二般解數，無不知之。一則那諸王子心堅，二則虧孫大聖先授了神力，此所以那千斤之棒，八百斤之鈀、杖，俱能舉能運，較之初時自家弄的武藝，真天淵也！有詩為證，詩曰：

緣因善慶遇神師，習武何期動怪獅。
掃蕩群邪安社稷，皈依一體定邊夷。
九靈數合元陽理※3，四面精通道果之。
授受心明遺萬古，玉華永樂太平時。

那王子又大開筵宴，謝了師教；又取出一大盤金銀，用答微情。行者笑道：「快拿進去，快拿進去！我們出家人，要他何用？」八戒在旁道：「金銀實不敢受。奈何我這件衣服被那些獅子精扯拉破了，但與我們換件衣服，足為愛也。」那王子隨命針工，照依色樣，取青錦、紅錦、茶褐錦各數疋，與三位各做了一件。三人欣然領受，各穿了錦布直裰，收拾了行裝起程。只見那城裏城外，若大若小，無一人不稱是羅漢臨凡，活佛下界。鼓樂之聲，旌旗之色，盈街塞道。正是家家戶外焚香火，處處門前獻彩燈。送至許遠才回，他四眾方得離城西去。這一去頓脫群思，潛心正果。◎22才是：

無慮無憂來佛界，誠心誠意上雷音。

畢竟不知到靈山還有幾多路程，何時行滿，且聽下回分解。

總批

「頓脫群思」乃此回之本意也。急著眼，急著眼！六獅砍頭，黃獅剝皮，快則快矣；安得把世上許多誤人子弟的庸師，一併食肉寢皮，更爲快也。（李評）

悟一子曰：此篇大道淵微，實妙莫測。仙師筆墨不能了其義，不得不如是而止也。（陳評節錄）

悟元子曰：上二回，一言眞師之授道，一言假師之迷人，師之眞假判然矣。然求師者，苟不能自己參思，但據師之指點，則師之眞假，仍未可辨，而道之邪正，終不可知，如何了得眞禪之事？故此回示出「授受歸一」之妙，「盜道纏禪」之機，使學者知之眞而行之當也。（劉評節錄）

註

※3 九靈數合元陽理：古代認爲九是數之極，其中暗含著事物的內在原理。

評點

◎22. 到此結出本旨，覺從前狉狉毰毸，俱是空花幻相。（周評）〔編者註：狉狉毰毸：音批批塞塞。狉狉，動物蠢蠢欲動的樣子；毰毸：動物羽毛飛揚狀。〕

第九十一回

金平府元夜觀燈　玄英洞唐僧供狀◎1

修禪何處用工夫？馬劣猿顛速剪除。牢捉牢拴生五彩，暫停暫住墮三途。
若教自在神丹漏，才放從容玉性枯。喜怒憂思須掃淨，得玄得妙恰如無。

話表唐僧師徒四衆離了玉華城，一路平穩，誠所謂極樂之鄉。去有五六日程途，又見一座城池。唐僧問行者道：「此又是甚麼處所？」行者道：「是座城池。但城上有杆無旗，不知地方，俟近前再問。」及至東關廂，見那兩邊茶坊酒肆喧嘩，米市油房熱鬧。街衢中有幾個無事閑遊的浪子，見豬八戒嘴長，沙和尚臉黑，孫行者眼紅，◎2都擁擁簇簇的爭看，只是不敢近前而問。唐僧捏著一把汗，惟恐他們惹禍。◎3又走過幾條巷口，還不到城，忽見有一座山門，門上有「慈雲寺」三字。唐僧道：「此處略進去歇歇馬，打一個齋如何？」行者道：「好，好。」四衆遂一齊而入。但見那裏邊：

珍樓壯麗，寶座崢嶸。佛閣高雲外，僧房靜月中。丹霞縹緲浮屠挺，碧樹陰森輪藏清。眞淨土※1，假龍宮，大雄殿上紫雲籠。兩廊不絕閑人戲，一塔常開有客登。爐中香火時時爇，臺上燈花夜夜熒。忽聞方丈金鐘韻，應佛僧※2人朗誦經。

◆《新說西遊記圖像》描繪第九十一回精采場景：正月十五元宵節，唐僧與行者三人以及和尚們進城看燈。（古版畫，選自《新說西遊記圖像》）

四眾正看時，又見廊下走出一個和尚，對唐僧作禮道：「老師何來？」唐僧道：「弟子中華唐朝來者。」那和尚倒身下拜，慌得唐僧攙起道：「院主何為行此大禮？」那和尚合掌道：「我這裏向善的人，看經念佛，都指望修到你中華地托生。才見老師丰采衣冠，果然是前生修到的，方得此受用，故當下拜。」◎4唐僧笑道：「惶恐，惶恐。我弟子乃行腳僧，有何受用！若院主在此閑養自在，才是享福哩。」那和尚領唐僧入正殿，拜了佛像。唐僧方才招呼徒弟進來。原來行者三人，自見那和尚與師父講話，他都背著臉，◎5牽著馬，守著擔，立在一處，和尚不曾在心。忽的聞唐僧叫徒弟，他三人方才轉面。那和尚見了，慌得叫：「爺爺呀！你高徒如何恁般醜樣？」唐僧道：「醜則雖醜，倒頗有些法力。我一路甚虧他們保護。」

正說處，裏面又走出幾個和尚作禮。先見的那和尚對後的說道：「這老師是中華大唐來的人物，那三位是他高徒。」眾僧且喜且懼道：「老師中華大國，到此何為？」唐僧言：「我奉唐王聖旨，向靈山拜佛求經。適過寶方，特奔上剎，一則求問地方，二則打頓齋食就行。」那僧人個個歡喜，又邀入方丈。方丈裏又有幾個與人家做齋的和尚。這先進去的又叫道：「你們都來看看中華人物。原來中華有

建於十五世紀的印度廟蘇庫寺（Candi Sukuh），位在印尼梭羅拉胡山。攝於2007年6月29日。（張奮泉／fotoe提供）

註

※1淨土：佛教傳說中佛的世界，與世俗世界相對，因此叫淨土。

※2應佛僧：也叫應付僧，專門從事佛門事務的神職人員。

評點

◎1. 三藏之在慈雲，不過一看燈耳，而功曹即以為寬禪性貪歡，所以生否生悲。禪律之嚴如此，況有大於看燈者乎！（周評節錄）

◎2. 謝師的酒氣未散，是為飲字、醉字一摸。（張評）

◎3. 肆酒亂德，少年更甚，所以要戒。（張評）

◎4. 然則中華又何為修西方？（周評）

不知要去何為？（張評）

真。如此看起來，中華修西方者不顛倒乎？（李評）

◎5. 尚是本來的面貌。（張評）

俊的，有醜的：俊的真箇難描難畫，醜的卻十分古怪。」◎6那許多僧同齋主都來相見。見畢，各坐下。茶罷，唐僧問道：「貴處是何地名？」眾僧道：「我這裏乃天竺國外郡，金平府是也。」唐僧道：「貴府至靈山，還有許多遠近？」眾僧道：「此間到都下有二千里，這是我等走過的。西去到靈山，我們未走，◎7不知還有多少路，不敢妄對。」唐僧謝了。

少時，擺上齋來。齋罷，唐僧要行，卻被眾僧並齋主款留道：「老師寬住一二日，過了元宵，耍耍去不妨。」唐僧驚問道：「弟子在路，只知有山有水，怕的是逢怪逢魔，把光陰都錯過了，不知幾時是元宵佳節。」◎8眾僧笑道：「老師拜佛與悟禪心重，故不以此為念。今日乃正月十三，到晚就試燈，後日十五上元，直至十八九，方才謝燈。我這裏人家好事，本府太守老爺愛民，各地方俱高張燈火，徹夜笙簫。◎9還有個『金燈橋』，乃上古傳留，至今豐盛。老爺們寬住數日，我荒山頗管待得起。」唐僧無奈，遂俱住下。當晚只聽得佛殿上鐘鼓喧天，乃是街坊眾信人等送燈來獻佛。唐僧等都出方丈來看了燈，各自歸寢。

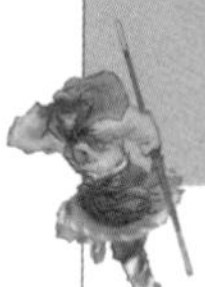

次日，寺僧又獻齋。吃罷，同步後園閑耍。果然好個去處！正是：

時維正月，歲屆新春。園林幽雅，景物妍森。四時花木爭奇，一派峰巒疊翠。芳草階前萌動，老梅枝上生馨。紅入桃花嫩，青歸柳色新。金谷園※3富麗休誇，《輞川圖》※4流風慢說。水流一道，野鳧※5出沒無常；竹種千竿，墨客推敲未定。芍藥花、牡丹花、紫薇

花、含笑花※6，天機方醒；山茶花、紅梅花、迎春花、瑞香花，豔質先開。陰崖積雪猶含凍，遠樹浮烟已帶春。又見那鹿向池邊照影，鶴來松下聽琴。東幾廈，西幾亭，客來留宿；南幾堂，北幾塔，僧靜安禪。花卉中，有一兩座養性樓，重簷高拱；山水內，有三四處煉魔室，靜几明窗。眞箇是天然堪隱逸，又何須他處覓蓬瀛？

師徒們翫賞一日，至晚，殿上看了燈，又都去看燈遊戲。但見那：

瑪瑙花城，琉璃仙洞，水晶雲母諸宮：似重重錦繡，疊疊玲瓏。星橋影幌乾坤動，看數株火樹搖紅。六街簫鼓，千門壁月，萬户香風。幾處鰲峰高聳，有魚龍出海，鸞鳳騰空。羨燈光月色，和氣融融。綺羅隊裏，人人喜聽笙歌，車馬轟轟。看不盡花容玉貌，風流豪俠，佳景無窮。◎10

三藏與眾僧在本寺裏看了燈，又到東關廂各街上遊戲。到二更時，方才回轉安置。

次日，唐僧對眾僧道：「弟子原有掃塔之願，趁今日上元佳節，請院主開了塔門，讓弟子了此願心。」眾僧隨開了門。沙僧取了袈裟，隨從唐僧。到了一層，就披了袈裟，拜佛禱祝畢，即將笤帚掃了一層，卸了袈裟，付與沙僧。……又掃二層，一層層直掃上絕頂。那塔上層層有佛，處處開窗，掃一層，賞翫讚美一層。掃畢下來，已此天晚，又都點上燈火。

註

※3金谷園：晉朝石崇的豪華花園名，在今河南省洛陽市西北。

※4輞川圖：輞川，在今陝西藍田縣南，唐朝詩人王維在此隱居，並把這裏的名勝繪了出來，就是有名的《輞川圖》。

※5野鳧：野鴨子。

※6含笑花：含笑花爲木蘭科、含笑花屬於常綠性灌木或小喬木，別名含笑美、笑梅、含笑梅或香蕉花。

評點

◎6.誰知俊的是，醜的不是，未免冤卻中華。（周評）

◎7.列位走去也無干。（周評）

◎8.想是還在醉鄉。（張評）

◎9.朝朝燈節，夜夜元宵，飲字、醉字便已欲躍。（張評）

◎10.詩詞曲調，無樣不備，人但能讀得這部詩詞，胸中亦不是小小家當。（張評）

此夜正是十五元宵。眾僧道：「老師父，我們前晚只在荒山與關廂看燈，今晚正節，進城裏看看金燈如何？」唐僧欣然從之，同行者三人及本寺多僧進城看燈。正是：◎11

三五良宵節，上元春色和。花燈懸鬧市，齊唱太平歌。又見那六街三市燈亮，半空一鑑初升。那月如馮夷※7推上爛銀盤，這燈似仙女織成鋪地錦。燈映月，增一倍光輝；月照燈，添十分燦爛。觀不盡鐵鎖星橋，看不了燈花火樹。雪花燈、梅花燈，春冰剪碎；繡屏燈、畫屏燈，五彩攢成。核桃燈、荷花燈，燈樓高掛；青獅燈、白象燈，燈架高檠。蝦兒燈、鱉兒燈，棚前高弄；羊兒燈、兔兒燈，簷下精神。鷹兒燈、鳳兒燈，相連相併；虎兒燈、馬兒燈，同走同行。仙鶴燈、白鹿燈，壽星騎坐；金魚燈、長鯨燈，李白高乘。鰲山燈，神仙聚會；走馬燈，武將交鋒。萬千家燈火樓臺，十數里雲烟

◆唐僧師徒看花燈，場面十分熱鬧。（朱寶榮繪）

世界。那壁廂，索琅琅玉轡飛來；這壁廂，轂轆轆香車輦過。看那紅妝樓上，倚著欄，隔著簾，並著肩，攜著手，雙雙美女貪歡；綠水橋邊，鬧吵吵，錦簇簇，醉醺醺，笑呵呵，對對遊人戲綵。滿城中簫鼓喧嘩，徹夜裏笙歌不斷。

有詩為證，詩曰：

錦繡場中唱彩蓮，太平境內簇人烟。
燈明月皎元宵夜，雨順風調大有年。◎12

此時正是金吾不禁※8，亂烘烘的無數人烟。有那跳舞的、躧蹺的、裝鬼的、◎13騎象的，◎14東一攢，西一簇，看之不盡。

卻才到金燈橋上，唐僧與眾僧近前看處，原來是三盞金燈。那燈有缸來大，上照著玲瓏剔透的兩層樓閣，都是細金絲兒編成；內托著琉璃薄片，其光幌月，其油噴香。◎15唐僧回問眾僧道：「此燈是甚油？怎麼這等異香撲鼻？」眾僧道：「老師不知。我這府後有一縣，名喚旻天縣，◎16縣有二百四十里。每年審造差傜，共有二百四十家燈油大戶。府縣的各項差傜猶可，惟有此大戶

註

※7 馮夷：傳說中善於駕車的天神名，傳說他能駕御日、月。

※8 金吾不禁：金吾，古代掌管京都治安的官名。金吾不禁，是說沒有禁令，可以由人隨意遊頑。

尼泊爾首都加德滿都，是篤信佛教的熱鬧城市，常舉行各種敬佛活動。（富爾特影像提供）

評點

◎11. 點明城關，按下表裏。（張評）
◎12. 焉有不飲，焉有不醉者也。（張評）
◎13. 鬼物現形象，飲得太不像樣。（張評）
◎14. 痴痴獃獃，醉態如畫。（張評）
◎15. 油水名出武陵，不特器美而其酒美可知。（張評）
◎16. 此縣名卻奇。（周評）

甚是吃累：每家當一年，要使二百多兩銀子。此油不是尋常之油，乃是酥合香油。這油每一兩值價銀二兩，每一斤值三十二兩銀子。三盞燈，每缸有五百斤，三缸共一千五百斤，共該銀四萬八千兩。還有雜項繳纏使用，將有五萬餘兩，只點得三夜。」行者道：「這許多油，三夜何以就點得盡？」衆僧道：「這缸內每缸有四十九個大燈馬，都是燈草扎的把，裹了絲綿，有雞子粗細。只點過今夜，見佛爺現了身，明夜油也沒了，燈就昏了。」◎17八戒在旁笑道：「想是佛爺連油都收去了。」衆僧道：「正是此說，滿城裏人家，自古及今，皆是這等傳說。但油乾了，人俱說是佛祖收了燈，自然五穀豐登；若有一年不乾，卻就年成※9荒旱，風雨不調。所以人家都要這供獻。」◎18

正說處，只聽得半空中呼呼風響，諕得些看燈的人盡皆四散。那些和尚也立不住腳，道：「老師父，回去罷。風來了，是佛爺降祥，到此看燈也。」唐僧道：「怎見得是佛來看燈？」衆僧道：「年年如此，不上三更，就有風來。知道是諸佛降祥，所以人皆迴避。」唐僧道：「我弟子原是思佛念佛拜佛的人，今逢佳景，果有諸佛降臨，就此拜拜，多少是好。」衆僧連請不回。少時，風中果現出三位佛身，近燈來了。慌得那唐僧跑上橋頂，倒身下拜。行者急忙扯起道：「師父，不是好人，必定是妖邪也。」說不了，見燈光昏暗，呼的一聲，把唐僧抱起，駕風而去。◎19噫！不知是那山那洞真妖怪，積年假佛看金燈。諕得那八戒兩邊尋找，沙僧左右招呼。行者叫道：「兄弟，不須在此叫喚。師父樂極生悲，已被妖精攝去了！」那幾個和尚害怕道：「爺爺，怎見得是妖精攝去？」行者笑

道：「原來你這夥凡人，累年不識，故被妖邪惑了，只說是真佛降祥，受此燈供。剛才風到處，現佛身者，就是三個妖精。◎20我師父亦不能識，上橋頂就拜，卻被他侮暗燈光，將器皿盛了油，連我師父都攝去。我略走遲了些兒，所以他三個化風而遁。」沙僧道：「師兄，這般卻如之何？」行者道：「不必遲疑。你兩個同眾回寺，看守馬匹、行李，等老孫趁此風追趕去也。」

好大聖，急縱觔斗雲，起在半空，聞著那腥風之氣，往東北上徑趕。趕至天曉，倏爾風息。見有一座大山，十分險峻，著實嵯峨。好山：

重重丘壑，曲曲源泉。藤蘿懸削壁，松柏挺虛巖。鶴鳴晨霧裏，雁唳曉雲間。峨峨矗矗峰排戟，突突磷磷石砌磐。頂巔高萬仞，峻嶺疊千灣。野花佳木知春發，杜宇黃鶯應景妍。能巍奕※10，實巉巖，古怪崎嶇險又艱。停翫多時人不語，只聽虎豹有聲鼾。香獐白鹿隨來往，玉兔青狼去復還。深澗水流千萬里，回湍激石響潺潺。◎21

大聖在山崖上正自找尋路徑，只見四個人，趕著三隻羊，從西坡下，齊吆喝：「開泰！」大聖閃火眼金睛，仔細觀看，認得是年、月、日、時四值功曹使者，隱像化形而來。

大聖即掣出鐵棒，幌一幌，碗來粗細，有丈二長短，跳下崖來喝道：「你都藏頭縮頸的那裏走！」四值功曹見他說出風息，慌得喝散三羊，現了本相，閃下路旁施禮道：「大聖，恕罪！恕罪！」行者道：「這一向也不曾用著你們，你們見老孫寬慢，都一個個弄懈

註

※9 年成：農作物歲收景況。

※10 巍奕：雄偉高大。

評點

◎17. 酗酒亂德，焉得不昏。（張評）

◎18. 不以德將，而惟以酒將矣，安得無醉。（張評）

◎19. 不是三杯始朝天，正是醉中學逃禪耳。（張評）

◎20. 醉鬼卻是酒妖，奇聞。（張評）

◎21. 寫情是情，寫景是景，覺將軍之武庫，猶有未備。（張評）

怠了，見也不來見我一見，是怎麼說！你們不在暗中保祐吾師，都往那裏去？」功曹道：「你師父寬了禪性，在於金平府慈雲寺貪歡，所以泰極生否，樂盛成悲，今被妖邪捕獲。他身邊有護法伽藍保著哩。吾等知大聖連夜追尋，恐大聖不識山林，特來傳報。」行者道：「你既傳報，怎麼隱姓埋名，趕著三個羊兒，吆吆喝喝作甚？」功曹道：「設此三羊，以應開泰之言，喚作『三陽開泰』，◎22破解你師之否塞也。」行者恨恨的要打，◎23見有此意，卻就免之，收了棒，回嗔作喜道：「這座山，可是妖精之處？」功曹道：「正是，正是。此山名青龍山，內有洞，名玄英洞。洞中有三個妖精：大的個名辟寒大王，第二個號辟暑大王，第三個號辟塵大王，這妖精在此有千年了。他自幼兒愛食酥合香油。當年成精，到此假裝佛像，哄了金平府官員人等，設立金燈供養，燈油用酥合香油。他年年到正月半，變佛像收油。今年見你師父，他認得是聖僧之身，連你師父都攝在洞內，不日要割剮你師之肉，使酥合香油煎吃哩。你快用工夫救援去也。」

行者聞言，喝退四功曹，轉過山崖，找尋洞府。行未數里，只見那澗邊有一石崖，崖

✦妖怪化作佛像，唐僧跑上去跪拜，被妖怪順手攝走。（朱寶榮繪）

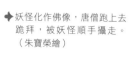

下是座石屋。屋有兩扇石門，半開半掩；門旁立有石碣，上有六字，卻是「青龍山◎24玄英洞」。行者不敢擅入，立定步，叫聲：「妖怪！快送我師父出來！」那裏唿喇一聲，大開了門，跑出一陣牛頭精，鄧鄧獃獃※11的問道：「你是誰？敢在這裏呼喚！」行者道：「我本是東土大唐取經的聖僧唐三藏之大徒弟。路過金平府觀燈，我師被你家魔頭攝來。快早送還，免汝等性命！如或不然，掀翻你窩巢，教你群精都化為膿血！」

那些小妖聽言，急入裏邊報道：「大王，禍事了！禍事了！」三個老妖正把唐僧拿在那洞中深遠處，那裏問甚麼青紅皂白，教小的先剝了衣裳，汲澗中清水洗淨，算計要細切細剉，著酥合香油煎吃；忽聞得報聲「禍事」，老大著驚，問是何故。小妖道：「大門前有一個毛臉雷公嘴的和尚嚷道：大王攝了他師父來，教快送出去，免吾等性命；不然，就要掀翻窩巢，教我們都化為膿血哩！」那老妖聽說，個個心驚道：「才拿了這廝，還不曾問他個姓名來歷。小的們，且把衣服與他穿了，帶過來，審他一審，端是何人，何自而來也。」

眾妖一擁上前，把唐僧解了索，穿了衣服，推至座前。諕得唐僧戰兢兢的跪在下面，只叫：「大王饒命，饒命！」三個妖精異口同聲道：「你是那方來的和尚？怎麼見佛像不躲，卻沖撞我的雲路？」唐僧磕頭道：「貧僧是東土大唐駕下差來，前往天竺國大雷音寺拜佛祖取經的。◎25因到金平府慈雲寺打齋，蒙那寺僧留過元宵看燈。正在金燈橋上，見

註

※11 鄧鄧獃獃：痴痴呆呆，鄧通「鈍」。

評點

◎22. 不通，可笑。（周評）
◎23. 眞正該打。（李評）
◎24. 原是龍飲水，不止蟒吃菜。（張評）
◎25. 好個戒僧，所以供狀，要令其自道。（張評）

唐僧在玄英洞向妖怪招供自己徒弟的情況。畫面中唐僧形象十分不雅，似狗般脖子帶鏈，跪在地下。（古版畫，選自李卓吾批評本《西遊記》）

大王顯現佛像，貧僧乃肉眼凡胎，見佛就拜，故此沖撞大王雲路。」那妖精道：「你那東土到此，路程甚遠，一行共有幾眾？都叫甚名字？快實實供來，我饒你性命。」唐僧道：「貧僧俗名陳玄奘，自幼在金山寺為僧。後蒙唐皇敕賜在長安洪福寺為僧官。又因魏徵丞相夢斬涇河老龍，唐王遊地府，◎26回生陽世，開設水陸大會，超度陰魂，蒙唐王又選賜貧僧為壇主，大闡都綱。幸觀世音菩薩出現，指化貧僧，說西天大雷音寺有三藏真經，可以超度亡者升天，差貧僧來取，因賜號三藏，即倚唐為姓，所以人都呼我為唐三藏。我有三個徒弟，大的個姓孫，名悟空行者，乃齊天大聖歸正。」群妖聞得此名，著了一驚道：「這個齊天大聖，可是五百年前大鬧天宮的？」唐僧道：「正是，正是。第二個姓豬，名悟能八戒，乃天蓬大元帥轉世。第三個姓沙，名悟淨和尚，乃捲簾大將臨凡。」三個妖王聽說，個個心驚道：「早是

不曾吃他。小的們，且把唐僧將鐵鏈鎖在後面，待拿他三個徒弟來湊吃。」遂點了一群山牛精、水牛精、黃牛精，各持兵器，走出門，掌了號頭，搖旗擂鼓。

三個妖披掛整齊，都到門外喝道：「是誰人敢在我這裏吆喝！」行者閃在石崖上，仔細觀看。那妖精生得：

彩面環睛，二角崢嶸。尖尖四隻耳，靈竅閃光明。一體花紋如彩畫，滿身錦繡若蜚英。第一個，頭頂狐裘花帽暖，一臉昂毛熱氣騰；第二個，身掛輕紗飛烈焰，四蹄花瑩玉玲玲；第三個，威雄聲吼如雷振，獠牙尖利賽銀針。個個勇而猛，手持三樣兵：一個使鉞斧，一個大刀能；但看第三個，肩上橫擔扢撻藤。

又見那七長八短、七肥八瘦的大大小小妖精，都是些牛頭鬼怪，各執鎗棒。有三面大旗，旗上明明書著「辟寒大王」、「辟暑大王」、「辟塵大王」。孫行者看了一會，忍耐不得，上前高叫道：「潑賊怪！認得老孫麼？」那妖喝道：「你是那鬧天宮的孫悟空？◎27真箇是『聞名不曾見面，見面羞殺天神』！你原來是這等個猢猻兒，敢說大話！」行者大怒，罵道：「我把你這個偷燈油的賊！油嘴妖怪，不要胡談！快還我師父來！」趕近前，輪鐵棒就打。那三個老妖舉三般兵器，急架相迎。這一場在山凹中好殺：

鉞斧鋼刀扢撻藤，猴王一棒敢來迎。辟寒辟暑辟塵怪，認得齊天大聖名。棒起致令神鬼怕，斧來刀砍亂飛騰。好一個混元有法眞空像，抵住三妖假佛形。那三個偷油潤鼻今年犯，務捉欽差駕下僧。這個因師不懼山程遠，那個爲嘴常年設獻燈。乒乓只聽刀斧響，

評點

◎26. 悶悶昏昏，常在孟（夢）州道上。（張評）
◎27. 更似位偷酒吃的吏部。（張評）

劈朴惟聞棒有聲。衝衝撞撞三攢一，架架遮遮各顯能。一朝鬥至天將晚，不知那個虧輸那個贏。

孫行者一條棒，與那三個妖魔鬥經百五十合，天色將晚，勝負未分。只見那辟塵大王把扢撻藤閃一閃，跳過陣前，將旗搖了一搖，那夥牛頭怪簇擁上前，把行者圍在垓心，各輪兵器，亂打將來。行者見事不諧，唿喇的縱起觔斗雲，敗陣而走。◎28那妖更不來趕，招回群妖，安排些晚食，眾各吃了。也叫小妖送一碗與唐僧，只待拿住孫行者等，才要整治。那師父一則長齋，二則愁苦，哭啼啼的未敢沾唇不題。

卻說行者駕雲回至慈雲寺內，叫聲：「師弟！」那八戒、沙僧正自盼望商量，聽得叫時，一齊出接道：「哥哥，如何去這一日方回？端的師父下落何如？」行者笑道：「昨夜聞風而趕，至天曉到一山，不見。幸四值功曹傳通道：那山叫作青龍山，山中有一玄英洞。洞中有三個妖精，喚作辟寒大王、辟暑大王、辟塵大王。原來積年在此偷油，假變佛像，哄了金平府官員人等。今年遇見我們，他不知好歹，反連師父都攝去。老孫審得此情，分付功曹等眾暗中保護師父，我尋近門前叫罵。那三怪齊出，都像牛頭鬼形。第一個使鉞斧，第二個使大刀，第三個使藤棍，後引一窩子牛頭鬼怪，搖旗擂鼓，與老孫鬥了一日，殺個手平。那妖王搖動旗，小妖都來。我見天晚，恐不能取勝，所以駕觔斗回來也。」八戒道：「那裏想是酆都城鬼王弄喧。」沙僧道：「你怎麼就猜道是酆都城鬼王弄喧？」八戒笑道：「哥哥說是牛頭鬼怪，故知之耳。」行者道：「不是，不是！若論老孫

看那怪，是三隻犀牛成的精。」八戒道：「若是犀牛，且拿住他，鋸下角來，倒值好幾兩銀子哩。」

正說處，衆僧道：「孫老爺可吃晚齋？」行者道：「方便吃些兒，不吃也罷。」衆僧道：「老爺征戰這一日，豈不飢了？」行者笑道：「這日把兒那裏便得飢！老孫曾五百年不吃飲食哩！」衆僧不知是實，只以為說笑。須臾拿來，行者也吃了，道：「且收拾睡覺，待明日我等都去相持，拿住妖王，庶可救師父也。」沙僧在旁道：「哥哥說那裏話！常言道：『停留長智。』那妖精倘或今晚不睡，把師父害了，卻如之何？不若如今就去，嚷得他措手不及，方才好救師父。少遲，恐有失也。」八戒聞言，抖擻神威道：「沙兄弟說得是。我們都趁此月光去降魔耶！」行者依言，即分付寺僧：「看守行李、馬匹。待我等把妖精捉來，對本府刺史證其假佛，免卻燈油，以蘇概縣小民之困，卻不是好？」◎29衆僧領諾，稱謝不已。他三個遂縱起祥雲，出城而去。正是那：

懶散無拘禪性亂，災危有分道心蒙。

畢竟不知此去勝敗何如，且聽下回分解。

總批

篇中「寬了禪性，所以生否成悲」一語，大足爲學人警策。描畫放燈處亦可觀。（李評）

悟一子曰：此下二篇「金平府」緊與上三篇「玉華州」相對。「玉華」是內五行法相，「金平」是外五行法相。此特明外丹之火候，不可錯失也。（陳評節錄）

悟元子曰：上回玉液還丹，明心見性，已足以教育英才，闡揚聖道矣。然性之盡者，即命之至，急須勇猛精進，行大丹有爲之道，以了命寶，到得天人渾化，形神俱妙地位，方爲極功。否則，以了性爲眞，自滿自足，便以度人爲事，輕薄招搖，驚俗駭衆，難免吉中有凶，恩中生害。故此回合下回，指出修性之偏，貪閑之患，使學者自醒自悟，時刻加功，火候不差，完全大道耳。（劉評節錄）

評點

◎28.何不用身外身法？（周評）

◎29.菩薩心腸，自應爾爾。（周評）

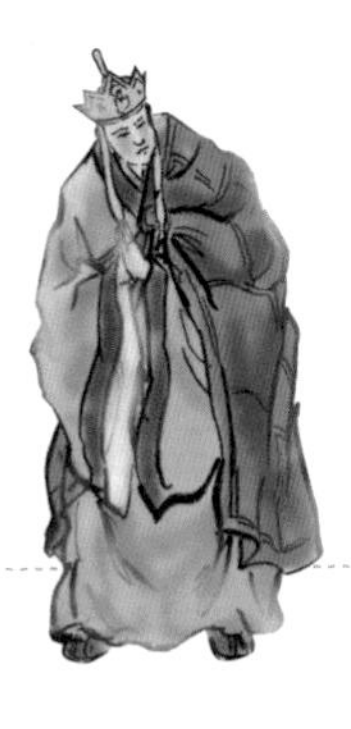

第九十二回

三僧大戰青龍山　四星挾捉犀牛怪

卻說孫大聖挾同二弟，滾著風，駕著雲，向東北艮地※1上，頃刻至青龍山玄英洞口，按落雲頭。八戒就欲築門，行者道：「且消停，待我進去看看師父生死如何，再好與他爭持。」沙僧道：「這門閉緊，如何得進？」行者道：「我自有法力。」

好大聖，收了棒，捻著訣，念聲咒語，叫：「變！」即變作個火焰蟲兒。真箇也疾伶※2！你看他：

展翅星流光燦，古云腐草爲螢。神通變化不非輕，自有徘徊之性。
飛近石門懸看，旁邊瑕縫穿風。將身一縱到幽庭，打探妖魔動靜。

他自飛入洞，只見幾隻牛橫欹直倒※3，一個個呼吼如雷，盡皆睡熟。◎1又至中廳裏面，全無消息。四下門戶通關，不知那三個妖精睡在何處。才轉過廳房，向後又照，只聞得啼泣

《新說西遊記圖像》描繪第九十二回精采場景：悟空師兄弟三人一起趕到青龍山玄英洞口叫陣。（古版畫，選自《新說西遊記圖像》）

之聲，乃是唐僧鎖在後房簷柱上哭哩。◎2行者暗暗聽他哭甚，只見他哭道：

「一別長安十數年，登山涉水苦熬煎。幸來西域逢佳節，喜到金平遇上元。
不識燈中假佛像，概因命裏有災愆。賢徒追襲施威武，但願英雄展大權。」

行者聞言，滿心歡喜，展開翅，飛近師前。唐僧揩淚道：「呀！西方景象不同。此時正月，蟄蟲始振，為何就有螢飛？」◎3行者忍不住，叫聲：「師父，我來了！」唐僧喜道：「悟空，我說正月怎得螢火，原來是你。」行者即現了本相，道：「師父呵，為你不識真假，誤了多少路程，費了多少心力！◎4我一行說不是好人，你就下拜，卻被這怪侮暗燈光，盜取酥合香油，連你都攝將來了。我當分付八戒、沙僧回寺看守，我即聞風追至此間，不識地名。幸遇四值功曹傳報，說此山名青龍山玄英洞。我日間與此怪鬥至天晚方回，與師弟輩細道此情，卻就不曾睡，同他兩個來此。我恐夜深不便交戰，又不知師父下落，所以變化進來，打聽打聽。」唐僧喜道：「八戒、沙僧如今在外邊哩？」行者道：「在外邊。方才老孫看時，妖精都睡著。我且解了鎖，搠開門，帶你出去罷。」唐僧點頭稱謝。

行者使個解鎖法，用手一抹，那鎖早自開了。領著師父往前正走，◎5忽聽得妖王在中廳內房裏叫道：「小的們，緊閉門戶，小心火燭。這會怎麼不叫更巡邏，梆鈴都不響

註

※1 艮地：艮音ㄍㄣˋ，八卦之一，代表山、山地，方位上則指東北方。
※2 疾伶：伶俐，矯捷靈敏。
※3 橫歁直倒：橫七豎八的意思。

評點

◎1. 宿酒未醒，尚自沉醉。（張評）
◎2. 想是飲的還不夠。（張評）
◎3. 亦是冷趣。（周評）
◎4. 貪杯誤事，所以要戒。（張評）
天下之爲不識眞假而誤事費力者多矣，豈獨一唐僧爲然。（周評）
◎5. 竟想逃席，筆機一轉。（張評）

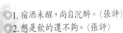

了？」原來那夥小妖征戰一日，俱辛辛苦苦睡著，聽見叫喚，卻才醒了。梆鈴響處，有幾個執器械的，敲著鑼，從後而走，可可的撞著他師徒兩個。衆小妖一齊喊道：「好和尚啊！扭開鎖往那裏去！」行者不容分說，掣出棒幌一幌，碗來粗細，就打。棒起處，打死兩個。其餘的丟了器械，近中廳，打著門叫：「大王，不好了！不好了！毛臉和尚在家裏打殺人了！」那三怪聽見，一轂轆爬將起來，只教：「拿住！拿住！」唬得個唐僧手軟腳軟。行者也不顧師父，一路棒，滾向前來。衆小妖遮架不住，被他放倒三兩個，推倒兩三個。打開幾層門，逕自出來，叫道：「兄弟們何在？」八戒、沙僧正舉著鈀杖等待，道：「哥哥，如何了？」行者將變化入裏解放師父，正走，被妖驚覺，顧不得師父，打出來的事，講說一遍不題。

那妖王把唐僧捉住，依然使鐵索鎖了。執著刀，輪著斧，燈火齊明，問道：「你這廝怎樣開鎖，那猴子如何得進，快早供來，饒你之命！不然，就一刀兩段！」慌得那唐僧戰戰兢兢的跪道：「大王爺爺！我徒弟孫悟空，他會七十二般變化。才變個火焰蟲兒，飛進來救我；不期大王知覺，被小大王等撞見。是我徒弟不知好歹，打傷兩個，衆皆喊叫，舉兵著火，他遂顧不得我，走出去了。」三個妖王呵呵大笑道：「早是驚覺，未曾走了。」叫小的們把前後門緊緊關閉，亦不喧嘩。

沙僧道：「閉門不喧嘩，想是暗弄我師父。我們動手耶！」行者道：「說得是，快早打門。」那獃子賣弄神通，舉鈀盡力築去，把那石門築得粉碎，卻又厲聲喊罵道：「偷油

評點

◎6.老獃吃不得這一樽。（張評）

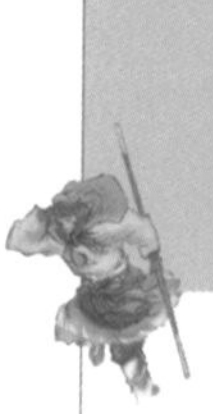

的賊怪！快送吾師出來也！」諕得那門內小妖滾將進去報道：「大王，不好了！不好了！前門被和尚打破了！」三個妖王十分煩惱道：「這廝著實無禮！」即命取披掛結束了，各持兵器，帥小妖出門迎敵。此時約有三更時候，半天中月明如晝。走出來，更不打話，便就輪兵。這裏行者抵住鉞斧，八戒敵住大刀，沙僧迎住大棍。這場好殺：

僧三衆，棍杖鈀，三個妖魔膽氣加。鉞斧鋼刀藤扢撻，只聞風響並塵沙。初交幾合噴愁霧，次後飛騰散彩霞。釘鈀解數隨身滾，鐵棒英豪更可誇。降妖寶杖人間少，妖怪頑心不讓他。鉞斧口明尖鏄利，藤條節懞一身花。大刀幌亮如門扇，和尚神通偏賽他。這壁廂，因師性命發狠打；那壁廂，不放唐僧劈臉撾。斧剁棒迎爭勝負，鈀輪刀砍兩交搽。扢撻藤條降怪杖，翻翻復復逞豪華。

三僧三怪賭鬥多時，不見輸贏。那辟寒大王喊一聲，叫：「小的們上來！」衆精各執兵刃齊來，早把個八戒絆倒在地，◎6被幾個水牛精揪揪扯扯，拖入洞裏捆了。沙僧見沒了八戒，只見那群牛發喊嚨※4聲，即掣寶杖，望辟塵大王虛丟了架子要走，又被群精一擁而來，拉了個躘踵，急掙不起，也被捉去捆了。行者覺道難為，縱

✦悟空師兄弟三人與三怪捉對廝殺，不想反被妖怪捉走了八戒、沙僧。（古版畫，選自李卓吾批評本《西遊記》）

註

※4嚨：音謀，牛叫聲。此字概為作者所創造。

觔斗雲，脫身而去。當時把八戒、沙僧拖至唐僧前。唐僧見了，滿眼垂淚道：「可憐你二人也遭了毒手！悟空何在？」沙僧道：「師兄見捉住我們，他就走了。」唐僧道：「他既走了，必然那裏去求救。但我等不知何日方得脫網。」師徒們悽悽慘慘不題。

卻說行者駕觔斗雲復至慈雲寺，寺僧接著，來問：「唐老爺救得否？」行者道：「難救，難救！那妖精神通廣大，我弟兄三個與他三個鬥了多時，被他呼小妖先捉了八戒，後捉了沙僧，老孫幸走脫了。」衆僧害怕道：「爺爺這般會騰雲駕霧，還捉獲不得，想老師父被傾害也。」行者道：「不妨，不妨。我師父自有伽藍、揭諦、丁甲等神暗中護佑，卻也曾吃過草還丹，料不傷命。◎7——只是那妖精有本事。汝等可好看馬匹、行李，等老孫上天去求救兵來。」衆僧膽怯道：「爺爺又能上天？」行者笑道：「天宮原是我的舊家。當年我做齊天大聖，因為亂了蟠桃會，被我佛收降。如今沒奈何，保唐僧取經，◎8將功折罪，一路上輔正除邪。我師父該有此難，汝等卻不知也。」衆僧聽此言，又磕頭禮拜。行者出得門，打個唿哨，即時不見。

好大聖，早至西天門外，忽見太白金星與增長天王，殷、朱、陶、許四大靈官講話。他見行者來，都慌忙施禮道：「大聖那裏去？」行者道：「因保唐僧，行至天竺國東界金平府旻天縣，我師被本縣慈雲寺僧留賞元宵。比至金燈橋，有金燈三盞，點燈用酥合香油，價貴白金五萬餘兩，年年有諸佛降祥受用。正看時，果有三尊佛像降臨，我師不識好歹，上橋就拜。我說不是好人，早被他侮暗燈光，連油並我師一風攝去。我隨風追襲，至天曉到一山，幸四功曹報道：『那山名青龍山，山有玄英洞，洞有三怪，名辟寒大王、辟暑大王、辟塵大王。』老孫急上門尋討，與他賭鬥一陣，未勝。是我變化入裏，見師父鎖住未傷，隨解了欲出，又被他知覺，我遂走了。後又同八戒、沙僧苦戰，復被他將二人也捉去捆了。老孫因此特啟玉帝，查他來歷，◎9請命將降之。」金星呵呵冷笑道：「大聖既與妖怪相持，豈看不出他的出處？」行者道：「認便認得，是一夥牛精。只是他大有神通，◎10急不能降也。」金星道：「那是三個犀牛之精。他因有天文之象，累年修悟成真，亦能飛雲步霧。其怪極愛乾淨，常嫌自己影身，每欲下水洗浴。他的名色也多：有兕犀，有雄犀，有牯犀，有斑犀，又有胡冒犀、墮羅犀、通天花文犀，都是一孔三毛二角，行於江海之中，能開水道。似那辟寒、辟暑、辟塵，都是角有貴氣，故以此為名而稱大王也。若要拿他，只是四木禽星見面就伏。」◎11行者連忙唱喏問道：「是那四木禽星？煩長庚老一一明示明示。」金星笑道：「此星在斗牛宮外，羅佈乾坤。你去奏聞玉帝，便見分曉。」◎12行者拱拱手稱謝，徑入天門裏去。

不一時，到於通明殿下，先見葛、丘、張、許四大天師。天師問道：「何往？」行者道：「近行至金平府地方，因我師寬放禪性，元夜觀燈，遇妖魔攝去。老孫不能收降，特來奏聞玉帝求救。」四天師即領行者至靈霄寶殿啟奏。各各禮畢，備言其事。玉帝傳旨：「教點那路天兵相助？」行者奏道：「老孫才到西天門，遇長庚星說，那怪是犀牛成精，惟四木禽星可以降伏。」玉帝即差許天師同行者去斗牛宮，點四木禽星下界收降。

評點

◎7. 若非德將，鮮不醉死者幾稀矣。(張評)
◎8. 他亦是因醉受戒，更妙。(張評)
◎9. 細述一遍，是爲表裏精粗寫照。(張評)
◎10. 如今世上牛精神通，一味慳吝。(李評)
◎11. 「四木禽星」藏頭語自妙，卻與「三羊開泰」不同。(周評)
◎12. 無不明之，神不拽而自動。(張評)

護法神泥塑，河南鞏義青龍山慈雲寺華嚴殿內，攝於2002年10月。（聶鳴／fotoe提供）

及至宮外，早有二十八宿星辰來接。天師道：「吾奉聖旨，教點四木禽星與孫大聖下界降妖。」旁即閃過角木蛟、斗木獬、奎木狼、井木犴應聲呼道：「孫大聖，點我等何處降妖？」行者笑道：「原來是你。◎13這長庚老兒卻隱匿，我不解其意。早說是二十八宿中的四木，老孫徑來相請，又何必煩勞旨意？」四木道：「大聖說那裏話！我等不奉旨意，誰敢擅離？端的是那方，快早去來。」行者道：「在金平府東北艮地青龍山玄英洞，犀牛成精。」斗木獬、奎木狼、角木蛟道：「若果是犀牛成精，不須我們，只消井宿去罷。他能上山吃虎，下海擒犀。」行者道：「那犀不比望月之犀，乃是修行得道，都有千年之壽者，須得四位同去才好，切勿推調。倘一時一位拿他不住，卻不又費事了？」天師道：「你們說的是甚話！旨意著你四人，豈可不去？趁早飛行，我回旨去也。」那天師遂別行者而去。

四木道：「大聖不必遲疑，你先去索戰，引他出來，我們隨後動手。」行者即近前罵道：「偷油的賊怪！還我師來！」原來那門被八戒築破，幾個小妖弄了幾塊板兒搪住，在裏邊聽得罵詈，急跑進報道：「大王，孫和尚在外面罵哩！」辟塵兒道：「他敗陣去了，

這一日怎麼又來？想是那裏求些救兵來了。」辟寒、辟暑道：「怕他甚麼救兵！快取披掛來！小的們，都要用心圍繞，休放他走了。」那夥精不知死活，一個個各執鎗刀，搖旗擂鼓，走出洞來，對行者喝道：「你個不怕打的猢猻兒，你又來了！」行者最惱得是這「猢猻」二字，咬牙發狠，舉鐵棒就打。三個妖王，調小妖跑個圈子陣，把行者圈在垓心。那壁廂四木禽星，一個個各輪兵刃道：「孽畜！休動手！」那三個妖王看他四星，自然害怕，俱道：「不好了，不好了！他尋將降手兒來了！小的們，各顧性命走耶！」◎14只聽得呼呼吼吼，喘喘呵呵，衆小妖都現了本身：原來是那山牛精、水牛精、黃牛精，滿山亂跑。那三個妖王也現了本相，放下手來，還是四隻蹄子，就如鐵炮一般，徑往東北上跑。這大聖帥井木犴、角木蛟緊追急趕，略不放鬆。惟有斗木獬、奎木狼在東山凹裏、山頭上、山澗中、山谷內，把些牛精打死的、活捉的，盡皆收淨；卻向玄英洞裏解了唐僧、八戒、沙僧。

沙僧認得是二星，隨同拜謝。因問：「二位如何到此相救？」二星道：「吾等是孫大聖奏玉帝請旨調來收怪救你也。」唐僧又滴淚道：「我悟空徒弟怎麼不見進來？」二星道：「那三個老怪是三隻犀牛，他見吾等，各各顧命，向東北艮方逃遁。孫大聖帥井木犴、角木蛟追趕去了。我二星掃蕩群牛到此，特來解放聖僧。」唐僧復又頓首拜謝，朝天又拜。八戒攙起道：「師父，禮多必詐，不須只管拜了。四星官一則是玉帝聖旨，二則是師兄人情。今既掃蕩群妖，還不知老妖如何降伏。我們且收拾些細軟東西出來，掀翻此

評點

◎13. 只此四字，下章全神俱動。（張評）

◎14. 四時不飲，雖有靈犀，亦無可用其力矣。（張評）

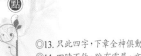

洞，以絕其根，回寺等候師兄罷。」奎木狼道：「天蓬元帥說得有理。你與捲簾大將保護你師回寺安歇，待吾等還去艮方迎敵。」八戒道：「正是，正是。你二位還協同一捉，必須剿盡，方好回旨。」二星官即時追襲。

八戒與沙僧將他洞內細軟寶貝，有許多珊瑚、瑪瑙、珍珠、琥珀、琿琚※5、寶貝、美玉、良金，搜出一石，◎15搬在外面。請師父到山崖上坐了，他又進去放起火來，把一座洞燒成灰燼，卻才領唐僧找路回金平慈雲寺去。正是：

經云泰極還生否，好處逢凶實有之。愛賞花燈禪性亂，喜遊美景道心漓。

大丹自古宜長守，一失原來到底虧。緊閉牢拴休曠蕩，須臾懈怠見參差。

且不言他三眾得命回寺。卻表斗木獬、奎木狼二星官，駕雲直向東北艮方趕妖怪來。二人在那半空中尋看不見，直到西洋大海，遠望見孫大聖在海上吆喝。他兩個按落雲頭道：「大聖，妖怪那裏去了？」行者恨道：「你兩個怎麼不來追降？這會子卻冒冒失失的問甚！」斗木獬道：「我見大聖與井、角二星戰敗妖魔追趕，料必擒拿。我二人卻就掃蕩群精，入玄英洞救出你師父、師弟，搜了山，燒了洞，把你師父付托與你二弟，領回府城慈雲寺。多時不見車駕回轉，故又追尋到此也。」行者聞言，方才喜謝道：「如此，卻是有功。多累！多累！但那三個妖魔被我趕到此間，他就鑽下海去。◎16當有井、角二星緊緊追拿，教老孫在岸邊抵擋。你兩個既來，且在岸邊把截，等老孫也再去來。」

好大聖，輪著棒，捻著訣，辟開水徑，直入波濤深處。只見那三個妖魔在水底下，與井木犴、角木蛟捨死忘生苦鬥哩。他跳近前喊道：「老孫來也！」那妖精抵住二星官，措手不及，正在危難之處，忽聽得行者叫喊，顧殘生，撥轉頭往海心裏飛跑。原來這怪頭上角，極能分水，只聞得花花花※6，衝開明路。這後邊二星官並孫大聖並力追之。

卻說西海中有個探海的夜叉，巡海的介士，遠見犀牛分開水勢，又認得孫大聖與二天星，即赴水晶宮對龍王慌慌張張報道：「大王，有三隻犀牛，被齊天大聖和二位天星趕來也！」老龍王敖順聽言，即喚太子摩昂：「快點水兵！想是犀牛精辟寒、辟暑、辟塵兒三個惹了孫行者。今既至海，快快拔刀相助。」敖摩昂得令，即忙點兵。頃刻間，龜鼈黿鼉，鯾鮊鱖鯉，與蝦兵蟹卒等，各執鎗刀，一齊吶喊，騰出水晶宮外，擋住犀牛精。犀牛精不能前進，急退後，又有井、角二星並大聖攔阻，慌得他失了群，各各逃生，四散奔走。早把個辟塵兒被老龍王領兵圍住。孫大聖見了心歡，叫道：「消停！消停！捉活的，不要死的。」摩昂聽令，一擁上前，將辟塵兒扳翻在地，用鐵鈎子穿了鼻，攢蹄捆倒。

老龍王又傳號令，教分兵趕那兩個，◎17挾助二星官擒拿。即時小龍王帥衆前來，只見井木犴現原身，按住辟寒兒，大口小口的啃著吃哩。摩昂高叫道：「井宿！井宿！莫咬死他。孫大聖要活的，不要死的哩！」連喊數喊，已是被他把頸項咬斷了。

摩昂分付蝦兵蟹卒，將個死犀牛抬轉水晶宮，卻又與井木犴向前追趕。只見角木蛟把那辟暑兒倒趕回來，只撞著井宿。摩昂帥龜鼈黿鼉，撒開簸箕陣圍住。那怪只教：「饒

註

※5 琿琚：產於海中的大貝殼。

※6 花花花：水響的聲音，猶嘩嘩地。

評點

◎15. 此番卻大得利，從來妖洞所未有。（周評）
◎16. 西方酉地，此乃酒海。（張評）
◎17. 不是四星捉怪，好似龍王打圍。（張評）

命！饒命！」井木犴走近前，一把揪住耳朵，奪了他的刀，叫道：「不殺你，不殺你！拿與孫大聖發落去來！」當即倒干戈，復至水晶宮外，報道：「都捉來也。」行者見一個斷了頭，血淋津的倒在地下；一個被井木犴拖著耳朵，推跪在地。近前仔細看了道：「這頭不是兵刀傷的呵。」摩昂笑道：「不是我喊得緊，連身子都著井星官吃了。」行者道：「既是如此，也罷。取鋸子來，鋸下他的這兩隻角，剝了皮帶去。犀牛肉還留與龍王賢父子享之。」又把辟塵兒穿了鼻，教角木蛟牽著；辟暑兒也穿了鼻，教井木犴牽著：「帶他上金平府，見那刺史官，明究其由，問他個積年假佛害民，然後的決※7。」

眾等遵言，辭龍王父子，都出西海，牽著犀牛，會著奎、斗二星，駕雲霧，徑轉金平府。行者足踏祥雲，半空中叫道：「金平府刺史、各佐貳郎官並府城內外軍民人等聽著：吾乃東土大唐差往西天取經的聖僧。你這府縣，每年家供獻金燈，假充諸佛降祥者，即此犀牛之怪。我等過此，因元夜觀燈，見這怪將燈油並我師父攝去，是我請天神收伏。今已

四木禽星：角木蛟、斗木獬、奎木狼、井木犴，與孫悟空將三怪趕得到處逃竄。孫悟空與井、角二星將犀牛怪趕入大海。（朱寶榮繪）

掃清山洞，剿盡妖魔，不得為害。以後你府縣再不可供獻金燈，勞民傷財也。」◎18

那慈雲寺裏，八戒、沙僧方保唐僧進得山門，只聽見行者在半空言語，即便撇了師父，丟下擔子，縱風雲起到空中，問行者降妖之事。行者道：「那一隻被井星咬死，已鋸角剝皮帶來，兩隻活拿在此。」八戒道：「這兩個索性推下此城，與官員人等看看，也認得我們是聖是神。左右累四位星官收雲下地，同到府堂，將這怪的決。已此情真罪當，再有甚講！」四星道：「天蓬帥近來知理明律，卻好呀！」八戒道：「因做了這幾年和尚，也略學得些兒。」

眾神果推落犀牛，一簇彩雲，降至府堂之上。諕得這府縣官員，城裏城外人等，都家家設香案，戶戶拜天神。少時間，慈雲寺僧把長老用轎抬進府門，會著行者，口中不離「謝」字，道：「有勞上宿星官救出我等。因不見賢徒，懸懸在念，今幸得勝而回。然此怪不知趕向何方才捕獲也？」行者道：「自前日別了尊師，老孫上

註

※7 的決：處決、處斬。

◆印度舊德里的美麗宮殿。印度即古時所稱天竺國。（富爾特影像提供）

評點

◎18. 好事，好事！只是大户喜其免油，遊人悵其無燈奈何？（周評）

天查訪，蒙太白金星識得妖魔是犀牛，指示請四木禽星。當時奏聞玉帝，蒙旨差委，直至洞口交戰。妖王走了，又蒙斗、奎二宿救出尊師。老孫與井、角二宿並力追妖，直趕到西洋大海，又虧龍王遣子帥兵相助，所以捕獲到此審究也。」長老讚揚稱謝不已。又見那府縣正官並佐貳首領，都在那裏高燒寶燭，滿斗焚香，朝上禮拜。

少頃間，八戒發起性來，掣出戒刀，將辟塵兒頭一刀砍下，又一刀把辟暑兒頭也砍下，隨即取鋸子鋸下四隻角來。孫大聖更有主張，就教：「四位星官，將此四隻犀角拿上界去進貢玉帝，回繳聖旨。」把自己帶來的二隻：「留一隻在府堂鎮庫，以作向後免徵燈油之證；我們帶一隻去獻靈山佛祖。」◎19四星心中大喜，即時拜別大聖，忽駕彩雲回奏而去。

府縣官留住他師徒四衆，大排素宴，遍請鄉官陪奉。一壁廂出給告示，曉諭軍民人等，下年不許點設金燈，永蠲買油大戶之役。◎20一壁廂叫屠子宰剝犀牛之皮，硝熟熜乾，製造鎧甲，把肉普給官員人等。又一壁廂動支枉罰無礙錢糧，買民間空地，起建四星降妖之廟；又為唐僧四衆建立生祠，各各樹碑刻文，用傳千古，以為報謝。

師徒們索性寬懷領受。又被那二百四十家燈油大戶，這家酬，那家請，略無虛刻。八戒遂心滿意受用，把洞裏搜來的寶物，每樣各籠些須在袖，以為各家齋筵之賞。◎21住經個月，猶不得起身。長老分付：「悟空，將餘剩的寶物盡送慈雲寺僧，以為酬禮。瞞著那些大戶人家，天不明走罷。恐只管貪樂，誤了取經，惹佛祖見罪，又生災厄，深為不便。」

行者隨將前件一一處分。

次日五更早起，喚八戒備馬。那獃子吃了自在酒飯，睡得夢夢乍※8道：「這早備馬怎的？」行者喝道：「師父教走路哩！」獃子抹抹臉道：「又是這長老沒正經！二百四十家大戶都請，才吃了有三十幾頓飽齋，◎22怎麼又弄老豬忍餓！」長老聽言罵道：「饢糟的夯貨！莫胡說！快早起來！再若強嘴，教悟空拿金箍棒打牙！」那獃子聽見說打，慌了手腳道：「師父今番變了，常時疼我愛我，念我蠢夯護我，哥要打時，他又勸解。今日怎麼發狠，轉教打麼？」行者道：「師父怪你為嘴，誤了路程。快早收拾行李，備馬，免打！」那獃子真箇怕打，跳起來穿了衣服，吆喝沙僧：「快起來！打將來了！」沙僧也隨跳起，各各收拾皆完。長老搖手道：「寂寂悄悄的，不要驚動寺僧。」連忙上馬，開了山門，找路而去。這一去，正所謂：

暗放玉籠飛彩鳳，私開金鎖走蛟龍。

畢竟不知天明時，酬謝之家端的如何，且聽下回分解。

總批

四星挾捉三犀，不過是木刻土耳，無他奧義。讀者勿爲所混。（李評）

悟一子曰：此明以陰盜陰之爲假佛，極宜別識殲滅，以正妖妄。（陳評節錄）

悟元子曰：上回言了性之後，不知了命，認假爲眞，獨招其凶矣。此回叫學者，信心修持，腳踏實地，棄假而歸眞也。（劉評節錄）

註

※8 夢夢乍：迷迷糊糊、睡夢剛醒的樣子。

評點

◎19. 後來何不見獻出？豈銅臺府失去耶？（周評）
◎20. 此恩此德，如同再造。（張評）
◎21. 何不留作取經人事，後來免得阿難揹索。（周評）
◎22. 竟想吃完，其神更妙。（張評）

第九十三回

給孤園問古談因　天竺國朝王遇偶

起念斷然有愛，留情必定生災。靈明何事辨三臺※1？行滿自歸元海※2。
不論成仙成佛，須從個裏安排。清清淨淨絕塵埃，果正飛升上界。

卻說寺僧，天明不見了三藏師徒，都道：「不曾留得，不曾別得，不曾求告得，清清的※3把個活菩薩放得走了！」◎1正說處，只見南關廂有幾個大戶來請。眾僧撲掌道：「昨晚不曾防禦，今夜都駕雲去了。」眾人齊望空拜謝。此言一講，滿城中官員人等盡皆知之，叫此大戶人家，俱治辦五牲花果，往生祠祭獻酬恩不題。

卻說唐僧四眾，餐風宿水，一路平寧，行有半個多月。忽一日，見座高山，唐僧又悚懼道：「徒弟，那前面山嶺峻峭，是必小心！」行者笑道：「這邊路上將近佛地，斷乎無甚妖邪，師父放懷勿慮。」唐僧道：「徒弟，雖然佛地不遠。但前日那寺僧說，到天竺國都下有二千里，還不知是有多少路哩。」行者道：「師父，你好是又把烏巢禪師《心經》忘記了？」三藏道：「《般若心經》是我隨身衣鉢，◎2自那烏巢

《新說西遊記圖像》描繪第九十三回精采場景：唐僧師徒到了印度布金禪寺，與僧談論佛法。又恰逢國王愛女看上唐僧。（古版畫，選自《新說西遊記圖像》）

◆印度比哈爾邦那爛陀寺遺址中的佛塔。那爛陀寺建於西元五世紀，又叫「那蘭陀寺」、「阿蘭陀寺」，意譯為「施無厭寺」，全稱「那爛陀僧伽藍」。為古代中印度摩揭陀國首都王舍城北方的大寺院。攝於2006年11月18日。（邵風雷／fotoe提供）

禪師教後，那一日不念，那一時得忘？顛倒也念得來，怎會忘得！」行者道：「師父只是念得，不曾求那師父解得。」三藏說：「猴頭！怎又說我不曾解得！你解得麼？」行者道：「我解得，我解得。」自此，三藏、行者再不作聲。◎3旁邊笑倒一個八戒，喜壞一個沙僧，說道：「嘴巴！替我一般※4的做妖精出身，又不是那裏禪和子，聽過講經，那裏應佛僧，也曾見過說法？弄虛頭，找架子，說甚麼『曉得，解得』！怎麼就不作聲？聽講！請解！」沙僧說：「二哥，你也信他。大哥扯長話，哄師父走路。他曉得弄棒罷了，他那裏曉得講經！」三藏道：「悟能、悟淨，休要亂說。悟空解得是無言語文字，乃是真解。」◎4

他師徒們正說話間，卻倒也走過許多路程，離了幾個山岡，路旁早見一座大寺。三藏道：「悟空，前面是座寺呵！你看那寺，倒也：

註

※1 靈明何事辨三臺：靈明，靈性的意思。三臺，「三臺」星君，星辰，具有「生」、「養」、「護」人的能力。
※2 元海：人兩腎中間謂命門，古代丹經稱呼為元海。
※3 清清的：白白地。
※4 替我一般：和我一般，如我一般。

評點

◎1. 心有未盡，力有未用，虛籠渾含，極得其妙。（張評）
◎2. 妙寫吾心，極其爽亮。（張評）
◎3. 解得妙！解得而不作聲，尤妙！此豈是老獃所能識。（周評）
◎4. 不說破更妙。（周評）
老和尚饒舌。（李評）

不小不大，卻也是琉璃碧瓦；半新半舊，卻也是八字紅牆。隱隱見蒼松偃蓋，也不知是幾千百年間故物到於今；潺潺聽流水鳴絃，也不道是那朝代時分開山留得在。山門上，大書著『布金禪寺』；懸匾上，留題著『上古遺跡』。」◎5

行者看得是「布金禪寺」，八戒也道是「布金禪寺」。三藏在馬上沉思道：「『布金』、『布金』……這莫不是舍衛國界了麼？」八戒道：「師父，奇啊！我跟師父幾年，再不曾見識得路，今日也識得路了。」三藏說道：「不是。我常看經誦典，說是佛在舍衛城祇樹給孤園。這園說是給孤獨長者※5問太子買了，請佛講經。太子說：『我這園不賣。他若要買我的時，除非黃金滿佈園地。』給孤獨長者聽說，隨以黃金為磚，佈滿園地，才買得太子祇園，才請得世尊說法。◎6我想這布金寺，莫非就是這個故事？」八戒笑道：「造化！若是就是這個故事，我們也去摸他塊把磚兒送人。」◎7大家又笑了一會，三藏才下得馬來。

進得山門，只見山門下挑擔的，背包的，推車的，整車坐下；也有睡的去睡，講的去講。忽見他們師徒四眾，俊的又俊，醜的又醜，大家有些害怕，卻也就讓開些路兒。三藏生怕惹事，口中不住只叫：「斯文！斯文！」這時節，卻也大家收斂。轉過金剛殿後，早有一位禪僧走出，卻也威儀不俗。真是：

面如滿月光，身似菩提樹。擁錫※6袖飄風，芒鞋石頭路。

三藏見了問訊。那僧即忙還禮道：「師從何來？」三藏道：「弟子陳玄奘，奉東土大唐皇

帝之旨，差往西天拜佛求經。路過寶方，造次奉謁，便求借一宿，明日就行。」那僧道：「荒山十方常住※7，都可隨喜※8，況長老東土神僧，但得供養，幸甚。」三藏謝了，隨即喚他三人同行。過了迴廊香積，徑入方丈。相見禮畢，分賓主坐定。行者三人，亦垂手坐了。

話說這時寺中聽說到了東土大唐取經僧人，寺中若大若小，不問長住、掛榻、長老、行童，一一都來參見。茶罷，擺上齋供。這時長老還正開齋念偈，八戒早是要緊，饅頭、素食、粉湯一攪直下。這時方丈卻也人多，有知識的讚說三藏威儀，好耍子的都看八戒吃飯。卻說沙僧眼溜，看見頭底※9，暗把八戒捏了一把，說道：「斯文！」八戒著忙，急的叫將起來，說道：「斯文，斯文！肚裏空空！」沙僧笑道：「二哥，你不曉得。天下多少『斯文』，若論起肚子裏來，正替你我一般哩。」◎8八戒方才肯住。三藏念了結齋，左右徹了席面，三藏稱謝。

寺僧問起東土來因，三藏說到古跡，才問布金寺名之由。那僧答曰：「這寺原是舍衛國給孤獨園寺，又名祇園。因是給孤獨長者請佛講經，金磚佈地，又易今名。我這寺一望之前，乃是舍衛國。那時，給孤獨長者正在舍衛國居住。我荒山原是長者之祇園，因此遂

註

※5 給孤獨長者：佛陀的大護法，於在家信徒中，他被認爲是佈施第一。
※6 擁錫：手持錫杖。
※7 十方常住：佛教稱不變叫「常住」，廟宇是不變的，因此亦被稱作常住。十方常住，就是說各方都來禮拜的廟宇。
※8 隨喜：到廟裏瞻仰，猶參觀。
※9 頭底：首尾、底細。

評點

◎5. 由來久矣。（張評）
◎6. 金磚佈地，此磚原在園中，太子卻得個甚麼？（周評）
◎7. 自然亦有明機。（張評）
◎8. 活佛！活佛！緣何說得這樣切實。（李評）

唐僧、行者與老僧月下談天。（朱寶榮繪）

名給孤布金寺。寺後邊還有祇園基址。近年間，若遇時雨滂沱，還淋出金銀珠兒，有造化的，每每拾著。」三藏道：「話不虛傳果是真！」◎9又問道：「才進寶山，見門下兩廊有許多騾馬車擔的行商，為何在此歇宿？」眾僧道：「我這山喚作百腳山。先年且是太平，近因天氣循環，不知怎的，生幾個蜈蚣精，常在路下傷人。雖不至於傷命，其實人不敢走。山下有一座關，喚作雞鳴關，但到雞鳴之時，才敢過去。那些客人因到晚了，惟恐不便，權借荒山一宿，等雞鳴後便行。」三藏道：「我們也等雞鳴後去罷。」師徒們正說處，又見拿上齋來，卻與唐僧等吃畢。

此時上弦月皎，◎10三藏與行者步月閑行。又見個道人來報道：「我們老師爺

要見見中華人物。」三藏急轉身，見一個老和尚，手持竹杖，向前作禮道：「此位就是中華來的師父？」三藏答禮道：「不敢。」老僧稱讚不已。因問：「老師高壽？」三藏道：「虛度四十五年矣。敢問老院主尊壽？」老僧笑道：「比老師痴長一花甲也。」行者道：「今年是一百零五歲了。你看我有多少年紀？」老僧道：「師家貌古神清，況月夜眼花，急看不出來。」敘了一會，又向後廊看看。三藏道：「才說給孤園基址，果在何處？」老僧道：「後門外就是。」快教開門，但見是一塊空地，還有些碎石疊的牆腳。三藏合掌嘆曰：

「憶昔檀那※10須達多※11，曾將金寶濟貧痾。
祇園千古留名在，長者何方伴覺羅※12？」

他都翫著月，緩緩而行。行近後門外，至臺上，又坐了一坐。忽聞得有啼哭之聲，三藏靜心誠聽，哭的是爺娘不知苦痛之言。他就感觸心酸，不覺淚墮，回問眾僧道：「是甚人在何處悲切？」老僧見問，即命眾僧先回去煎茶；見無人，方才對唐僧、行者下拜。三藏攙起道：「老院主，為何行此禮？」老僧道：「弟子年歲百餘，略通人事。每於禪靜之間，也曾見過幾番景象。◎11若老爺師徒，弟子聊知一二，與他人不同。若言悲切之事，非這位師家，明辨不得。」◎12行者道：「你且說是甚事？」老僧道：「舊年今日，弟子正明

註

※10 檀那：佛教術語，意指施主或佈施。
※11 須達多：也稱蘇達多。印度古代舍衛國給孤獨長者的本名。
※12 覺羅：覺，覺悟；羅，羅漢。指覺悟了的羅漢。

評點

◎9. 摹神寫意，全題俱動。（張評）
◎10. 體雖未全，然已一日明似一日。只寫月明，下文眞陰玉兔便有線。（張評）
◎11. 只怕所見猶有未到。（張評）
◎12. 此老僧可謂具眼。（周評）

性月※13之時，忽聞一陣風響，就有悲怨之聲。弟子下榻，到祇園基上看處，乃是一個美貌端正之女。我問他：『你是誰家女子？為甚到於此地？』那女子道：『我是天竺國國王的公主。因為月下觀花，被風刮來的。』我將他鎖在一間敝空房裏，將那房砌作個監房模樣，門上止留一小孔，僅遞得碗過。當日與眾僧傳道：『是個妖邪，被我捆了。』但我僧家乃慈悲之人，不肯傷他性命。每日與他兩頓粗茶粗飯，吃著度命。那女子也聰明，即解吾意，恐為眾僧點污，就裝風作怪，尿裏眠，屎裏臥。白日家說胡話，獃獃鄧鄧的；到夜靜處，卻思量父母啼哭。◎13我幾番家進城乞化，打探公主之事，全然無損。故此堅收緊鎖，更不放出。今幸老師來國，萬望到了國中，廣施法力，辨明辨明。一則救拔良善，二則昭顯神通也。」三藏與行者聽罷，切切在心。

正說處，只見兩個小和尚請吃茶安置，遂而回去。八戒與沙僧在方丈中，突突噥噥※14的道：「明日要雞鳴走路，此時還不來睡！」行者道：「獃子又說甚麼？」八戒道：「睡了罷，這等夜深，◎14還看甚麼景致？」因此，老僧散去，唐僧就寢。正是那：

人靜月沉花夢悄，暖風微透壁窗紗。銅壺點點看三汲，銀漢明明照九華※15。

當夜睡還未久，即聽雞鳴。那前邊行商烘烘皆起，引燈造飯。這長老也喚醒八戒、沙僧，扣馬收拾，行者叫點燈來。那寺僧已先起來，安排茶湯、點心，在後候敬。八戒歡喜，吃了一盤饃饃，把行李、馬匹牽出。三藏、行者對眾辭謝。老僧又向行者道：「悲切之事，在心，在心！」行者笑道：「謹領，謹領。我到城中，自能聆音而察理，見貌而辨色也。」那夥行商哄哄嚷嚷的，也一同上了大路。將有寅時，過了雞鳴關。至巳時，方見城垣。真是鐵甕金城，神洲天府。那城：

虎踞龍蟠形勢高，鳳樓麟閣彩光搖。御溝流水如環帶，福地依山插錦標。
曉日旌旗明輦路，春風簫鼓遍溪橋。國王有道衣冠※16勝，五穀豐登顯俊豪。

當日入於東市街，衆商各投旅店。他師徒們進城，正走處，有一個會同館驛，◎15三藏等徑入驛內。那驛內管事的即報驛丞道：「外面有四個異樣的和尚，牽一匹白馬進來了。」驛丞聽說有馬，就知是官差的，出廳迎迓。三藏施禮道：「貧僧是東土唐朝欽差靈山大雷音寺見佛求經的，隨身有關文，入朝照驗。借大人高衙一歇，事畢就行。」驛丞答禮道：「此衙門原設待使客之處，理當款迓。請進，請進。」三藏喜悅，教徒弟們都來相見。那驛丞看見嘴臉醜陋，暗自心驚，不知是人是鬼，戰兢兢的，只得看茶擺齋。三藏見他驚怕，道：「大人勿驚。我等三個徒弟，相貌雖醜，心地俱良。俗謂『山惡人善』，何以懼為！」

驛丞聞言，方才定了心性，問道：「國師，唐朝在於何方？」◎16三藏道：「在南贍部洲中華之地。」又問：「幾時離家？」三藏道：「貞觀十三年，今已歷過十四載，苦經了些萬水千山，方到此處。」◎17驛丞道：「神僧！神僧！」三藏問道：「上國天年幾何？」

註

※13 正明性月：指修煉心性，佛教常有本性明亮如月的比喻，因此這樣稱呼修煉。
※14 突突噥噥：猶嘟嘟噥噥。後文第九十四回作「突突囔囔」，同義詞。
※15 九華：九州，這裏泛指天下。
※16 衣冠：衣服和帽子，這裏指大家族、士紳。

評點

◎13. 此女亦通。（李評）
◎14. 滿腹疑團，此時吾心自然有些不明。（張評）
◎15. 無不到也，只此一筆，便得其神。（張評）
◎16. 問得妙，才是驛丞見識。（周評）
◎17. 雪窗螢火，十餘年用力，不為不久。（張評）

驛丞道：「我敝處乃大天竺國，自太祖、太宗傳到今，已五百餘年。現在位的爺爺，愛山水花卉，號作怡宗皇帝，改元靖宴，今已二十八年了。」三藏道：「今日貧僧要去見駕，倒換關文，不知可得遇朝？」驛丞道：「好，好，正好！近因國王的公主娘娘，年登二十青春，正在十字街頭高結綵樓，拋打繡毬，撞天婚招駙馬。今日正當熱鬧之際，想我國王爺爺還未退朝，若欲倒換關文，趁此時好去。」三藏欣然要走，只見擺上齋來，遂與驛丞、行者等吃了。

時已過午，三藏道：「我好去了。」行者道：「我保師父去。」八戒道：「我去。」沙僧道：「二哥罷麼，你的嘴臉不見怎的，莫到朝門外裝胖，還教大哥去。」三藏道：「悟淨說得好。獃子粗夯，悟空還有些細膩。」那獃子掬著嘴道：「除了師父，我三個的嘴臉也差不多兒。」◎18三藏卻穿了袈裟，行者拿了引袋同去。只見街坊上士農工商、文人墨客、愚夫俗子，齊咳咳都道：「看拋繡毬去也！」◎19三藏立於道旁，對行者道：「他這裏人物衣冠、宮室器用、言語談吐，也與我大唐一般。我想著我俗家先母，也是拋打繡毬，遇舊姻緣，結了夫婦。此處亦有此等風俗。」行者道：「我們也去看看如何？」三藏道：「不可，不可！你我服色不便，恐有嫌疑。」行者道：「師父，你忘了那給孤布金寺老僧之言？一則去看綵樓，二則去辨真假。似這般忙忙的，那皇帝必聽公主之喜報，那裏視朝理事？且去去來！」三藏聽說，真與行者相隨，見各項人等俱在那裏看打繡毬。呀！那知此去，卻是漁翁拋下鈎和線，從今釣出是非來。

話表那個天竺國王，因愛山水花卉，前年帶后妃公主在御花園月夜賞翫，惹動一個妖邪，把真公主攝去，他卻變作一個假公主。知得唐僧今年今月今日今時到此，他假借國家之富，搭起綵樓，欲招唐僧為偶，採取元陽真氣，以成太乙上仙。◎20正當午時三刻，三藏與行者雜入人叢，行近樓下，那公主才拈香焚起，祝告天地。左右有五七十胭嬌繡女，近侍的捧著繡毬。那樓八窗玲瓏，公主轉睛觀看，見唐僧來得至近，將繡毬取過來，親手抛在唐僧頭上。唐僧著了一驚，把個毗盧帽子打歪，雙手忙扶著那毬，那毬轂轆的滾在他衣袖之內。◎21那樓上齊聲發喊道：「打著個和尚了！打著個和尚了！」◎22

噫！十字街頭，那些客商人等濟濟哄哄，都來奔搶繡毬，被行者喝一聲，把牙傞一傞，把腰躬一躬，長了有三丈高，使個神威，弄出醜臉，諕得些人跌跌爬爬，不敢相近。霎時人散，行者還現了本相。那樓上繡女宮娥並大小太監，都來對唐僧下

唐僧和孫悟空去看公主真假，卻被公主所抛的繡毬擊中。（朱寶榮繪）

評點
◎18. 豬八戒對著老龍王坐，誰也不必笑誰。（張評）
◎19. 光景宛在目前。（周評）
◎20. 此妖亦通。（李評）
◎21. 此毬何其善滾，大似行者所變。（周評）
◎22. 婦人偏要打和尚，大奇。（李評）

拜道：「貴人，貴人！請入朝堂賀喜。」三藏急還禮，扶起眾人，回頭埋怨行者道：「你這猴頭！又是撮弄我也。」行者笑道：「繡毬兒打在你頭上，滾在你袖裏，干我何事？埋怨怎麼？」三藏道：「似此怎生區處？」行者道：「師父，你且放心。便入朝見駕，我回驛報與八戒、沙僧等候。若是公主不招你便罷，倒換了關文就行；如必欲招你，你對國王說：『召我徒弟來，我要分付他一聲。』那時召我三個入朝，我其間自能辨別真假。——此是『倚婚降怪』之計。」◎23唐僧無已從言，行者轉身回驛。

那長老被眾宮娥等撮擁至樓前。公主下樓，玉手相攙，同登寶輦，擺開儀從，回轉朝門。早有黃門官先奏道：「萬歲，公主娘娘攙著一個和尚，想是繡毬打著，現在午門外候旨。」那國王見說，心甚不喜；意欲趕退，又不知公主之意何如，只得含情宣入。公主與唐僧遂至金鑾殿下，正是：一對夫妻呼萬歲，兩門邪正拜千秋。禮畢，又宣至殿上，開言問道：「僧人何來，遇朕女拋毬得中？」唐僧俯伏奏道：「貧僧乃南贍部洲大唐皇帝差往西天大雷音寺拜佛求經的，因有長路關文，特來朝王倒換。路過十字街綵樓之下，不期公主娘娘拋繡毬，打在貧僧頭上。貧僧是出家異教之人，怎敢與玉葉金枝為偶？萬望赦貧僧死罪，倒換關文，打發早赴靈山，見佛求經，回我國土，永注陛下之天恩也！」國王道：「你乃東土聖僧，正是『千里姻緣使線牽』。◎24寡人公主，今登二十歲未婚，因擇今日年月日時俱利，所以結綵樓拋繡毬，以求佳偶。可可的你來拋著，朕雖不喜，卻不知公主之意如何。」那公主叩頭道：「父王，常言『嫁雞逐雞，嫁犬逐犬』。◎25女有誓願在先，結

了這毬，告奏天地神明，撞天婚拋打。今日打著聖僧，即是前世之緣，遂得今生之遇，豈敢更移！願招他為駙馬。」國王方喜，即宣欽天監正臺官選擇日期。一壁廂收拾妝奩，又出旨曉諭天下。

三藏聞言，更不謝恩，只教：「放赦，放赦。」國王道：「這和尚甚不通理。朕以一國之富，招你做駙馬，為何不在此享用，念念只要取經？再若推辭，教錦衣官校推出斬了！」長老諕得魂不附體，只得戰兢兢叩頭啟奏道：「感蒙陛下天恩。但貧僧一行四衆，還有三個徒弟在外，今當領納，只是不曾分付得一言。萬望召他到此，倒換關文，教他早去，不誤了西來之意。」國王遂准奏道：「你徒弟在何處？」三藏道：「都在會同館驛。」隨即差官召聖僧徒弟領關文西去，留聖僧在此為駙馬。長老只得起身侍立。有詩為證：

大丹不漏要三全，苦行難成恨惡緣。
道在聖傳修在己，善由人積福由天。
休逞六根多貪欲，頓開一性本來原。
無愛無思自清淨，管教解脫得超然。

當時差官至會同館驛，宣召唐僧徒弟不題。

卻說行者自綵樓下別了唐僧，走兩步，笑兩聲，喜喜歡歡的回驛。八戒、沙僧迎著道：「哥哥，你怎麼那般喜笑？師父如何不見？」行者道：「師父喜了。」八戒道：「還

評點

◎23. 西梁國中曾用「假親脫網」之計，此處又用「倚婚降怪」之計，行者眞可做軍師。（周評）
◎24. 還少說了十萬七千。（周評）
◎25. 難道和尚是雞犬？（李評）

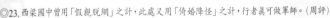

未到地頭，又不曾見佛取得經回，是何來之喜？」行者笑道：「我與師父只走至十字街綵樓之下，可可的被當朝公主抛繡毬打中了師父。師父被些宮娥、綵女、太監推擁至樓前，同公主坐輦入朝，招為駙馬。此非喜而何？」◎26八戒聽說，跌腳搥胸道：「早知我去好來！都是那沙僧憊懶！你不阻我呵，我徑奔綵樓之下，一繡毬打著我老豬，那公主招了我，卻不美哉，妙哉！俊刮標致，停當，大家造化耍子兒，何等有趣！」◎27沙僧上前，把他臉上一抹道：「不羞，不羞！好個嘴巴骨子！『三錢銀子買個老驢——自誇騎得！』要是一繡毬打著你，就連夜燒『退送紙』也還道遲了，敢惹你這晦氣進門！」八戒道：「你這黑子不知趣！醜自醜，還有些風味。自古道：『皮肉粗糙，骨格堅強，各有一得可取。』」行者道：「獃子莫胡談！且收拾行李。但恐師父著了急，來叫我們，卻好進朝保護他。」八戒道：「哥哥又說差了。師父做了駙馬，到宮中與皇帝的女兒交歡，又不是爬山踵路，遇

◆西安大雁塔地宮，玄奘舍利塔。攝於2004年5月22日。（吳峻／fotoe提供）

怪逢魔，要你保護他怎的？他那樣一把子年紀，豈不知被窩裏之事，要你去扶揝※17？」◎28行者一把揪住耳朵，輪拳罵道：「你這個淫心不斷的夯貨！說那甚胡話！」

正吵鬧間，只見驛丞來報道：「聖上有旨，差官來請三位神僧。」八戒道：「端的請我們為何？」驛丞道：「老神僧幸遇公主娘娘打中繡毬，招為駙馬，故此差官來請。」行者道：「差官在那裏？教他進來。」那官看行者施禮。禮畢，不敢仰視，只管暗念誦道：「是鬼，是怪？是雷公，夜叉？」行者道：「那官兒，有話不說，為何沉吟？」那官兒慌得戰戰兢兢的，雙手舉著聖旨，口裏亂道：「我公主有請會親，我主公會親有請！」八戒道：「我這裏沒刑具，不打你。你慢慢說，不要怕。」行者道：「莫成道怕你打？怕你那嘴臉！快收拾挑擔，牽馬進朝，見師父議事去也。」這正是：

路逢狹道難迴避，定教恩愛反爲仇。

畢竟不知見了國王有何話說，且聽下回分解。

總批

一部《西遊記》，獨此回爲第一義矣。此回內說「斯文，肚裏空空」處，眞是活佛出世，方能說此妙語。今日這班做舉子業的斯文，不識一瞎字，眞正可憐。不知是何緣故，卻被豬八戒、沙和尚看出破綻來也。大羞，大羞！（李評）

悟元子曰：上回言了性之後，必須了命，方可以脫得生死，則是性命必須雙修也明矣。獨是金液大丹之道，即一陰一陽之道，乃係從有爲而入無爲，以無相而生實相；有火候，有法竅；有順運，有逆行；有刻漏，有交銖；有眞有假，有眞中之假，有假中之眞；有眞中之眞，有假中之假；有外陰陽之眞假，有內陰陽之眞假：一毫不知，難以成丹。（劉評節錄）

註

※17 扶揝：揝，握住的意思。

評點

◎26. 師父大用，徒弟自然亦有些小用，如何不喜。（張評）
◎27. 市井之談，亦自有趣。（李評）
◎28. 這個卻全然不用著力而無不之神，尤爲奇絕。（張評）

第九十四回

四僧宴樂御花園　一怪空懷情欲喜

《新說西遊記圖像》描繪第九十四回精采場景：三藏師徒假意順從婚事，然後大吃一頓酒席。（古版畫，選自《新說西遊記圖像》）

話表孫行者三人，隨著宣召官至午門外，黃門官即時傳奏宣進。他三個齊齊站定，更不下拜。國王問道：「那三位是聖僧駙馬之高徒？姓甚名誰？何方居住？因甚事出家？取何經卷？」行者即近前，意欲上殿，旁有護駕的喝道：「不要走！有甚話，立下奏來。」行者笑道：「我們出家人，得一步就進一步。」隨後八戒、沙僧亦俱近前。長老恐他村魯驚駕，便起身叫道：「徒弟呵，陛下問你來因，你即奏上。」行者見他那師父在旁侍立，忍不住大叫一聲道：「陛下輕人重己！既招我師為駙馬，如何教他侍立？世間稱女夫謂之『貴人』，豈有貴人不坐之理？」國王聽說，大驚失色，欲退殿，恐

失了觀瞻※1，只得硬著膽，教近侍的取繡墩來，請唐僧坐了。行者才奏道：

「老孫祖居東勝神洲傲來國花果山水簾洞。父天母地，石裂吾生。◎1曾拜至人，學成大道。復轉仙鄉，嘯聚在洞天福地。下海降龍，登山擒獸。消死名，上生籍，官拜齊天大聖。翫賞瓊樓，喜遊寶閣。會天仙，日日歌歡；居聖境，朝朝快樂。只因亂卻蟠桃宴，大反天宮，被佛擒伏，困壓在五行山下，飢餐鐵彈，渴飲銅汁，五百年未嘗茶飯。幸我師出東土，拜西方，觀音教令脫天災，離大難，皈正在瑜伽門下。舊諱悟空，稱名行者。」◎2

國王聞得這般名重，慌得下了龍牀，走將來，以御手挽定長老道：「駙馬，也是朕之天緣，得遇你這仙姻仙眷。」三藏滿口謝恩，請國王登位。復問：「那位是第二高徒？」八戒掬嘴揚威道：

「老豬先世爲人，貪歡愛懶。一生混沌，亂性迷心。未識天高地厚，難明海闊山遙。正在幽閑之際，忽然遇一眞人。半句話，解開業網；兩三言，劈破災門。當時省悟，立地投師，◎3謹修二八之工夫，敲煉三三之前後。行滿飛升，得超天府。荷蒙玉帝厚恩，官賜天蓬元帥，管押河兵，逍遙漢闕。只因蟠桃酒醉，戲弄嫦娥，謫官銜，遭貶臨凡；錯投胎，托生豬像。住福陵山，造惡無邊。遇觀音，指明善道。皈依佛教，保護唐僧。徑往西天，拜求妙典。法諱悟能，稱爲八戒。」◎4

國王聽言，膽戰心驚，不敢觀覷。這獃子越弄精神，搖著頭，掬著嘴，撐起耳朵，呵呵大

註

※1 觀瞻：原指外觀，引申作形象、體統。

評點

◎1.八字多少身分，大有天上地下唯我獨尊之意。(周評)
◎2.非此力行，如何便得悟。(張評)
◎3.以混沌迷亂之人，而立地解悟如此，可見大道原不擇人。(周評)
◎4.敘明履歷，正爲全神作地。(張評)

笑。三藏又怕驚駕，即叱道：「八戒收斂！」方才叉手拱立，假扭斯文。

又問：「第三位高徒，因甚皈依？」沙和尚合掌道：

「老沙原係凡夫，因怕輪迴訪道。雲遊海角，浪蕩天涯。◎5常得衣鉢隨身，每煉心神在舍。因此虔誠，得逢仙侶。養就孩兒，配緣姹女。工滿三千，合和四相※2。超天界，拜玄穹，官授捲簾大將，侍御鳳輦龍車，封號將軍。也爲蟠桃會上，失手打破玻璃盞，貶在流沙河，◎6改頭換面，造孽傷生。幸喜菩薩遠遊東土，勸我皈依，等候唐朝佛子，往西天求經果正。從立自新，復修大覺。指河爲姓，法諱悟淨，稱名和尚。」

國王見說，多驚多喜：喜的是女兒招了活佛，驚的是三個實乃妖神。正在驚喜之間，忽有正臺陰陽官奏道：「婚期已定本年本月十二日，壬子良辰，周堂※3通利，宜配婚姻。」國王道：「今日是何日辰？」陰陽官奏：「今日初八，乃戊申之日，猿猴獻果，正宜進賢納事。」國王大喜，即著當駕官打掃御花園館閣樓亭，且請駙馬同三位高徒安歇，待後安排合巹佳筵，著公主匹配。眾等欽遵，國王退朝，多官皆散不題。

卻說三藏師徒們都到御花園，天色漸晚，擺了素膳。八戒喜道：「這一日也該吃飯了。」管辦人即將素米飯、麵飯等物，整擔挑來。那八戒吃了又添，添了又吃，直吃得撐腸拄腹，方才住手。少頃，又點上燈，設鋪蓋，各自歸寢。長老見左右無人，卻恨責行者，怒聲叫道：「悟空！你這猢猻，番番害我！我說只去倒換關文，莫向綵樓前去，你怎

麼直要引我去看看？如今看得好麼！卻惹出這般事來，怎生是好？」◎7行者陪笑道：「師父說：『先母也是拋打繡毬，遇舊緣，成其夫婦。』似有慕古之意，◎8老孫才引你去。又想著那個給孤布金寺長老之言，就此檢視真假。適見那國王之面，略有些晦暗之色，但只未見公主何如耳。」

長老道：「你見公主便怎的？」行者道：「老孫的火眼金睛，但見面，就認得真假善惡，富貴貧窮，卻好施為，辨明邪正。」沙僧與八戒笑道：「哥哥近日又學得會相面了。」◎9行者道：「相面之士，當我孫子罷了。」三藏喝道：「且休調嘴！只是他如今定要招我，果何以處之？」行者道：「且到十二日會喜之時，必定那公主出來參拜父母，等老孫在旁觀看。若還是個真女人，你就做了駙馬，享用國內之榮華也罷。」三藏聞言，越生嗔怒，罵道：「好猢猻！你還害我哩！卻是悟能說的，我們十節兒已上了九節七八分了，◎10你還把熱舌頭鐸※4我。快早夾著，你休開那臭口！再若無禮，我就念起咒來，教你了當不得※5！」行者聽說念咒，慌得跪在面前道：「莫念，莫念！若是真女人，待拜堂時，我們一齊大鬧皇宮，領你去也。」師徒說話，不覺早已入更。正是：

沉沉宮漏※6，廕廕花香。繡戶垂珠箔，閑庭絕火光。秋千索冷空留影，羌笛聲殘靜

註

※2 四相：佛教把生、老、病、死和生、住、異、滅都叫作四相。這裏指後者。

※3 周堂：指婚嫁的吉日。

※4 鐸：作戳、啄解釋。

※5 了當不得：承當不起，承受不了。

※6 宮漏：宮殿裏的沙漏。漏，古代計量時間的器具，一般用流沙來計時。

評點

◎5.起念與行者相同。（周評）

◎6.人生誤事，大抵多因酒色。（張評）

◎7.這和尚委是怕陰的。（李評）

◎8.慕古正所以感今，筆墨風流，正可謂千古絕詞。（張評）

◎9.只怕能人相而不能天相，是爲全體一逼。（張評）

◎10.下語俱有分寸。（張評）

四方。繞屋有花籠月燦，隔空無樹顯星芒。杜鵑啼歇，蝴蝶夢長。銀漢橫天宇，白雲歸故鄉。正是離人情切處，風搖嫩柳更淒涼。

八戒道：「師父，夜深了，有事明早再議。且睡，且睡。」師徒們果然安歇。

早又金雞唱曉。五更三點，國王即登殿設朝。但見：

宮殿開軒紫氣高，風吹御樂透青霄。雲移豹尾旌旗動，日射螭頭玉珮搖。
香霧細添宮柳綠，露珠微潤苑花嬌。山呼舞蹈千官列，海晏河清一統朝。

衆文武百官朝罷，又宣：「光祿寺安排十二日會喜佳筵，今日且整春罍※7，請駙馬在御花園中款翫。」分付儀制司領三位賢親去會同館少坐，著光祿寺安排三席素宴去彼奉陪。兩處俱著教坊司奏樂，伏侍賞春景，消遲日也。八戒聞得，應聲道：「陛下，我師徒自相會，更無一刻相離。今日既在御花園飲宴，帶我們去耍兩日，好教師父替你家做駙馬；不然，這個買賣生意弄不成。」◎11那國王見他醜陋，說話粗俗，又見他扭頭捏頸，掬嘴巴，搖耳朵，即像有些風氣，猶恐攪破親事，只得依從。便教：「在永鎮華夷閣裏安排二席，我與駙馬同坐；留春亭上安排三席，請三位別坐。恐他師徒們坐次不便。」那獃子才朝上唱個喏，叫聲：「多謝！」各各而退。又傳旨教內宮官排宴，著三宮六院后妃與公主上頭※8，就為添妝餪子※9，以待十二日佳配。

將有巳時前後，那國王排駕，請唐僧都到御花園內觀看。好去處：

徑鋪彩石，檻鑿雕欄。徑鋪彩石，徑邊石畔長奇葩；檻鑿雕欄，檻外欄中生異卉。夭

桃迷翡翠，嫩柳閃黃鸝。步覺幽香來袖滿，行沾清味上衣多。鳳臺龍沼，竹閣松軒。鳳臺之上，吹簫引鳳來儀；龍沼之間，養魚化龍而去。竹閣有詩，費盡推敲裁白雪；松軒文集，考成珠玉注青編。假山拳石翠，曲水碧波深。牡丹亭，薔薇架，疊錦鋪絨；茉藜檻，海棠畦，堆霞砌玉。芍藥異香，蜀葵奇豔。

御花園內準備公主婚事，十分熱鬧。（古版畫，選自李卓吾批評本《西遊記》）

白梨紅杏鬥芳菲，紫蕙金萱爭爛熳。麗春花、木筆花、杜鵑花，夭夭灼灼；含笑花、鳳仙花、玉簪花，戰戰巍巍。一處處紅透胭脂潤，一叢叢芳濃錦繡圍。更喜東風回暖日，滿園嬌媚逞光輝。

一行君王幾位，觀之良久。早有儀制司官邀請行者三人入留春亭，◎12國王攜唐僧上華夷閣，各自飲宴。那歌舞吹彈，鋪張陳設，真是：

註

※7 罍：古代一種盛酒的容器。小口，廣肩，深腹，圈足，有蓋，多用青銅或陶製成。

※8 上頭：古代女子即將成年時，約十六歲或十七歲，或出嫁時，父母為女兒舉行梳起髮髻的「上頭」儀式，是一種成年禮。

※9 添妝餪子：餪音暖，陪送新娘的妝奩、食品。

評點

◎11. 淡淡一筆無不到之，神自動。（張評）

◎12. 表裏精粗，無不到矣。（張評）

崢嶸閶闔曙光生，鳳閣龍樓瑞靄橫。春色細鋪花草繡，天光遙射錦袍明。
笙歌繚繞如仙宴，杯斝飛傳玉液清。君悅臣歡同翫賞，華夷永鎮世康寧。

此時長老見那國王敬重，無計可奈，只得勉強隨喜，誠是外喜而內憂也。坐間，見壁上掛著四面金屏，屏上畫著春夏秋冬四景，皆有題詠，皆是翰林名士之詩：

〈春景詩〉曰：

「周天一氣轉洪鈞，大地熙熙萬象新。桃李爭妍花爛熳，燕來畫棟疊香塵。」

〈夏景詩〉曰：

「薰風拂拂思遲遲，宮院榴葵映日輝。玉笛音調驚午夢，芰荷香散到庭幃。」

〈秋景詩〉曰：

「金井梧桐一葉黃，珠簾不捲夜來霜。燕知社日辭巢去，雁折蘆花過別鄉。」

〈冬景詩〉曰：

「天雨飛雲暗淡寒，朔風吹雪積千山。深宮自有紅爐煖，報道梅開玉滿欄。」

那國王見唐僧恣意看詩，便道：「駙馬喜翫詩中之味，必定善於吟哦。如不吝珠玉，請依韻各和一首如何？」長老是個對景忘情、明心見性之意，見國王欽重，命和前韻，他不覺忽吟一句道：「日暖冰消大地鈞。」◎13國王大喜，即召侍衛官：「取文房四寶，請駙馬和完錄下，俟朕緩緩味之。」長老欣然不辭，舉筆而和。

〈和春景詩〉曰：

評點

◎13. 說假事，宛如眞事。(李評)
◎14. 駙馬詩雖不工，然無和尚氣，亦可取也。(李評)
◎15. 如此寵遇，何異太白之沉香亭，但詩不堪與〈清平調〉作僕，奈何！(周評)

「日暖冰消大地鈞，御園花卉又更新。和風膏雨民沾澤，海晏河清絕俗塵。」

〈和夏景詩〉曰：

「斗指南方白晝遲，槐雲榴火鬥光輝。黃鸝紫燕啼宮柳，巧轉雙聲入絳幃。」

〈和秋景詩〉曰：

「香飄橘綠與橙黃，松柏青青喜降霜。籬菊半開攢錦繡，笙歌韻徹水雲鄉。」

〈和冬景詩〉曰：

「瑞雪初晴氣味寒，奇峰巧石玉團山。爐燒獸炭煨酥酪，袖手高歌倚翠欄。」◎14

國王見和大喜，稱唱道：「好個『袖手高歌倚翠欄』！」遂命教坊司以新詩奏樂，盡日而散。◎15

行者三人在留春亭亦盡受用，各飲了幾杯，也都有些酣意。正欲去尋長老，只見長老已同國王在一閣。八戒獃性發作，應聲叫道：「好快活！好自在！今日也受用這一下了，卻該趁飽兒睡覺去也。」沙僧笑道：「二哥忒沒修養。這氣飽飫，如何睡覺？」八戒道：「你那裏知，俗語云：『吃了飯兒不挺屍，肚裏沒板脂』哩！」

唐僧與國王相別，只謹言，只謹言。既至亭內，嗔責他三人道：「汝等越發村了！這是甚麼去處，只管大呼小叫。倘或惱著國王，卻不被他傷害性命？」八戒道：「沒事，沒事！我們與他親家禮道的，他便不好

◆玄奘紀念館前的玄奘雕像，印度比哈爾邦那爛陀。攝於2006年11月18日。（邵風雷／fotoe提供）

生怪。常言道：『打不斷的親，罵不斷的鄰。』大家耍子，怕他怎的？」長老叱道，教：「拿過獃子來，打他二十禪杖！」行者果一把揪翻，長老舉杖就打。獃子喊叫道：「駙馬爺爺，饒罪！饒罪！」旁有陪宴官勸住。獃子爬將起來，突突囔囔的道：「好貴人！好駙馬！親還未成，就行起王法來了。」◎16行者侮著他嘴道：「莫胡說，莫胡說！快早睡去。」他們又在留春亭住了一宿。到明早，依舊宴樂。

不覺樂了三四日，正值十二日佳辰。有光祿寺三部各官回奏道：「臣等自八日奉旨，駙馬府已修完，專等妝奩鋪設。合巹宴亦已完備，葷素共五百餘席。」國王心喜，正欲請駙馬赴席，忽有內宮官對御前啟奏道：「萬歲，正宮娘娘有請。」國王遂退入內宮。只見那三宮皇后、六院嬪妃引領著公主，都在昭陽宮談笑。真箇是花團錦簇！那一片富麗妖嬈，真勝似天堂月殿，不亞於仙府瑤宮。有〈喜會佳姻〉新詞四首為證：

〈喜詞〉云：

喜！喜！喜！欣然樂矣！結婚姻，恩愛美。巧樣宮妝，嫦娥怎比。龍釵與鳳鐶，豔豔飛金縷。櫻唇皓齒朱顏，嬝娜如花輕體。錦重重，五彩叢中；香拂拂，千金隊裏。

〈會詞〉云：

會！會！會！妖嬈嬌媚。賽毛嬙※10，欺楚妹。傾國傾城，比花比玉。妝飾更鮮妍，釵環多豔麗。蘭心蕙性清高，粉臉冰肌榮貴。黛眉一線遠山微，窈窕嫣姌攢錦隊。

〈佳詞〉云：

佳！佳！佳！玉女仙娃。深可愛，實堪誇。異香馥郁，脂粉交加。天臺福地遠，怎似國王家。笑語紛然嬌態，笙歌繚繞喧嘩。花堆錦砌千般美，看遍人間怎若他。

〈姻詞〉云：

姻！姻！姻！姻！蘭麝香噴。仙子陣，美人群。嬪妃換彩，公主妝新。雲鬢堆鴉髻，霓裳壓鳳裙。一派仙音嘹喨，兩行朱紫繽紛。當年曾結乘鸞信，今朝幸喜會佳姻。

卻說國王駕到，那后妃引著公主並綵女、宮娥，都來迎接。國王喜孜孜，進了昭陽宮坐下。后妃等朝拜畢，國王道：「公主賢女，自初八日結綵拋毬，幸遇聖僧，想是心願已足。各衙門官又能體朕心，各項事俱已完備。今日正是佳期，可早赴合巹之宴，不要錯過時辰。」那公主走近前，倒身下拜，奏道：「父王，乞赦小女萬千之罪。有一言啟奏：這幾日聞得宮官傳說，唐聖僧有三個徒弟，都生得十分醜惡，小女不敢見他，恐見時必生恐懼。萬望父王將他發放出城方好，不然驚傷弱體，反為禍害也。」國王道：「孩兒不說，朕幾乎忘了。果然生得有些醜惡，連日教他在御花園裏留春亭管待。趁今日就上殿，打發他關文，教他出城，卻好會宴。」公主叩頭謝了恩。國王即出駕上殿，傳旨：「請駙馬共他三位。」

原來那唐僧捏指頭兒算日子，熬至十二日，天未明，就與他三人計較道：「今日卻是十二了，這事如何區處？」行者道：「那國王我已識得他有些晦氣，還未沾身，不為大

註

※10毛嬙：毛嬙是春秋時期越國絕色美女，與西施時代相當，相傳為越王愛姬。最初人們對她的稱道遠遠超過西施。《管子．小稱》中有云：「毛嬙、西施，天下之美人也。」

評點

◎16.「大用」二字如此寫來，殊令人奇絕。（張評）

害；但只不得公主見面，若得出來，老孫一覷，就知真假，方才動作。你只管放心。他如今一定來請，打發我等出城。你自應承莫怕，我閃閃身兒就來，緊緊隨護你也。」師徒們正講，果見當駕官同儀制司來請。行者笑道：「去來！去來！必定是與我們送行，好留師父會合。」八戒道：「送行必定有千百兩黃金、白銀，我們也好買些人事※11回去。到我那丈人家，也再會親耍子兒去耶。」沙僧道：「二哥箝著口，休亂說，只憑大哥主張。」

遂此將行李、馬匹，俱隨那些官到於丹墀下。國王見了，教請行者三位近前道：「汝等將關文拿上來，朕當用寶花押，交付汝等，外多備盤纏，送你三位早去靈山見佛。若取經回來，還有重謝。留駙馬在此，勿得懸念。」◎17行者稱謝，遂教沙僧取出關文遞上。國王看了，即用了印，押了花字，又取黃金十錠、白金二十錠，聊達親禮。八戒原來財色心重，即去接了。◎18行者朝上唱個喏道：「聒噪！聒噪！」便轉身要走。慌得個三藏一轂轆爬起，扯住行者，咬響牙根道：「你們都不顧我就去了？」行者把手揑著三藏手掌，丟個眼色道：「你在這裏寬懷歡會，我等取了經，回來看你。」那長老似信不信的，不肯放手。多官都看見，以為實是相別而去。早見國王又請駙馬上殿，著多官送三位出城。長老只得放了手上殿。

行者三人同眾出了朝門，各自相別。八戒道：「我們當真的走哩？」行者不言語，只管走。至驛中，驛丞接入，看茶擺飯。行者對八戒、沙僧道：「你兩個只在此，切莫出頭。但驛丞問甚麼事情，且含糊答應，莫與我說話。我保師父去也。」

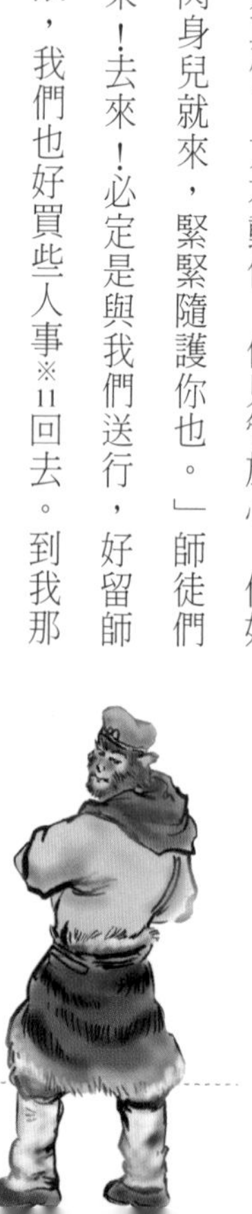

評點

◎17. 只用得一個，其餘概不用矣。(張評)
◎18. 此項黃白之物，後來作何支銷？(周評)
◎19. 物有不到，自然心有不明。(張評)

好大聖，拔一根毫毛，吹口仙氣，叫：「變！」即變作本身模樣，與八戒、沙僧同在驛內。真身卻幌的跳在半空，變作一個蜜蜂兒，其實小巧！但見：

翅黃口甜尾利，隨風飄舞顛狂。最能摘蕊與偷香，度柳穿花搖蕩。
辛苦幾番淘染，飛來飛去空忙。釀成濃美自何嘗，只好留存名狀。

你看他輕輕的飛入朝中，遠見那唐僧在國王左邊繡墩上坐著，愁眉不展，心存焦燥。◎19徑飛至他毗盧帽上，悄悄的爬及耳邊，叫道：「師父，我來了，切莫憂慮。」這句話，只有唐僧聽見，那夥凡人莫想知覺。唐僧聽見，始覺心寬。不一時，宮官來請道：「萬歲，合巹嘉筵已排設在鳷鵲宮中，娘娘與公主俱在宮伺候。專請萬歲同貴人會親也。」國王喜之不盡，即同駙馬進宮而去。正是那：

邪主愛花花作禍，禪心動念念生愁。

畢竟不知唐僧在內宮怎生解脫，且聽下回分解。

總批

一謔語云：「皇帝女婿名駙馬，諸侯女婿當名駙驢；到得舉人進士女婿，只好名駙馬狗罷了。」因見唐僧做駙馬事，笑而書此。《西遊記》妙處，只是說假如眞，令人解頤。（李評）

悟一子曰：此下二篇本不欲解，想解之而愈不識也。如來云：「若說是事，一切諸天及人，皆將驚疑。」世人驚疑，……則其間必有可驚可疑之事。故不欲解之，以滋人之惑。（陳評節錄）

悟元子曰：上回已提明生前之來因，與生身之來因，而猶未言其如何是生身之前，如何是生身之後。故此回細發明其奧妙，使學者深悟細參耳。……獨是得一步進一步之事業，非一己孤修，乃人我共濟，倘只知有己，不知有人，而金丹難成。（劉評節錄）

註

※11 人事：饋送人的禮物。

假公主擔心悟空壞她的好事，求國王讓悟空三人離去。（朱寶榮繪）

第九十五回

假合眞形擒玉兔　眞陰歸正會靈元

卻說那唐僧憂憂愁愁，隨著國王至後宮，只聽得鼓樂喧天，隨聞得異香撲鼻，低著頭，不敢仰視。行者暗裏欣然，丁在那毗盧帽頂上，運神光，睜火眼金睛觀看。又只見那兩班綵女，擺列的似蕊宮仙府※1，勝強似錦帳春風。真箇是：

娉婷嬝娜，玉質冰肌。一雙雙嬌欺楚女，一對對美賽西施。雲髻高盤飛彩鳳，娥眉微顯遠山低。笙簧雜奏，簫鼓頻吹。宮商角徵羽※2，抑揚高下齊。清歌妙舞常堪愛，錦砌花團色色怡。

◆《新說西遊記圖像》描繪第九十五回精采場景：地下唐僧安慰筵席上的國王，天上孫悟空降伏妖怪。（古版畫，選自《新說西遊記圖像》）

行者見師父全不動念，◎1暗自裏咂嘴誇稱道：「好和尚！好和尚！身居錦繡心無愛，足步瓊瑤意不迷。」

少時，皇后嬪妃簇擁著公主出鵓鴿宮，一齊迎接，都道聲：「我王萬歲，萬萬歲！」慌的個長老戰戰兢兢，莫知所措。行者早已知

識，見那公主頭頂上微露出一點妖氛，卻也不十分兇惡，即忙爬近耳朵叫道：「師父，公主是個假的。」長老道：「是假的，卻如何教他現相？」行者道：「使出法身，就此拿他也。」長老道：「不可，不可！恐驚了主駕。且待君后退散，再使法力。」

那行者一生性急，那裏容得，大吒一聲，現了本相，趕上前，揪住公主罵道：「好孽畜！你在這裏弄假成真，只在此這等受用也盡彀了；心尚不足，還要騙我師父，破他的真陽，遂你的淫性哩！」諕得那國王獃獃掙掙，后妃跌跌爬爬，宮娥綵女無一個不東躲西藏，各顧性命。好便似：

春風蕩蕩，秋氣瀟瀟。春風蕩蕩過園林，千花擺動；秋氣瀟瀟來徑苑，萬葉飄搖。刮折牡丹欹檻下，吹歪芍藥臥欄邊。沼岸芙蓉亂撼，臺基菊蕊鋪堆。海棠無力倒塵埃，玫瑰有香眠野境。春風吹折芰荷梈，冬雪壓歪梅嫩蕊。石榴花瓣，亂落在內院東西；岸柳枝條，斜垂在皇宮南北。好花風雨一宵狂，無數殘紅鋪地錦。

三藏一發慌了手腳，戰兢兢抱住國王，只叫：「陛下，莫怕！莫怕！此是我頑徒使法力，辨真假也。」

卻說那妖精見事不諧，掙脫了手，解剝了衣裳，捽捽頭，搖落了釵環首飾，即跑到御花園土地廟裏，取出一條碓嘴樣的短棍，◎2急轉身來亂打行者。行者隨即跟來，使鐵棒

註

※1 蕊宮仙府：蕊宮，即蕊珠宮，《黃庭內景經》中注曰：「蕊珠，上清境宮闕名也。」這蕊珠宮便是道教傳說中，天上上清宮內的蕊珠仙子居住之處。

※2 宮商角徵羽：中國古代音樂的五音音階名。

評點

◎1. 已有明機，不爲陰私所蔽。(張評)

◎2. 短棍寄在花園廟裏，亦奇。(周評)
棍也而短，可怪也矣。(張評)

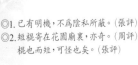

劈面相迎。他兩個吆吆喝喝，就在花園鬥起；後卻大顯神通，各駕雲霧，殺在空中。這一場：

金箍鐵棒有名聲，碓嘴短棍無人識。一個因取眞經到此方，一個爲愛奇花來住跡。那怪久知唐聖僧，要求配合元精液。舊年攝去眞公主，變作人身欽愛惜。今逢大聖認妖氛，救援活命分虛實。短棍行兇著頂丟，鐵棒施威迎面擊。喧喧嚷嚷兩相持，雲霧滿天遮白日。

孫悟空在宴席上當場發作，逼假公主升空現出破綻。孫悟空隨與手拿棒槌的玉兔精打鬥。（朱寶榮繪）

他兩個殺在半空賭鬥，嚇得那滿城中百姓心慌，盡朝裏多官膽怕。長老扶著國王，只叫：「休驚！請勸娘娘與衆等莫怕。你公主是個假作真形的，等我徒弟拿住他，方知好歹也。」那些妃子有膽大的，把那衣服、釵環拿與皇后看了，道：「這是公主穿的、戴的，今都丟下，精著身子，與那和尚

在天上爭打，必定是個妖邪。」此時國王、后妃人等才正了性，望空仰視不題。

卻說那妖精與大聖鬥經半日，不分勝敗。◎3行者把棒丟起，叫一聲：「變！」就以一變十，以十變百，以百變千，半天裏，好似蛇遊蟒攪，亂打妖邪。妖邪慌了手腳，將身一閃，化道清風，即奔碧空之上逃走。行者念聲咒語，將鐵棒收作一根，縱祥光一直趕來。將近西天門，望見那旌旗燗灼，行者厲聲高叫道：「把天門的，擋住妖精，不要放他走了！」真箇那天門上有護國天王帥領著龐、劉、苟、畢四大元帥，各展兵器攔阻。妖邪不能前進，急回頭，捨死忘生，使短棍又與行者相持。

這大聖用心力輪鐵棒，仔細迎著看時，見那短棍兒一頭壯，一頭細，卻似春碓臼的杵頭模樣。叱吒一聲，喝道：「孽畜！你拿的是甚麼器械，敢與老孫抵敵？快早降伏，免得這一棒打碎你的天靈！」那妖邪咬著牙道：「你也不知我這兵器！聽我道：

仙根是段羊脂玉，磨琢成形不計年。混沌開時吾已得，洪濛判處我當先。

廣寒宮中的嫦娥，元末明初的絲綢扇畫。（fotoe提供）

評點

◎3. 理、慾交戰，全在心上用力。（張評）

源流非比凡間物，本性生來在上天。一體金光和四相，五行瑞氣合三元※3。
隨吾久住蟾宮※4內，伴我常居桂殿邊。因爲愛花垂世境，故來天竺假嬋娟。
與君共樂無他意，欲配唐僧了宿緣。你怎欺心破佳偶，死尋趕戰逞兇頑？
這般器械名頭大，在你金箍棒子前。廣寒宮裏擣藥杵，打人一下命歸泉！」

行者聞說，呵呵冷笑道：「好孽畜啊！你既住在蟾宮之內，就不知老孫的手段，你還敢在此支吾？快早現相降伏，饒你性命！」那怪道：「我認得你是五百年前大鬧天宮的弼馬溫，理當讓你。但只是破人親事，如殺父母之仇，故此情理不甘，要打你欺天罔上的弼馬溫！」那大聖惱得是「弼馬溫」三字，他聽得此言，心中大怒，舉鐵棒劈面就打。那妖邪輪杵來迎。就於西天門前，發狠相持。這一場：

金箍棒，擣藥杵，兩般仙器眞堪比。那個爲結婚姻降世間，這個因保唐僧到這裏。原來是國王沒正經，愛花引得妖邪喜。致使如今恨苦爭，兩家都把頑心起。一衝一撞賭輸贏，劖語劖言齊鬥嘴。藥杵英雄世罕稀，鐵棒神威還更美。金光湛湛幌天門，彩霧輝輝連地裏。來往戰經十數回，妖邪力弱難搪抵。

那妖精與行者又鬥了十數回，見行者的棒勢緊密，料難取勝，虛丟一杵，將身幌一幌，金光萬道，徑奔正南上敗走。◎4大聖隨後追襲，忽至一座大山，妖精按金光，鑽入山洞，寂然不見。又恐他遯身回國，暗害唐僧，他認了這山的規模，返雲頭徑轉國內。

此時有申時矣。那國王正扯著三藏，戰戰兢兢，只叫：「聖僧救我！」那些嬪妃、皇

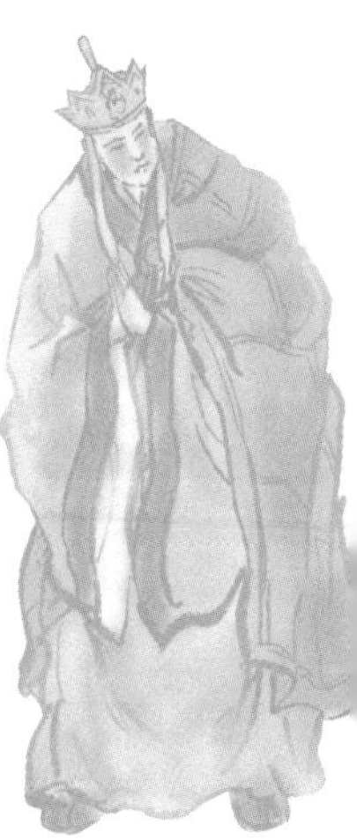

后也正愴惶。只見大聖自雲端裏落將下來，叫道：「師父，我來也！」三藏道：「悟空立住，不可驚了聖躬。我問你，假公主之事端的如何？」行者立於鳷鵲宮外，叉手當胸道：「假公主是個妖邪。初時與他打了半日，他戰不過我，化道清風，徑往天門上跑，是我吆喝天神擋住。他現了相，又與我鬥到十數合，又將身化作金光，敗回正南上一座山上。我急追至山，無處尋覓，恐怕他來此害你，特地回顧也。」國王聽說，扯著唐僧問道：「既然假公主是個妖邪，我真公主在於何處？」行者應聲道：「待我拿住假公主，你那真公主自然來也。」◎5那后妃等聞得此言，都解了恐懼，一個個上前拜告道：「望聖僧救得我真公主來，分了明暗，必當重謝。」行者道：「此間不是我們說話處，請陛下與我師出宮上殿，娘娘等各轉回宮，召我師弟八戒、沙僧來保護師父，我卻好去降妖。一則分了內外，二則免我懸掛。謹當辨明，以表我一場心力。」◎6國王依言，感謝不已，遂與唐僧攜手出宮，徑至殿上。眾后妃各各回宮。一壁廂教備素膳，一壁廂請八戒、沙僧。須臾間，二人早至。行者備言前事，教他兩個用心護持。這大聖縱觔斗雲，飛空而去。那殿前多官，一個個望空禮拜不題。

孫大聖徑至正南方那座山上尋找。原來那妖邪敗了陣，到此山，鑽入窩中，將門兒使石塊擋塞，虛怯怯藏隱不出。◎7行者尋一會，不見動靜，心甚焦惱，捻著訣，念動真

註

※3 三元：在道教教義中原指宇宙生成的本原和道教經典產生的源流，隋唐以後又衍化爲道教神仙和道教主要節日的名稱。此處是前一種解釋。另外根據學者陳攖寧在《黃庭經講義》中稱「三元」爲元精、元氣、元神。

※4 蟾宮：月亮的代稱。傳說月宮中有蟾，因此人們俗稱之爲「蟾宮」。

評點

◎4. 物自然不勝理。(張評)

◎5. 此時力有未到，如何便得來。(張評)

◎6. 點明心力，更爲緊要。(張評)

◎7. 物欲潛藏，心無所蔽，用力之功也。(張評)

言，喚出那山中土地、山神審問。少時，二神至了，叩頭道：「不知，不知！知當遠接。萬望恕罪！」行者道：「我且不打你。我問你：這山叫作甚麼名字？此處有多少妖精？從實說來，饒你罪過。」二神告道：「大聖，此山喚作毛穎山，山中只有三處兔穴。亙古至今，沒甚妖精，乃五環之福地也。大聖要尋妖精，還是西天路上去有。」◎8行者道：「老孫到了西天天竺國，那國王有個公主被個妖精攝去，拋在荒野；他就變作公主模樣，戲哄國王，結綵樓，拋繡毬，欲招駙馬。我保唐僧至其樓下，被他有心打著唐僧，欲為配偶，誘取元陽。是我識破，就於宮中現身捉獲。他就脫了人衣、首飾，使一條短棍，喚名搗藥杵，與我鬥了半日，他就化清風而去。被老孫趕至西天門，又鬥有十數合，他料不能勝，復化金光，逃至此處，如何不見？」

二神聽說，即引行者去那三窟中尋找。始於山腳下窟邊看處，亦有幾個草兔兒，也驚得走了。尋至絕頂上窟中看時，◎9只見兩塊大石頭，將窟門擋住。土地道：「此間必是妖邪趕急鑽進去也。」行者即使鐵棒，捎開石塊。那妖邪果藏在裏面，呼的一聲就跳將出來，舉藥杵來打。行者輪起鐵棒架住。諕得那山神倒退，土地忙奔。那妖邪口裏囔囔突突的罵著山神、土地道：「誰教你引著他往這裏來找尋！」他支支撐撐的抵著鐵棒，且戰且退，奔至空中。

正在危急之際，卻又天色晚了。這行者愈發狠性，下毒手，恨不得一棒打殺。忽聽得九霄碧漢之間，有人叫道：「大聖莫動手，莫動手！棍下留情！」行者回頭看時，原來是

太陰星君，後帶著姮娥仙子，降彩雲到於當面。慌得行者收了鐵棒，躬身施禮道：「老太陰，往那裏去？老孫失迴避了。」太陰道：「與你對敵的這個妖邪，是我廣寒宮搗玄霜仙藥之玉兔也。他私自偷開玉關金鎖，走出宮來，經今一載。我算他目下有傷命之災，特來救他性命。望大聖看老身饒他罷。」行者喏喏連聲，只道：「不敢，不敢。怪道他會使搗藥杵，原來是個玉兔兒！老太陰不知，他攝藏了天竺國王之公主，卻又假合真形，欲破

太陰星君前來幫助孫悟空，降伏了玉兔。（朱寶榮繪）

評點

◎8.想多是修西方的變的。(李評)
予豈好妖哉？(周評)
◎9.窮及三穴，窮及至矣。(張評)

我聖僧師父之元陽。其情其罪，其實何甘！怎麼便可輕恕饒他？」太陰道：「你亦不知。那國王之公主，也不是凡人，原是蟾宮中之素娥。十八年前，他曾把玉兔兒打了一掌，卻就思凡下界。一靈之光，遂投胎於國王正宮皇后之腹，當時得以降生。這玉兔兒懷那一掌之仇，故於舊年私走出宮，拋素娥於荒野。◎10但只是不該欲配唐僧，此罪真不可逭。幸汝留心，識破真假，卻也未曾傷損你師。萬望看我面上，恕他之罪，我收他去也。」行者笑道：「既有這些因果，老孫也不敢抗違。但只是你收了玉兔兒，恐那國王不信，敢煩太陰君同衆仙妹，將玉兔兒拿到那廂，對國王明證明證。一則顯老孫之手段，二來說那素娥下降之因由，然後著那國王取素娥公主之身，以見顯報之意也。」太陰君信其言，用手指定妖邪，喝道：「那孽畜還不歸正同來！」玉兔兒打個滾，現了原身。真箇是：

缺唇尖齒，長耳稀鬚。團身一塊毛如玉，展足千山蹄若飛。直鼻垂酥，果賽霜華填粉膩；雙睛紅映，猶欺雪上點胭脂。伏在地，白穰穰一堆素練；伸開腰，白鐸鐸一架銀絲。幾番家吸殘清露瑤天曉，搗藥長生玉杵奇。

那大聖見了，不勝欣喜，踏雲光，向前引導。那太陰君領著衆姮娥仙子，帶著玉兔兒，徑轉天竺國界。此時正黃昏，看看月上。◎11到城邊，聞得譙樓上擂鼓。那國王與唐僧尚在殿內，八戒、沙僧與多官都在階前，方議退朝，只見正南上一片彩霞，光明如畫。衆抬頭看處，又聞得孫大聖厲聲高叫道：「天竺陛下，請出你那皇后、嬪妃看者。這寶幢下乃月宮太陰星君，兩

邊的仙妹是月裏嫦娥。這個玉兔兒卻是你家的假公主，今現真相也。」那國王急召皇后、嬪妃與宮娥、綵女等衆，朝天禮拜，他和唐僧及多官亦俱望空拜謝。滿城中各家各戶，也無一人不設香案，叩頭念佛。正此觀看處，豬八戒動了慾心，忍不住跳在空中，◎12把霓裳仙子抱住道：「姐姐，我與你是舊相識。我和你耍子兒去也。」行者上前揪著八戒，打了兩掌，罵道：「你這個村潑獃子！此是甚麼去處，敢動淫心！」八戒道：「拉閑※5散悶耍子而已！」那太陰君令轉仙幢，與衆嫦娥收回玉兔，徑上月宮而去。

行者把八戒揪落塵埃。這國王在殿上謝了行者，又問前因道：「多感神僧大法力捉了假公主。朕之真公主，卻在何處所也？」行者道：「你那真公主也不是凡胎，就是月宮裏素娥仙子。因十八年前，他將玉兔兒打了一掌，就思凡下界，投胎在你正宮腹內，生下身來。那玉兔兒懷恨前仇，所以於舊年間偷開玉關金鎖，走下來，把素娥攝拋荒野，他卻變形哄你。這段因果，是太陰君親口才與我說的。今日既去其假者，明日請御駕去尋其真者。」國王聞說，又心意慚惶，止不住腮邊流淚道：「孩兒！我自幼登基，雖城門也不曾出去，卻教我那裏去尋你也！」行者笑道：「不須煩惱，你公主現在給孤布金寺裏裝風。今且各散，到天明，我還你個真公主便是。」衆官又拜伏奏道：「我王且心寬。這幾位神僧，乃騰雲駕霧之佛，必知未來過去之因由。明日煩神僧同去一尋，便知端的。」國王依言，即請至留春亭，擺齋安歇。此時已近二更。正是那：

註

※5 拉閑：猶聊天、磕牙、扯閑白。

評點

◎10. 玉兔一小獸耳，乃遂不能忘情於素娥之一掌，然則異類亦不可輕侮耶！（周評）
◎11. 月到天心分外明。（張評）
◎12. 素娥思凡下界，八戒動火，又想上天。（張評）

銅壺滴漏月華明，金鐸叮噹風送聲。杜宇正啼春去半，落花無路近三更。◎13
御園寂寞秋千影，碧落空浮銀漢橫。三市六街無客走，一天星斗夜光晴。

當夜各寢不題。

這一夜，國王退了妖氣，陡長精神，至五更三點，復出臨朝。朝畢，命請唐僧四衆，議尋公主。長老隨至，朝上行禮，大聖三人一同打個問訊。國王欠身道：「昨所云公主孩兒，敢煩神僧為一尋救。」長老道：「貧僧前日自東來，行至天晚，見一座給孤布金寺，特進求宿，幸那寺僧相待。當晚齋罷，步月閑行，行至布金舊園，觀看基址，忽聞悲聲入耳。詢問其由，本寺一老僧，年已百歲之外，他屏退左右，細細的對我說了一遍，道：『悲聲者，乃舊年春深時，我正明性月，忽然一陣風生，就有悲怨之聲。下榻到祇園基上看處，乃是一個女子。詢問其故，那女子道：我是天竺國國王公主，因為夜間翫月觀花，被風刮至於此。』那老僧多知人禮，即將公主鎖在一間僻靜房中。惟恐本寺頑僧污染，只說：『是妖精，被我鎖住。』公主識得此意，日間胡言亂語，討些茶飯吃了；夜深無人處，思量父母悲啼。那老僧也曾來國打聽幾番，見公主在宮無恙，所以不敢聲言舉奏。因見我徒弟有些神通，那老僧千叮萬囑，教貧僧到此查訪。不期他原是蟾宮玉兔為妖，假合真形，變作公主模樣。他卻又有心要破我元陽。幸虧我徒弟施威顯法，認出真假，今已被太陰星收去。賢公主見在布金寺裝風也。」國王見說此詳細，放聲大哭。早驚動三宮六院，都來問及前因，無一人不痛哭者。良久，國王又問：「布金寺離

城多遠？」三藏道：「只有六十里路。」國王遂傳旨：「著東西二宮守殿，掌朝太師衛國。朕同正宮皇后帥多官、四神僧，去寺取公主也。」

當時擺駕，一行出朝。你看那行者就跳在空中，把腰一扭，先到了寺裏。衆僧慌忙跪接道：「老爺去時，與衆步行，今日何從天上下來？」行者笑道：「你那老師在於何處？快叫他出來，排設香案接駕。天竺國王、皇后、多官與我師父都來了。」衆僧不解其意，即請出那老僧。老僧見了行者，倒身下拜道：「老爺，公主之事如何？」行者把那假公主抛繡毬欲配唐僧，並趕捉賭鬥，與太陰星收去玉兔之言，備陳了一遍。那老僧又磕頭拜謝。行者攙起道：「且莫拜，且莫拜。快安排接駕。」衆僧才知後房裏鎖的是個女子。◎14一個個驚驚喜喜，便都設了

印度「聖河」恆河。（富爾特影像提供）

評點

◎13. 何處得此佳句？（周評）
◎14. 足見老僧之縝密。（周評）

香案，擺列山門之外，穿了袈裟，撞起鐘鼓等候。

不多時，聖駕早到。果然是：

繽紛瑞靄滿天香，一座荒山倏被祥。虹流千載清河海，電繞長春賽禹湯。

草木沾恩添秀色，野花得潤有餘芳。古來長者留遺跡，今喜明君降寶堂。

國王到於山門之外，只見那衆僧齊齊整整，俯伏接拜。又見孫行者立在中間，國王道：「神僧何先到此？」行者笑道：「老孫把腰略扭一扭兒，就到了。你們怎麼就走這半日？」隨後唐僧等俱到。長老引駕，到於後面房邊，那公主還裝風胡說。老僧跪指道：「此房內就是舊年風吹來的公主娘娘。」國王即令開門。隨即打開鐵鎖，開了門。國王與皇后見了公主，認得形容，◎15不顧穢污，近前一把摟抱道：「我的受苦的兒呵！你怎麼遭這等折磨，在此受罪！」真是父母子女相逢，比他人不同，三人抱頭大哭。哭了一會，敘畢離情，即令取香湯，教公主沐浴更衣，上輦回國。

行者又對國王拱手道：「老孫還有一事奉上。」國王答禮道：「神僧有事分付，朕即從之。」行者道：「他這山，名為百腳山。近來說有蜈蚣成精，黑夜傷人，往來行旅，甚為不便。我思蜈蚣惟雞可以降伏，可選絕大雄雞千隻，撒放山中，除此毒蟲。就將此山名改換改換，賜文一道敕封，就當謝此僧存養公主之恩也。」◎16國王甚喜，領諾。隨差官進城取雞，又改山名為寶華山，仍著工部辦料重修，賜與封號，喚作「敕建寶華山給孤布金寺」；把那老僧封為「報國僧官」，永遠世襲，賜俸三十六石。◎17僧衆謝了恩，送駕回

朝。公主入宮，各各相見。安排筵宴，與公主釋悶賀喜。后妃母子，復聚首團圞；國王君臣，亦共喜飲宴一宵不題。

次早，國王傳旨，召丹青圖下聖僧四衆喜容，供養在華夷樓上。又請公主新妝重整，出殿謝唐僧四衆救苦之恩。◎18 謝畢，唐僧辭王西去。那國王那裏肯放，大設佳宴，一連吃了五六日，著實好了獃子，盡力放開肚量受用。國王見他們拜佛心重，苦留不住，遂取金銀二百錠、寶貝各一盤奉謝，師徒們一毫不受。教擺鑾駕，請老師父登輦，差官遠送。那后妃並臣民人等，俱各叩謝不盡。及至前途，又見衆僧叩送，盡俱不忍相別。行者見送者不肯回去，無已，捻訣，往巽地上吹口仙氣，一陣暗風，把送的人都迷了眼目，方才得脫身而去。這正是：

沐淨恩波歸了性，出離金海悟眞空。

畢竟不知前路如何，且聽下回分解。

總批

向說天下兔兒俱雌，只有月宮玉兔爲雄，故兔向月宮一拜，便能受孕生育。今亦變公主，拋繡毬，招駙馬，想是南風大作耳。今竟以玉兔爲弄童之名，甚雅致。書罷一笑。（李評）

悟元子曰：上回言先天後天來因矣，然先天後天之來因已明，而先天後天之眞假來因，猶未之辨。故此回實寫出眞假邪正，使學者除假存眞，由眞化假，以完配金丹之大道耳。（劉評節錄）

評點

◎15. 無不到則自無不明也。(張評)
◎16. 好心腸，只以救人爲事。(李評)
◎17. 亦不負此老僧一片苦心。(周評)
◎18. 此公主雖不拋繡毬，然而駙馬不容再遲矣。(周評)

第九十六回　寇員外喜待高僧　唐長老不貪富貴

色色原無色，空空亦非空※1。靜喧語默本來同，夢裏何勞說夢。
有用用中無用，無功功裏施功。還如果熟自然紅，莫問如何修種。

話表唐僧師衆，使法力，阻住那布金寺僧。僧見黑風過處，不見他師徒，以為活佛臨凡，磕頭而回不題。他師徒們西行，正是春盡夏初時節：

清和天氣爽，池沼芰荷生。梅逐雨餘熟，麥隨風裏成。
草香花落處，鶯老柳枝輕。江燕攜雛習，山雞哺子鳴。
斗南※2當日永，萬物顯光明。

說不盡那朝餐暮宿，轉澗尋坡。◎1在那平安路上，行經半月，前邊又見一城垣相近。三藏問道：「徒弟，此又是甚麼去處？」行者道：「不知，不知。」◎2八戒笑道：「這路是你行過的，怎說不知？◎3卻是又有些兒蹺蹊，故意推不認得，捉弄我們哩。」行者道：「這獃子全不察理！這路雖是走過幾遍，那時只在九霄空裏，駕雲而來，駕雲而去，何曾落在此地？事不關心，查他做甚，此所以不知。卻有甚蹺蹊，又捉弄

✦《新説西遊記圖像》描繪第九十六回精采場景：唐僧師徒碰到了善待僧人的寇員外。（古版畫，選自《新説西遊記圖像》）

你也？」

說話間，不覺已至邊前。三藏下馬，過吊橋，徑入門裏。長街上，只見廊下坐著兩個老兒敘話。三藏叫：「徒弟，你們在那街心裏站住，低著頭，不要放肆，等我去那廊下問個地方。」行者等果依言立住。長老近前合掌，叫聲：「老施主，貧僧問訊了。」那二老正在那裏閑講閑論，說甚麼興衰得失，誰聖誰賢，當時的英雄事業，而今安在，誠可謂大嘆息；忽聽得道聲問訊，隨答禮道：「長老有何話說？」三藏道：「貧僧乃遠方來拜佛祖的。適到寶方，不知是甚地名？那裏有向善的人家，化齋一頓？」老者道：「我敝處是銅臺府。府後有一縣，叫作地靈縣。長老若要吃齋，不須募化，過此牌坊，南北街坐西向東者，有一個虎坐門樓，乃是寇員外家。他門前有個『萬僧不阻』之牌。似你這遠方僧，盡著受用。去！去！去！莫打斷我們的話頭。」三藏謝了，轉身對行者道：「此處乃銅臺府地靈縣。那二老道，過此牌坊，南北街向東虎坐門樓，有個寇員外家，◎4他門前有個『萬僧不阻』之牌。教我到他家去吃齋哩。」沙僧道：「西方乃佛家之地，真箇有齋僧的。此間既是府縣，不必照驗關文，我們去化些齋吃了，就好走路。」

長老與三人緩步長街，又惹得那市口裏人都驚驚恐恐、猜猜疑疑的，圍繞爭看他們相貌。長老分付閉口，只教：「莫放肆，莫放肆！」三人果低著頭，不敢仰視。轉過拐角，

註

※1 色色原無色，空空亦非空：色，有形的物體；空，無形的物體。這句話的意思就是有形的物體到最後也會歸於無形，即毀滅；而無形的東西則並非不存在。

※2 斗南：北斗星的把柄指向南方，代表著夏季的到來。

評點

◎1. 大學之道豈易言也，是籠求字。（張評）

◎2. 人心之靈，莫不有知，此心偏有不知，反擒絕妙。（張評）

◎3. 反起首句，妙籠已知，極其醒快。（張評）

◎4. 寇物之盛多也，其富可知。（張評）

果見一條南北大街。

正行時，見一個虎坐門樓，門裏邊影壁上掛著一面大牌，書著「萬僧不阻」四字。三藏道：「西方佛地，賢者愚者，俱無詐偽。◎5那二老說時，我猶不信，至此果如其言。」八戒村野，就要進去。行者道：「獃子且住，待有人出來，問及何如，方好進去。」沙僧道：「大哥說得有理。恐一時不分內外，惹施主煩惱。」在門口歇下馬匹、行李。

須臾間，有個蒼頭出來，提著一把秤、一隻籃兒。猛然看見，慌的丟了，倒跑進去報道：「主公，外面有四個異樣僧家來也！」那員外拄著拐，正在天井中閑走，口裏不住的念佛，◎6一聞報道，就丟了拐，出來迎接。見他四衆，也不怕醜惡，只叫：「請進，請進。」三藏謙謙遜遜，一同都入。轉過一條巷子，員外引路，至一座房裏，說道：「此上手房宇，乃管待老爺們的佛堂、經堂、齋堂；下手的，是我弟子老小居住。」三藏稱讚不已，隨取袈裟穿了拜佛，舉步登堂觀看，但見那：

香雲靉靆，燭焰光輝。滿堂中錦簇花攢，四下裏金鋪彩絢。朱紅架，高掛紫金鐘；彩漆桀，對設花腔鼓。幾對幡，繡成八寶；千尊佛，盡戧黃金。古銅爐，古銅瓶；雕漆桌，雕漆盒。古銅爐內，常常不斷沉檀；古銅瓶中，每有蓮花現彩。雕漆桌上五雲鮮，雕漆盒中香瓣積。玻璃盞，淨水澄清；瑠璃燈，香油明亮。一聲金磬，響韻虛徐。眞箇是紅塵不到賽珍樓，家奉佛堂欺上刹。◎7

長老淨了手，拈了香，叩頭拜畢，卻轉回與員外行禮。員外道：「且住，請到經堂中相

評點

◎5. 物有大小，人有賢愚，而其理則一。（張評）
◎6. 正不知念的是那一經。（張評）
◎7. 諸物精良而且齊備，此所以爲員外也。（張評）
◎8. 已到大門口矣。（周評）
你爲何不去，可爲不能求至其極者之一驗。（張評）

見。」又見那：

方臺豎櫃，玉匣金函。方臺豎櫃，堆積著無數經文；玉匣金函，收貯著許多簡札。彩漆桌上，有紙墨筆硯，都是些精精緻緻的文房；椒粉屏前，有書畫琴棋，盡是些妙妙玄玄的眞趣。放一口輕玉浮金之仙磬，掛一柄披風披月之龍鬚。清氣令人神氣爽，齋心自覺道心閑。

長老到此，正欲行禮，那員外又攙住道：「請寬佛衣。」三藏脫了袈裟。才與長老見了，又請行者三人見了。又叫把馬喂了，行李安在廊下，方問起居。三藏道：「貧僧是東土大唐欽差，詣寶方謁靈山見佛祖求真經者。聞知尊府敬僧，故此拜見，求一齋就行。」員外面生喜色，笑吟吟的道：「弟子賤名寇洪，字大寬，虛度六十四歲。自四十歲上，許齋萬僧，才做圓滿。今已齋了二十四年，有一簿齋僧的帳目。連日無事，把齋過的僧名算一算，已齋過九千九百九十六員，止少四衆，不得圓滿。今日可可的天降老師四位，完足萬僧之數。請留尊諱，好歹寬住月餘，待做了圓滿，弟子著轎馬送老師上山。此間到靈山只有八百里路，苦不遠也。」◎8三藏聞言，十分歡喜，都就權且應承不題。

唐僧師徒來到了號稱「萬僧不阻」的寇員外家。唐僧與寇員外交談，得知對方是虔誠的信徒。（古版畫，選自李卓吾批評本《西遊記》）

他那幾個大小家僮，往宅裏搬柴打水，取米麵蔬菜，整治齋供。忽驚動員外媽媽，問道：「是那裏來的僧，這等上緊？」僮僕道：「才有四位高僧，爹爹問他起居，他說是東土大唐皇帝差來的，往靈山拜佛爺爺。到我們這裏，不知有多少路程。爹爹說是天降的，分付我們快整齋，供養他也。」那老嫗聽說也喜，叫丫鬟：「取衣服來我穿，我也去看看。」僮僕道：「奶奶，只一位看得，那三位看不得，形容醜得狠哩。」老嫗道：「汝等不知，但形容醜陋，古怪清奇，必是天人下界。快先去報你爹爹知道。」那僮僕跑至經堂，對員外道：「奶奶來了，要拜見東土老爺哩。」三藏聽見，即起身下座。說不了，老嫗已至堂前。舉目見唐僧相貌軒昂，丰姿英偉；轉面見行者三人模樣非凡，雖知他是天人下界，卻也有幾分悚懼，朝上跪拜。三藏急急還禮道：「有勞菩薩錯敬。」老嫗問員外說道：「四位師父，怎不並坐？」八戒掬著嘴道：「我三個是徒弟。」噫！他這一聲，就如深山虎嘯，那媽媽一發害怕。

正說處，又見一個家僮來報道：「兩個叔叔也來了。」三藏急轉身看時，原來是兩個少年秀才。那秀才走上經堂，對長老倒身下拜，慌得三藏急便還禮。員外上前扯住道：「這是我兩個小兒，喚名寇梁、寇棟，在書房裏讀書方回，來吃午飯。知老師下降，故來拜也。」◎9三藏喜道：「賢哉！賢哉！正是欲高門第須為善，要好兒孫在讀書。」二秀才啟上父親道：「這老爺是那裏來的？」員外笑道：「來路遠哩！南贍部洲東土大唐皇帝欽差到靈山拜佛祖爺爺取經的。」秀才道：「我看《事林廣記》上，◎10蓋天下只有四大部

評點

◎9. 秀才是有孔夫子，又說恁麼東西。(李評)
◎10. 看過《事林廣記》，可謂好秀才矣。(周評)
◎11. 講「天下」二字，貼切不易。(張評)

洲。我們這裏叫作西牛賀洲，還有個東勝神洲。想南贍部洲至此，不知走了多少年代？」

三藏笑道：「貧僧在路，耽閣的日子多，行的日子少。常遭毒魔狠怪，萬苦千辛，◎11甚虧我三個徒弟保護。共計一十四遍寒暑，方得至寶方。」秀才聞言，稱獎不盡道：「真是神僧！真是神僧！」說未畢，又有個小的來請道：「齋筵已擺，請老爺進齋。」員外著媽媽與兒子轉宅，他卻陪四衆進齋堂吃齋。那裏鋪設得齊整，但見：

金漆桌案，黑漆交椅。前面是五色高果，俱巧匠新裝成的時樣。第二行，五盤小菜；第三行，五碟水果；第四行，五大盤閑食。般般甜美，件件馨香。素湯米飯，蒸饊饅頭，辣辣爨爨熱騰騰，盡皆可口，眞足充腸。七八個僮僕往來奔奉，四五個庖丁不住手。

你看那上湯的上湯，添飯的添飯，一往一來，真如流星趕月。這豬八戒一口一碗，就是風捲殘雲。師徒們盡受用了一頓。長老起身，對員外謝了齋，就欲走路。那員外攔住道：「老師，放心住幾日兒。常言道：『起頭容易結梢難。』只等我做過了圓滿，方敢送程。」三藏見他心誠意懇，沒奈何住了。

早經過五七遍朝夕，那員外才請了本處應佛僧二十四員，辦做圓滿道場。衆僧們寫作有三四日，選定良辰，開啟佛事。他那裏與大唐的世情一般，卻倒也：

大揚旛，鋪設金容；齊秉燭，燒香供養。擂鼓敲鐃，吹笙捻管。雲鑼兒，橫笛音清，也都是尺工字樣※3。打一回，吹一盪，朗言齊語開經藏。先安土地，次請神將。發了文

註

※3尺工字樣：工尺譜，是中國傳統的一種記譜方法，因用豎寫的「工」、「尺」等漢字來表示各個不同音高的音級名稱和唱名而得名。

菩提樹下朝聖的僧人，印度菩提迦耶大菩提寺。攝於2006年11月17日。（邵風雷／fotoe提供）

書，拜了佛像。談一部《孔雀經》，句句消災障；點一架藥師燈※4，焰焰輝光亮。拜水懺※5，解冤愆；諷《華嚴》，除誹謗。三乘妙法甚精勤，一二沙門皆一樣。◎12

如此做了三晝夜，道場已畢。唐僧想著雷音，一心要去，又相辭謝。員外道：「老師辭別甚急，想是連日佛事冗忙，多致簡慢，有見怪之意。」三藏道：「深擾尊府，不知何以為報，怎敢言怪？但只當時聖君送我出關，問幾時可回，我就誤答三年可回。不期在路耽閣，今已十四年矣。取經未知有無，及回又得十二三年，◎13豈不違背聖旨？罪何可當！望老員外讓貧僧前去，待取得經回，再造府久住些時，有何不可！」八戒忍不住，高叫道：「師父忒也不從人願，不近人情！老員外大家巨富，許下這等齋僧之願，今已圓滿，又況留得至誠，須住年把，也不妨事，只管要去怎的？放了這等現成好齋不吃，卻往人家化募！前頭有你甚老爺、老娘※6家哩？」長老咄的喝了一聲道：「你這夯貨，只知要吃，更不管回向之因，正是那『槽裏吃食，胃裏擦癢』的畜生！汝等既要貪此嗔痴，明日等我自家去罷。」◎14行者見師父變了臉，即揪住八戒，著頭打一頓拳，罵道：「獃子不知好歹！惹得師父連我們都怪了。」沙僧笑道：「打得好，打得好！只這等不說話，還惹人嫌，且又插嘴！」那獃子氣呼呼的立在旁邊，再不敢言。員外見他師徒們生惱，只得滿面陪笑道：「老師莫焦燥。今日且少寬容，待明日我辦些旗鼓，請幾個鄰里親戚，送你們起程。」

正講處，那老嫗又出來道：「老師父，既蒙到舍，不必苦辭。今到幾日了？」三藏

道：「已半月矣。」老嫗道：「這半月算我員外的功德。老身也有些針線錢兒，也願齋老師父半月。」說不了，寇棟兄弟又出來道：「四位老爺，家父齋僧二十餘年，更不曾遇著好人。◎15今幸圓滿，四位下降，誠然是蓬屋生輝。學生年幼，不知因果，常聞得有云：『公修公得，婆修婆得，不修不得。』我家父、家母各欲獻芹者，正是各求得些因果，何必苦辭？就是愚兄弟，也省得有些束修錢兒，也只望供養老爺半月，方才送行。」三藏道：「令堂老菩薩盛情，已不敢領，怎麼又承賢昆玉厚愛？決不敢領。今朝定要起身，萬勿見罪；不然，久違欽限，罪不容誅矣。」

那老嫗與二子見他執一不住，便生起惱來道◎16：「好意留他，他這等固執要去。要去便就去了罷，只管勞叨甚麼！」母子遂抽身進去。八戒忍不住口，又對唐僧道：「師父，不要拿過了班兒。常言道：『留得在，落得怪。』我們且住一個月兒，了了他母子的願心也罷了，只管忙怎的？」唐僧又咄了一聲。那獃子就自家把嘴打了兩下道：「啐！啐！啐！說道莫多話，又做聲了！」行者與沙僧欶欶的笑在一邊。唐僧又怪行者道：「你笑甚麼？」即捻訣要念《緊箍兒咒》，慌得個行者跪下道：「師父，我不曾笑，我不曾笑。千萬莫念，莫念！」

註

※4 藥師燈：祭奠藥師佛或者祈求消災而點燃的燈。《藥師經》記載說一種消災方法是：連續放生四十九天，舉辦一場藥師法會，點藥師燈。

※5 水懺：慈悲三昧水懺，又名慈悲水懺法、慈悲水懺、三昧水懺、水懺法等，通常簡稱「水懺」，爲佛教現今流行的著名懺法。梁武帝召集高僧大德集成的《慈悲道場懺法》是最早制成的體式完備的懺儀。

※6 老爺、老娘：外祖父、外祖母。

評點

◎12. 人物雖異，理卻無不同。(張評)

◎13. 回去不需十二三年，我能一力擔承，但請放心可也 。(周評)

◎14. 八戒一開，三藏一合，逼求字若現。(張評)

◎15. 可見和尚好人少。(李評)

好人之難如此。(周評)

◎16. 不識精怪，其事必敗。(張評)

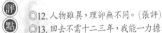

員外又見他師徒們漸生煩惱，再也不敢苦留，只叫：「老師不必吵鬧，准於明早送行。」遂此出了經堂，分付書辦，寫了百十個簡帖兒，邀請鄰里親戚，明早奉送唐朝老師西行。一壁廂又叫庖人安排餞行的筵宴；一壁廂又叫管辦的做二十對彩旗，覓一班吹鼓手樂人，南來寺裏請一班和尚，東岳觀裏請一班道士，限明日巳時，各項俱要整齊。眾執事的俱領命去訖。

不多時，天又晚了。吃了晚齋，各歸寢處。但見那：

幾點歸鴉過別村，樓頭鐘鼓遠相聞。六街三市人烟靜，萬户千門燈火昏。
月皎風清花弄影，銀河慘淡映星辰。子規啼處更深矣，天籟無聲大地鈞。

當夜三四更天氣，各管事的家僮盡皆早起，買辦各項物件。你看那辦筵席的廚上慌忙，置彩旗的堂前吵鬧，請僧道的兩腳奔波，叫鼓樂的一聲急縱，送簡帖的東走西跑，備轎馬的上呼下應。這半夜，直嚷至天明，將巳時前後，各項俱完，也只是有錢不過。

卻表唐僧師徒們早起，又有那一班人供奉。長老分付收拾行李，扣備馬匹。獃子聽說要走，又努嘴胖唇，唧唧噥噥，只得將衣鉢收拾，找啟高肩擔子。沙僧刷鞄馬匹，套起鞍轡伺候。行者將九環杖遞在師父手裏，他將通關文牒的引袋兒掛在胸前，只是一齊要走。員外又都請至後面大廠廳內，那裏面又鋪設了筵宴，比齋堂中相待的更是

《行腳僧圖》，唐朝（西元九世紀後期），紙本著色，高41公分，寬29.8公分，甘肅敦煌莫高窟第十七窟出土，大英博物館藏。畫中人物，被認為是從西元629年到645年旅行印度的玄奘，但也有人猜想是中國或西域加入十六羅漢中帶著虎的達摩多羅羅漢。

不同。但見那：

簾幕高掛，屏圍四繞。正中間，掛一幅壽山福海之圖；兩壁廂，列四軸春夏秋冬之景。龍文鼎內香飄靄，鵲尾爐中瑞氣生。看盤簇彩，寶妝花色鮮明；排桌堆金，獅仙糖齊齊擺列。階前鼓舞按宮商，堂上果餚鋪錦繡。素湯素飯甚清奇，香酒香茶多美豔。雖然是百姓之家，卻不亞王侯之宅。只聽得一片歡聲，真箇也驚天動地。◎17

長老正與員外作禮，只見家僮來報：「客俱到了。」卻是那請來的左鄰右舍、妻弟姨兄、姐夫妹丈，又有那些同道的齋公，念佛的善友，一齊都向長老禮拜。拜畢，各各敘坐。只見堂下面鼓瑟吹笙，堂上邊絃歌酒讌※7。這一席盛宴，八戒留心，對沙僧道：「兄弟，放懷放量吃些兒。離了寇家，再沒這好豐盛的東西了。」沙僧笑道：「二哥說那裏話！常言道：『珍饈百味，一飽便休。只有私房路，那有私房肚！』」八戒道：「你也忒不濟，不濟！我這一頓盡飽吃了，就是三日也急忙不餓。」行者聽見道：「獃子，莫脹破了肚子！如今要走路哩。」

註

※7 讌：亦作醼，指宴飲。

本回末，寇員外大張旗鼓送別唐僧師徒。（朱寶榮繪）

評點

◎17. 層層點染，物字無不精妙。（張評）

說不了，日將中矣。長老在上舉箸，念《揭齋經》。八戒慌了，拿過添飯來，一口一碗，又丟彀有五六碗，把那饅頭、餕兒、餅子、燒果，沒好沒歹的滿滿籠了兩袖，才跟師父起身。長老謝了員外，又謝了衆人，一同出門。你看那門外擺著彩旗寶蓋、鼓手樂人。又見那兩班僧道方來，員外笑道：「列位來遲。老師去急，不及奉齋，俟回來謝罷。」衆等讓敘道路，抬轎的抬轎，騎馬的騎馬，步行的步行，都讓長老四衆前行。只聞得鼓樂喧天，旗幡蔽日，人烟湊集，車馬駢填，都來看寇員外迎送唐僧。這一場富貴，真賽過珠圍翠繞，誠不亞錦帳藏春！◎18

那一班僧，打一套佛曲；那一班道，吹一道玄音，俱送出府城門外。行至十里長亭，又設著簞食壺漿，擎杯把盞，相飲而別。那員外猶不忍捨，噙著淚道：「老師取經回來，是必到舍再住幾日，以了我寇洪之心。」三藏感之不盡，謝之無已道：「我若到靈山，得見佛祖，首表員外之大德。回時定踵門叩謝，叩謝！」說說話兒，不覺的又有二三里路，長老懇切拜辭，那員外又放聲大哭而轉。這正是：有願齋僧歸妙覺，無緣得見佛如來。◎19

且不說寇員外送至十里長亭，同衆回家。卻說他師徒四衆，行有四五十里之地，天色將晚。長老道：「天晚了，何方借宿？」八戒挑著擔，努著嘴道：「放了現成茶飯不吃，清涼瓦屋不住，卻要走甚麼路，像搶喪踵魂※8的！如今天晚，倘下起雨來，卻如之何？」三藏罵道：「潑孽畜，又來報怨了！常言道：『長安雖好，不是久戀之家。』待我們有緣拜了佛祖，取得真經，那時回轉大唐，奏過主公，將那御廚裏飯，憑你吃上幾年，脹死你這孽畜，教你做個飽鬼！」那獃子嚇嚇的暗笑，不敢復言。

行者舉目遙視，只見大路旁有幾間房宇，急請師父道：「那裏安歇，那裏安歇。」長老至前，見是一座倒塌的牌坊，坊上有一舊匾，匾上有落顏色積塵的四個大字，乃「華光行院」。長老下了馬道：「華光菩薩是火焰五光佛的徒弟，因剿除毒火鬼王，降了職，化作五顯靈官。此間必有廟祝。」遂一齊進去。但見廊房俱倒，牆壁皆傾，更不見人之蹤跡，只是些雜草叢蒿。欲抽身而出，不期天上黑雲蓋頂，大雨淋漓。沒奈何，卻在那破房之下，揀遮得風雨處，將身躲避。密密寂寂，不敢高聲，恐有妖邪知覺。坐的坐，站的站，苦捱了一夜未睡。咦！真箇是：

泰極還生否，樂處又逢悲。

畢竟不知天曉向前去還是如何，且聽下回分解。

總批

或問：「今人修西方，只爲身在東土耳。那寇員外已在西方矣，緣何又修？」曰：「東人要修西方，西人要修東土，總只是在境厭境，去境羨境。如今在家人偶到僧房道舍，便生羨慕，殊不知僧道肚裏又羡慕在家人也。倘令之易地，亦必相羡相厭，亦復如是也。」（李評）

悟一子曰：此下二篇，明護法之禍與滅法之禍同。彼以殺萬僧爲喻，此以齋萬僧爲名。修道者須察識關心，……不可炫耀貲財，以招災禍也。（陳評節錄）

悟元子曰：上回已結出，自有爲而入無爲，大道完成矣。……篇首一詞，言一切色空靜喧語默，俱皆後天識神所爲，並非我固有之物，當一切看破，不必夢裏說夢，認以爲眞。須順其自然，用中無用，功裏施功，不著於有心，不著於無心，還如果在枝上，待其自熟自紅，不必計較如何修種，方是修行人大作大爲，而虛實行藏，人莫能窺矣。（劉評節錄）

註

※8 搶喪踵魂：冒失鬼、舉止失當的意思，是罵人話。

評點

◎18. 只言物之豐盛，而下文已伏於此。（張評）
◎19. 百齋僧何如一見佛，靈山在望而不一往，眞無緣也，大哭何爲？（周評）

第九十七回

金酬外護遭魔蟄　聖顯幽魂救本原

且不言唐僧等在華光破屋中，苦奈夜雨存身。卻說銅臺府地靈縣城內有夥兇徒，因宿娼、飲酒、賭博，花費了家私，無計過活，遂夥了十數人做賊，算道本城那家是第一個財主，那家是第二個財主，去打劫些金銀用度。內有一人道：「也不用緝訪，也不須算計，只有今日送那唐朝和尚的寇員外家，十分富厚。◎1我們乘此夜雨，街上人也不防備，火甲※1等也不巡邏，就此下手，劫他些貲本，我們再去嫖賭兒耍子，豈不美哉！」眾賊歡喜，齊了心，都帶了短刀、蒺藜、拐子、悶棍、麻繩、火把，冒雨前來，打開寇家大門，吶喊殺入。慌得他家裏若大若小，是男是女，俱躲個乾淨。媽媽兒躲在牀底，老頭兒閃在門後，寇梁、寇棟與著親的幾個兒女，都戰戰兢兢的四散逃走顧命。那夥賊拿著刀，點著火，將他家箱籠打開，把些金銀寶貝、首飾衣裳、器皿家火，盡情搜劫。◎2那員外割捨不得，拚了命，走出門來對眾強人哀告道：「列位大王，彀你用的便罷，還留幾件衣物與我老漢送終。」那眾強人那容分說，

《新說西遊記圖像》描繪第九十七回精采場景：孫悟空施展神通，震驚了不信神佛的衆官。（古版畫，選自《新說西遊記圖像》）

趕上前，把寇員外撩陰一腳，踢翻在地。◎3可憐三魂渺渺歸陰府，七魄悠悠別世人！眾賊得了手，走出寇家，順城腳做了軟梯，漫城牆一一繫出，冒著雨連夜奔西而去。那寇家僮僕見賊退了，方才出頭。及看時，老員外已死在地下，放聲哭道：「天呀！主人公已打死了！」眾皆伏屍而哭，悲悲啼啼。

將四更時，那媽媽想恨唐僧等不受他的齋供，因為花撲撲※2的送他，惹出這場災禍，便生妒害之心，欲陷他四眾。扶著寇梁道：「兒啊，不須哭了。你老子今日也齋僧，明日也齋僧，豈知今日做圓滿，齋著那一夥送命的僧也！」他兄弟道：「母親，怎麼是送命的僧？」媽媽道：「賊勢兇勇，殺進房來，我就躲在牀下，戰兢兢的留心向燈火處看得明白。你說是誰？點火的是唐僧，持刀的是豬八戒，搬金銀的是沙和尚，打死你老子的是孫行者。」◎4二子聽言，認了真實道：「母親既然看得明白，必定是了。他四人在我家住了半月，將我家門戶牆垣、窗櫺巷道，俱看熟了，財動人心，所以乘此夜雨，復到我家，既劫去財物，又害了父親，此情何毒！待天明到府裏遞失狀，坐名告他。」寇棟道：「失狀如何寫？」寇梁道：「就依母親之言。」寫道：

「唐僧點著火，八戒叫殺人，沙和尚劫出金銀去，孫行者打死我父親。」◎5

一家子吵吵鬧鬧，不覺天曉。一壁廂傳請親人，置辦棺木；一壁廂寇梁兄弟，赴府投詞。原來這銅臺府刺史正堂大人：

註

※1火甲：明代戶籍制度的單位，亦指戶甲之長，有巡邏保安之責。

※2花撲撲：指場面隆重鋪張、過於奢侈的意思。

評點

◎1.這轉彎也妙。(李評)

◎2.不是員外被了盜，正是響馬遇著賊。(張評)

◎3.齋僧之報。(李評)

◎4.一不受齋供耳，何至如此啣恨？殆鬼神假手此嫗，以顯行者之神奇耶？(周評)
老媽作此誑語，不像吃齋的。又曰：極像吃齋的。(李評)

◎5.狀可狀，非常狀。(周評)

平生正直，素性賢良。少年向雪案攻書，早歲在金鑾對策。常懷忠義之心，每切仁慈之念。名揚青史播千年，龔黃※3再見；聲振黃堂傳萬古，卓魯※4重生。

當時坐了堂，發放了一應事務，即令抬出放告牌。這寇梁兄弟抱牌而入，跪倒高叫道：「爺爺，小的們是告強盜得財、殺傷人命重情事。」刺史接上狀去，看了這般這的，如此如彼，即問道：「昨日有人傳說，你家齋僧圓滿，齋得四眾高僧，乃東土唐朝的羅漢，花撲撲的滿街鼓樂送行，怎麼卻有這般事情？」◎6寇梁等磕頭道：「爺爺，小的父親寇洪，齋僧二十四年。因這四僧遠來，恰足萬僧之數，因此做了圓滿，留他住了半月。他就將路道、門窗都看熟了。當日送出，當晚復回，乘黑夜風雨，遂明火執杖，殺進房來，劫去金銀財寶、衣服首飾，又將父打死在地。望爺爺與小民做主。」刺史聞言，即點起馬步快手並民壯人役，共有百五十人，各執鋒利器械，出西門一直來趕唐僧四眾。

卻說他師徒們，在那華光行院破屋下挨至天曉，方才出門，上路奔西。可可的那些強盜當夜打劫了寇家，繫出城外，也向西方大路上，行經天曉，走過華光院西去，有二十里遠近，藏於山凹中，分撥金銀等物。分還未了，忽見唐僧四眾順路而來，眾賊心猶不歇，指定唐僧道：「那不是昨日送行的和尚來了！」眾賊笑道：「來得好，來得好！我們也是幹這般沒天理的買賣。這些和尚緣路來，又在寇家許久，不知身邊有多少東西，我們索性去截住他，奪了盤纏，搶了白馬湊分，卻不是遂心滿意之事！」◎7眾賊遂持兵器，吶一聲喊，跑上大路，一字兒擺開，叫道：「和尚不要走！快留下買路錢，饒你性命！牙迸半

一夥強盜搶劫了寇家，踢死了寇員外。（古版畫，選自李卓吾批評本《西遊記》）

個『不』字，一刀一個，決不留存！」諕得個唐僧在馬上亂戰，沙僧與八戒心慌，對行者道：「怎的了，怎的了！苦奈得半夜雨天，又早遇強徒斷路，誠所謂『禍不單行』也！」行者笑道：「師父莫怕，兄弟勿憂。等老孫去問他一問。」

好大聖，束一束虎皮裙子，抖一抖錦布直裰，走近前，叉手當胸道：「列位是做甚麼的？」賊徒喝道：「這廝不知死活，敢來問我！你額顱下沒眼，不認得我是大王爺爺？快將買路錢來，放你過去！」行者聞言，滿面陪笑道：「你原來是剪徑的強盜。」賊徒發狠叫：「殺了！」行者假假的驚恐道：「大王，大王！我是鄉村中的和尚，不會說話，沖撞莫怪，莫怪！若要買路錢，不要問那三個，只消問我。我是個管帳的，凡有經錢、襯錢，那裏化緣的、佈施的，都在包袱中，盡是我管出入。那個騎馬的雖是我的師父，他卻

註

※3 龔黃：龔遂和黃霸，西漢宣帝劉詢時的著名「循吏」（善良守法的官吏）。龔遂是見於史籍記載的第一位龔姓名人，擔任渤海太守，敢於諫諍；渤海臨郡饑荒時，曾開倉借糧。後世把他和黃霸作爲封建「循吏」代表，合稱爲「龔黃」。

※4 卓魯：後漢時的卓茂和魯恭，以忠於職守、政績突出而聞名。

評點

◎6. 苟非即物窮理，鮮不爲所惑者幾稀矣。(張評)
◎7. 地有靈而天無理矣。(張評)

只會念經，不管閑事，財色俱忘，一毫沒有；◎8那個黑臉的，是我半路上收的個後生，只會養馬；那個長嘴的，是我雇的長工，只會挑擔。你把三個放過去，我將盤纏、衣鉢盡情送你。」衆賊聽說：「這個和尚倒是個老實頭兒。既如此，饒了你命，教那三個丟下行李，放他過去。」行者回頭使個眼色，沙僧就丟了行李擔子，與師父牽著馬，同八戒往西徑走。行者低頭打開包袱，就地撾把塵土，往上一灑，念個咒語，乃是個定身之法，喝一聲：「住！」那夥賊共有三十來名，一個個咬著牙，睜著眼，撒著手，直直的站定，莫能言語，不得動身。行者跳出路口，叫道：「師父，回來！回來！」八戒慌了道：「不好，不好！師兄供出我們來了！他身上又無錢財，包袱裏又無金銀，必定是叫師父要馬哩，叫我們是剝衣服了。」沙僧笑道：「二哥莫亂說。大哥是個了得的，向者那般毒魔狠怪，也能收服，怕這幾個毛賊？他那裏招呼，必有話說，快回去看看。」長老聽言，欣然轉馬，回至邊前，叫道：「悟空，有甚事叫回來也？」行者道：「你們看這些賊是怎的說？」八戒近前推著他，叫道：「強盜，你怎的不動彈了？」那賊渾然無知，不言不語。八戒道：「好的痴啞了！」行者笑道：「是老孫使個定身法定住也。」八戒道：「既定了身，未曾定口，怎麼連聲也不做？」行者道：「師父請下馬坐著。常言道：『只有錯拿，沒有錯放。』兄弟，你們把賊都扳翻倒捆了，教他供一個供狀，看他是個雛兒強盜，把勢強盜。」沙僧道：「沒繩索哩。」行者即拔下些毫毛，吹口仙氣，變作三十條繩索，一齊下手，把賊扳翻，都四馬攢蹄捆住。卻又念念解咒，那夥賊漸漸甦醒。

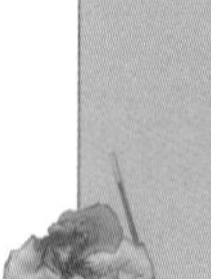

評點

◎8. 物欲已除，己私盡化，筆機一轉。(張評)

◎9. 一部物欲盡在內矣。(張評)

行者請唐僧坐在上首，他三人各執兵器喝道：「毛賊！你們一起有多少人？做了幾年買賣？打劫了有多少東西？可曾殺傷人口？還是初犯，卻是二犯、三犯？」眾賊開口道：「爺爺饒命！」行者道：「莫叫喚！從實供來！」眾賊道：「老爺，我們不是久慣做賊的，都是好人家子弟。只因不才，吃酒賭錢，宿娼頑耍，◎9將父祖家業盡花費了，一向無幹，又無錢用。訪知銅臺府城中寇員外家貲財豪富，昨日合夥，當晚乘夜雨昏黑，就去打劫。劫的有些金銀服飾，在這路北下山凹裏正自分贓，忽見老爺們來。內中有認得是寇員外送行的，必定身邊有物；又見行李沉重，白馬快走，人心不足，故又來邀截。豈知老爺有大神通法力，將我們困住。萬望老爺慈悲，收去那劫的財物，饒了我的性命也！」

三藏聽說是寇家劫的財物，猛然吃了一驚，慌忙站起道：「悟空，寇老員外十分好善，如何招此災厄？」行者笑道：「只為送我們起身，那等彩帳花幢，盛張鼓樂，驚動了人眼目，所以這夥光棍就去下手他家。今又幸遇著我們，奪下他這許多金銀服飾。」三藏道：「我們擾他半月，感激厚恩，無以為報；不如將此財物護送他家，卻不是一件好事？」行者依言，即與八戒、沙僧去山凹裏取將那些贓物，收拾了，馱在馬上。又教八戒挑了一擔金銀，沙僧挑著自己行李。行者欲將這夥強盜一棍盡情打死，又恐唐僧怪他傷人性命，只得將身一

印度官府——印度德干高原，卡納塔克邦的班加羅爾（Bangalore）市政廳。它以大門上的阿育王三獅並立標誌而聞名。攝於2003年。（張奮泉／fotoe提供）

抖，收上毫毛。那夥賊鬆了手腳，爬起來，一個個落草逃生而去。這唐僧轉步回身，將財物送還員外。這一去，卻似飛蛾投火，反受其殃。有詩為證，詩曰：

恩將恩報人間少，反把恩慈變作仇。
下水救人終有失，三思行事卻無憂。◎10

三藏師徒們將著金銀服飾拿轉，正行處，忽見那鎗刀簇簇而來。三藏大驚道：「徒弟，你看那兵器簇擁相臨，是甚好歹？」八戒道：「禍來了！禍來了！這是那放去的強盜，他取了兵器，又夥了些人，轉過路來與我們鬥殺也！」沙僧道：「二哥，那來的不是賊勢。大哥，你仔細觀之。」行者悄悄的向沙僧道：「師父的災星又到了，此必是捕賊的官兵。」說不了，眾兵卒至邊前，撒開個圈子陣，把他師徒圍住道：「好和尚！打劫了人家東西，還在這裏搖擺哩！」一擁上前，先把唐僧抓下馬來，用繩捆了；又把行者三人，也一齊捆了。穿上杠子，兩個抬一個，趕著馬，奪了擔，徑轉府城。只見那：

唐三藏，戰戰兢兢，滴淚難言。豬八戒，絮絮叨叨，心中報怨。沙和尚，囊突突※5，意下躊躇。孫行者，笑唏唏，要施手段。◎11

眾官兵攢擁扛抬，須臾間拿到城裏，徑自解上黃堂報道：「老爺，民快人等，捕獲強盜來了。」那刺史端坐堂上，賞勞了民快，檢看了賊贓，◎12當叫寇家領去；卻將三藏等提近聽前，問道：「你這起和尚，口稱是東土遠來，向西天拜佛，卻原來是些設法躧看門路、打家劫舍之賊！」三藏道：「大人容告：貧僧實不是賊，決不敢假，隨身見有通關文

牒可照。只因寇員外家齋我等半月，情意深重，我等路遇強盜，奪轉打劫寇家的財物，因送還寇家報恩；不期民快人等捉獲，以為是賊，實不是賊。望大人詳察。」刺史道：「你這廝見官兵捕獲，卻巧言報恩。既是路遇強盜，何不連他捉來，報官報恩？如何只是你四眾？你看！寇梁遞得失狀，坐名告你，你還敢展掙？」三藏聞言，一似大海烹舟，魂飛魄喪，叫：「悟空，你何不上來折辨！」行者道：「有贓是實，折辨何為？」刺史道：「正是啊，贓證現存，還敢抵賴？」叫手下：「拿腦箍來，把這禿賊的光頭箍他一箍，◎13然後再打！」行者慌了，心中暗想道：「雖是我師父該有此難，還不可教他十分受苦。」他見那皂隸們收拾索子，結腦箍，即便開口道：「大人，且莫箍那個和尚。昨夜打劫寇家，點火的也是我，持刀的也是我，劫財的也是我，殺人的也是我。我是個賊頭，要打只打我，與他們無干，但只不放我便是。」刺史聞言，就教：「先箍起這個來。」皂隸們齊來上手，把行者套上腦箍，收緊了一勒，扢撲的把索子斷了；又結又箍，又扢撲的斷了；一連箍了三四次，他的頭皮皺也不曾皺一些兒。

卻又換索子再結時，只聽得有人來報道：「老爺，都下陳少保爺爺到了，請老爺出郭※6迎接。」那刺史即命刑房吏：「把賊收監，好生看轄。待我接過上司，再行拷問。」刑房吏遂將唐僧四眾推進監門。八戒、沙僧將自己行李擔進隨身。三藏道：「徒弟，這是怎麼起的？」行者笑道：「師父，進去！進去！這裏邊沒狗叫，倒好耍子。」可憐把四眾捉

註

※5 囊突突：自言自語的意思。

※6 郭：即外城，城牆之外再築的一道城牆。

評點

◎10. 小人之言。（李評）

◎11. 四衆神情，儼然如畫。（周評）

◎12. 寇物旋成賊贓，絕妙。（張評）

◎13. 不以理求，徒以刑求，所見更錯。（張評）

將進去，一個個都推入轄牀※7，扣拽了滾肚、敲腦、攀胸，禁子們又來亂打。三藏苦痛難禁，只叫：「悟空！怎的好？怎的好？」行者道：「他打是要錢哩。常言道：『好處安身，苦處用錢。』如今與他些錢，便罷了。」三藏道：「我的錢自何來？」行者道：「若沒錢，衣物也是。把那袈裟與了他罷。」三藏聽說，就如刀刺其心。一時間見他打不過，又得要緊，無奈，只得開言道：「悟空，隨你罷。」行者便叫：「列位長官，不必打了。我們擔進來的那兩個包袱中，有一件錦襴袈裟，價值千金。你們解開拿了去罷。」眾禁子聽言，一齊動手，把兩個包袱解看。雖有幾件布衣，有個引袋，俱不值錢。只見幾層油紙包裹著一物，霞光焰焰，知是好物。抖開看時，但只見：

巧妙明珠綴，稀奇佛寶攢。盤龍鋪繡結，飛鳳錦沿邊。

眾皆爭看，又驚動本司獄官，◎14走來喝道：「你們在此嚷甚的？」禁子們跪道：「老爹，才子提控，送下四個和尚，乃是大夥強盜。他見我們打了他幾下，把這兩

✦官兵以為唐僧師徒是強盜，將師徒們抓走。（朱寶榮繪）

件包袱與我。我們打開看時，見有此物，無可處置。若衆人扯破分之，其實可惜；若獨歸一人，衆人無利。幸老爹來，憑老爹做個劈著※8。」獄官見了，乃是一件袈裟，又將別項衣服並引袋兒通檢看了。又打開袋內關文一看，見有各國的寶印花押，道：「早是我來看呀！不然，你們都撞出事來了。這和尚不是強盜，切莫動他衣物。待明日太爺再審，方知端的。」◎15衆禁子聽言，將包袱還與他，照舊包裹，交與獄官收訖。

漸漸天晚，聽得樓頭起鼓，火甲巡更。捱至四更三點，行者見他們都不呻吟，盡皆睡著。他暗想道：「師父該有這一夜牢獄之災。老孫不開口折辨，不使法力者，蓋為此耳。如今四更將盡，災將滿矣，我須去打點打點，天明好出牢門。」你看他弄本事，將身小一小，脫出轄牀，搖身一變，變作個蜢蟲兒，從房簷瓦縫裏飛出。見那星光月皎，正是清和夜靜之天。他認了方向，徑飛向寇家門首。只見那街西下一家兒燈火明亮，又飛近他門口看時，原來是個做豆腐的。見一個老頭兒燒火，媽媽兒擠漿。那老兒忽的叫聲：「媽媽，寇大官且是有子有財，只是沒壽。我和他小時同學讀書，我還大他五歲。他老子叫作寇銘，當時也不上千畝田地，放些租帳，也討不起。他到二十歲時，那銘老兒死了，他掌著家當。其實也是他一步好運，娶的妻是那張旺之女，小名叫作穿針兒，卻倒旺夫。自進他門，種田又收，放帳又起；買著的有利，做著的賺錢，被他如今掙了有十萬家私。他到四十歲上，就回心向善，齋了萬僧，不期昨夜被強盜踢死。可憐！今年才六十四歲，正好

註

※7 轄牀：也作「匣牀」。古代的一種殘酷刑具，將犯人兩隻腳鎖住，令其難以動彈。
※8 劈著：了斷、裁判。

評點

◎14. 獄實其情，僞也。緊貼窮字。（張評）
◎15. 可謂保和眞人。（張評）

享用，何期這等向善，不得好報，乃死於非命！可嘆，可嘆！」◎16

行者一一聽之。卻早五更初點，他就飛入寇家，只見那堂屋裏已停著棺材，材頭邊點著燈，擺列著香燭花果，媽媽在旁啼哭；又見他兩個兒子也來拜哭，兩個媳婦拿兩碗飯兒供獻。行者就釘在他材頭上，咳嗽了一聲。諕得那兩個媳婦查手舞腳的往外跑，寇梁兄弟伏在地下不敢動，只叫：「爹爹，嚛！嚛！嚛！……」那媽媽子膽大，把材頭撲了一把道：「老員外，你活了？」行者學著那員外的聲音道：「我不曾活。」兩個兒子一發慌了，不住的叩頭垂淚，只叫：「爹爹，嚛！嚛！嚛！……」媽媽子硬著膽，又問道：「員外，你不曾活，如何說話？」行者道：「我是閻王差鬼使押將來家，與你們講話的。◎17說道：『那張氏穿針兒枉口誑舌，陷害無辜。』」那媽媽子聽見叫他小名，慌得跪倒磕頭道：「好老兒呵！這等大年紀還叫我的小名兒！我那些枉口誑舌，害甚麼無辜？」行者喝道：「那裏有個甚麼

『唐僧點著火，八戒叫殺人，沙僧劫出金銀去，行者打死你父親？』◎18

只因你誑言，把那好人受難。那唐朝四位老師路遇強徒，奪將財物，送來謝我，是何等好意！你卻假捻失狀，著兒子們首官。官府又未細審，又如今把他們監禁。那獄神、土地、城隍俱慌了，坐立不寧，報與閻王。閻王轉差鬼使押解我來家，教你們趁早解放他去；不然，教我在家攪鬧一月，將合門老幼並雞狗之類，一個也不存留！」寇梁兄弟又磕頭哀告道：「爹爹請回，切莫傷殘老幼。待天明就去本府投遞解狀，願認招回，只求存殁均安

也。」行者聽了，即叫：「燒紙，我去呀！」他一家兒都來燒紙。

行者一翅飛起，徑又飛至刺史住宅裏面。低頭觀看，那房內裏已有燈光，見刺史已起來了。他就飛進中堂看時，只見中間後壁掛著一軸畫兒，是一個官兒騎著一匹點子馬，有幾個從人打著一把青傘，搴著一張交牀，更不識是甚麼故事。行者就釘在中間。忽然那刺史自房裏出來，彎著腰梳洗。行者猛的裏咳嗽一聲，把刺史諕得慌慌張張，走入房內。梳洗畢，穿了大衣，即出來對著畫兒焚香禱告道：「伯考姜公乾一神位：孝侄姜坤三蒙祖上德蔭，忝中甲科，今叨受銅臺府刺史，旦夕侍奉香火不絕，為何今日發聲？切勿為邪為祟，恐諕家衆。」行者暗笑道：「此是他大爺的神子！」卻就綽著經兒叫道：「坤三賢侄，你做官雖承祖蔭，一向清廉，怎的昨日無知，把四個聖僧當賊，不審來音，囚於禁內？那獄神、土地、城隍不安，報與閻君，閻君差鬼使押我來對你說，教你推情察理，快快解放他；不然，就教你去陰司折證也。」刺史聽說，心中悚懼道：「大爺請回，小侄升堂，當就釋放。」行者道：「既如此，燒紙來！我去見閻君回話。」刺史復添香燒紙拜謝。

行者又飛出來看時，東方早已發白。及飛到地靈縣，又見那合縣官卻都在堂上。他思道：「蠓蟲兒說話，被人看見，露出馬腳來不好。」他就半空中改了個大法身，從空裏伸下一隻腳來，把個縣堂躧滿。◎19口中叫道：「衆官聽著：吾乃玉帝差來的浪蕩遊神。說你這府監裏屈打了取經的佛子，驚動三界諸神不安，教我傳說，趁早放他；若有差池，教我

評點

◎16. 看《西遊記》妙處，專在冷處著精神。如此等處，妙不可言。（李評）
翁嫗甕門私語，咄咄逼真，何異吳道子傳神寫照。（周評）

◎17. 想是丟不下家私。此就鬼上寫。（張評）

◎18. 只述狀詞翻弄理字，尤爲奇絕。（張評）

◎19. 蠓蟲兒說話尤在人意中，此一隻腳卻出人意外。（周評）

再來一腳，先踢死合府縣官，後躧死四境居民，把城池都踏為灰燼！」概縣官吏人等，慌得一齊跪倒，磕頭禮拜道：「上聖請回。我們如今進府，稟上府尊，即教放出。千萬莫動腳，驚謊死下官。」行者才收了法身，仍變作個蜢蟲兒，從監房瓦縫兒飛入，依舊鑽在轄牀中間睡著。

卻說那刺史升堂，才抬出投文牌去，早有寇梁兄弟抱牌跪門叫喊。刺史著令進來，二人將解狀遞上。刺史見了，發怒道：「你昨日遞了失狀，就與你拿了賊來，你又領了贓去，怎麼今日又來遞解狀？」二人滴淚道：「老爺，昨夜小的父親顯魂道：『唐朝聖僧原將賊徒拿住，奪獲財物，放了賊去，好意將財物送還我家報恩，怎麼反將他當賊，拿在獄中受苦！獄中土地、城隍俱不安，報了閻王。閻王差鬼使押解我來，教你赴府再告，釋放唐僧，庶免災咎；不然，老幼皆亡。』因此，特來遞個解詞，望老爺方便方便！」刺史聽他說了這話，卻暗想道：「他那父親，乃是熱屍新鬼，顯魂報應猶可；我伯父死去五六年了，卻怎麼今夜也來顯魂，教我審放？看起來必是冤枉。」

正忖度間，只見那地靈縣知縣等官急急跑上堂，亂道：「老大人，不好了！不好了！適才玉帝差浪蕩遊神下界，教你快放獄中好人。昨日拿的那些和尚，不是強盜，都是取經的佛子。若少遲延，就要踢殺我等官員，還要把城池連百姓俱盡踏為灰燼！」刺史又大驚失色，即叫刑房吏火速寫牌提出。當時開了監門提出。八戒愁道：「今日又不知怎的打哩。」行者笑道：「管你一下兒也不敢打，老孫俱已幹辦停當。上堂切不可下跪，他還要

下來請我們上坐。卻等我問他要行李、要馬匹，少了一些兒，等我打他你看。」

說不了，已至堂口。那刺史、知縣並府縣大小官員一見，都下來迎接道：「聖僧昨日來時，一則接上司忙迫，二則又見了所獲之贓，未及細問端的。」唐僧合掌躬身，又將前情細陳了一遍。衆官滿口認稱，都道：「錯了，錯了！莫怪，莫怪！」又問：「獄中可曾有甚疏失？」行者近前努目睜看，厲聲高叫道：「我的白馬是堂上人得了，行李是獄中人得了，快快還我！今日卻該我拷較你們了！枉拿平人做賊，你們該個甚罪？」府縣官見他作惡，無一個不怕，即便叫收馬的牽馬來，收行李的取行李來，一一交付明白。你看他三人一個個逞兇，衆官只以寇家遮飾。三藏勸解了道：「徒弟，是也不得明白。我們且到寇家去，一則弔問，二來與他對證對證，看是何人見我做賊。」行者道：「說得是。等老孫把那死的叫起來，看是那個打他？」沙僧就在府堂上把唐僧撮上馬，吆吆喝喝，一擁而出。那些府縣多官，也一一俱到寇家。諕得那寇梁兄弟在門前不住的磕頭，接進廳。只見他孝堂之中，一家兒都在孝幔裏啼哭。行者叫道：「那打誑語栽害平人的媽媽子，且莫哭。等老孫叫你老公來，看他說是那個打死的，羞他一羞！」衆官員只道孫行者說的是笑話。行者道：「列位大人，略陪我師父坐坐。八戒、沙僧好生保護，等我去了就來。」

孫悟空變大法身，一腳踩滿了衙門口。（朱寶榮繪）

好大聖，跳出門，望空就起。只見那：

遍地彩霞籠住宅，一天瑞氣護元神。

衆等方才認得是個騰雲駕霧之仙，起死回生之聖。這裏一一焚香禮拜不題。

那大聖一路觔斗雲，直至幽冥地界，徑撞入森羅殿上。慌得那：

十代閻君拱手接，五方鬼判叩頭迎。千株劍樹皆欹側，萬疊刀山盡坦平。
枉死城中魑魅化，奈河橋※9下鬼超生。正是那神光一照如天赦，黑暗陰司處處明。

十閻王接下大聖，相見了，問及何來何幹。行者道：「銅臺府地靈縣齋僧的寇洪之鬼，是那個收了？快點查來與我。」秦廣王道：「寇洪善士，也不曾有鬼使勾他，他自家到此，遇著地藏王的金衣童子，他引見地藏也。」行者即別了，徑至翠雲宮，見地藏王菩薩。菩薩與他禮畢，具言前事。菩薩喜道：「寇洪陽壽，止該卦數，命終不染牀席，棄世而來。我因他齋僧，是個善士，收他做個掌善緣簿子的案長。既大聖來取，我再延他陽壽一紀，教他跟大聖去。」金衣童子遂領出寇洪。寇洪見了行者，聲聲叫道：「老師，老師！救我一救！」行者道：「你被強盜踢死。此乃陰司地藏王菩薩之處，我老孫特來取你，到陽世間對明此事。既蒙菩薩放回，又延你陽壽一紀，待十二年之後，你再來也。」那員外頂禮不盡。

行者謝辭了菩薩，將他吹化為氣，掉於衣袖之間，同去幽府，復返陽間。駕雲頭到了寇家，即喚八戒捎開材蓋，把他魂靈兒推付本身。須臾間，透出氣來活了。那員外爬出

材來，對唐僧四衆磕頭道：「師父！師父！寇洪死於非命，蒙師父至陰司救活，乃再造之恩！」言謝不已。及回頭，見各官羅列，即又磕頭道：「列位老爹都如何在舍？」那刺史道：「你兒子始初遞失狀，坐名告了聖僧，我即差人捕獲；不期聖僧路遇殺劫你家之賊，奪取財物，送還你家。是我下人誤捉，未得詳審，當送監禁。今夜被你顯魂，我先伯亦來家訴告，縣中又蒙浪蕩遊神下界，一時就有這許多顯應，所以放出聖僧。聖僧卻又去救活你也。」那員外跪道：「老爹，其實枉了這四位聖僧。那夜有三十多名強盜，明火執杖，劫去家私；是我難捨，向賊理說，不期被他一腳撩陰踢死。與這四位何干？」叫過妻子來：「是誰人踢死，你等輒敢妄告？請老爹定罪。」當時一家老小，只是磕頭。刺史寬恩，免其罪過。

寇洪教安排筵宴，酬謝府縣厚恩。個個未坐回衙。至次日，再掛齋僧牌，又款留三藏，三藏決不肯住。卻又請親友，辦旌幢，如前送行而去。咦！這正是：

地闊能存凶惡事，天高不負善心人。逍遙穩步如來徑，只到靈山極樂門。◎20

畢竟不知見佛何如，且聽下回分解。

總批

強盜處兩轉，可謂絕處逢生。且致之死地而生，置之亡地而存，眞文人之雄也！其更妙處，豆腐老兒夫妻私語，咄咄如畫；且從此透出張氏穿針兒來，行者方可使用神通也。世上安得如此文人哉，世上安得如此文人哉！（李評）

悟元子曰：上回言不能深藏潛隱，招禍之由。此回言通幽達明脫災之道。夫道高者毀來，德修者謗興。此修行人之所必有，然能被褐懷玉，深藏若愚，有若無，實若虛，混俗和光，方圓應世，則我者無自滿之失，而在人者少爭奇之思，雖外有些小魔障，亦可以逢凶而化吉。否則，門前賽寶，輕浮淺露，便是開門揖盜，自取滅亡。（劉評節錄）

註

※9 奈河橋：即「奈何橋」，傳說中隔絕陰陽兩世的橋，民間傳說一過此橋，即離人世，進入地獄。

評點

◎20.天高句人所共知，地闊句人未必知，二句合看，始見其妙。（周評）

第九十八回

猿熟馬馴方脫殼　功成行滿見眞如

話表寇員外既得回生，◎1復整理了幢幡鼓樂，僧道親友依舊送行不題。卻說唐僧四眾上了大路，果然西方佛地，與他處不同，見了些琪花瑤草，古柏蒼松；所過地方，家家向善，戶戶齋僧，◎2每逢山下人修行，又見林間客誦經。師徒們夜宿曉行，又經有六七日，忽見一帶高樓，幾層傑閣。真箇是：

沖天百尺，聳漢凌空。低頭觀落日，引手摘飛星。豁達窗軒吞宇宙，嵯峨棟宇接雲屏。黃鶴信來秋樹老，彩鸞書到晚風清。◎3此乃是靈宮寶闕，琳館珠庭。眞堂談道，宇宙傳經。花向春來美，松臨雨過青。紫芝仙果年年秀，丹鳳儀翔萬感靈。

三藏舉鞭遙指道：「悟空，好去處耶！」行者道：「師父，你在那假境界、假佛像處，倒強要下拜；今日到了這真境界、真佛像處，倒還不下馬，是怎的說？」三藏聞言，慌得翻身跳下來，已到了那樓閣門首。只見一個道童，◎4斜立在山門之前，應聲叫道：「那來的，莫非東土取經人麼？」長老急整衣，抬頭觀看。見他：

《新說西遊記圖像》描繪第九十八回精采場景：唐僧師徒坐上無底船，過了凌雲仙渡。（古版畫，選自《新說西遊記圖像》）

身披錦衣，手搖玉麈。身披錦衣，寶閣瑤池常赴宴；手搖玉麈，丹臺紫府每揮麈。肘懸仙籙，足踏履鞋。飄然真羽士，秀麗實奇哉。煉就長生居勝境，修成永壽脫塵埃。聖僧不識靈山客，當年金頂大仙來。◎5

孫大聖認得他，即叫：「師父，此乃是靈山腳下玉真觀金頂大仙，他來接我們哩。」三藏方才醒悟，進前施禮。大仙笑道：「聖僧今年才到，我被觀音菩薩哄了。◎6他十年前領佛金旨，向東土尋取經人，原說二三年就到我處。我年年等候，渺無消息，不意今年才相逢也。」三藏合掌道：「有勞大仙盛意，感激！感激！」遂此四眾牽馬挑擔，同入觀裏。卻又與大仙一一相見。即命看茶擺齋，又叫小童兒燒香湯與聖僧沐浴了，好登佛地。正是那：

功滿行完宜沐浴，煉馴本性合天真。千辛萬苦今方息，九戒※1三皈始自新。
魔盡果然登佛地，災消故得見沙門。洗塵滌垢全無染，返本還原不壞身。

師徒們沐浴了，不覺天色將晚，就於玉真觀安歇。

次早，唐僧換了衣服，披上錦襴袈裟，戴了毗盧帽，手持錫杖，登堂拜辭大仙。大仙笑道：「昨日襤褸，今日鮮明。觀此相，真佛子也。」三藏拜別就行。大仙道：「且住，等我送你。」行者道：「不必你送，老孫認得路。」大仙道：「你認得的是雲路，聖僧還未登雲路，當從本路而行。」行者道：「這個講得是。老孫雖走了幾遭，只是雲來雲去，

註

※1九戒：即想爾九戒，又稱「老君想爾戒」，或者「道德尊經想爾戒」。源於老子《道德經．想爾注》，分上中下三品，共九條。九戒是正一派的主要戒律之一。

評點

◎1. 死而復生，不惟籠起明德，兼已照定新民矣。（張評）
◎2. 盧籠德字，用筆極妙。（張評）
◎3. 絕妙好詞。（周評）
◎4. 道童，妙。（周評）
◎5. 靈山緊對靈臺，金頂緊對金山。是位明德者。（張評）
◎6. 哄了你些甚麼？（周評）

實不曾踏著此地。既有本路，還煩你送送。我師父拜佛心重，幸勿遲疑。」那大仙笑吟吟，攙著唐僧手，接引旃壇上法門。原來這條路不出山門，就自觀宇中堂穿出後門便是。◎7大仙指著靈山道：「聖僧，你看那半天中有祥光五色、瑞藹千重的，就是靈鷲高峰，佛祖之聖境也。」唐僧見了就拜。行者笑道：「師父，還不到拜處哩。常言道：『望山走倒馬』，離此鎮還有許遠，如何就拜！若拜到頂上，得多少頭磕是？」大仙道：「聖僧，你與大聖、天蓬、捲簾四位，已此到於福地，望見靈山。我回去也。」三藏遂拜辭而去。

大聖引著唐僧等，徐徐緩步，登了靈山。不上五六里，見了一道活水，響潺潺滾浪飛流，約有八九里寬闊，四無人跡。三藏心驚道：「悟空，這路來得差了。敢莫大仙錯指了？此水這般寬闊，這般洶湧，又不見舟楫，如何可渡？」行者笑道：「不差。你看那壁廂不是一座大橋？要從那橋上行過去，方成正果哩。」長老等又近前看時，橋邊有一匾，匾上有「凌雲渡」三字。原來是一根獨木橋。◎8正是：

遠看橫空如玉棟，近觀斷水一枯槎※2。維河架海還容易，獨木單梁人怎踏！
萬丈虹霓平臥影，千尋白練接天涯。十分細滑渾難渡，除是神仙步彩霞。

三藏心驚膽戰道：「悟空，這橋不是人走的，◎9我們別尋路徑去來。」行者笑道：「正是路，正是路。」八戒慌了道：「這是路，那個敢走？水面又寬，波浪又湧，獨獨一根木頭，又細又滑，怎生動腳？」行者道：「你都站下，等老孫走個兒你看。」

好大聖，拽開步，跳上獨木橋，搖搖擺擺，須臾跑將過去，在那邊招呼道：「過來！

過來！」唐僧搖手，八戒、沙僧咬指道：「難！難！難！」行者又從那邊跑過來，拉著八戒道：「獃子，跟我走，跟我走！」那八戒臥倒在地道：「滑，滑，滑！走不得！你饒我罷，讓我駕風霧過去。」行者按住道：「這是甚麼去處，許你駕風霧！必須從此橋上走過，方可成佛。」八戒道：「哥啊，佛做不成也罷，實是走不得。」◎10他兩個在那橋邊，滾滾爬爬，扯扯拉拉的耍鬥，沙僧走去勸解，才撒脫了手。

三藏回頭，忽見那下溜中有一人撐一隻船來，叫道：「上渡！上渡！」長老大喜道：「徒弟，休得亂頑。那裏有隻渡船兒來了。」他三個跳起來站定，同眼觀看，那船兒來得至近，原來是一隻無底的船兒。行者火眼金睛，早已認得是接引佛祖，又稱為南無寶幢光王佛。行者卻不題破，只管叫：「這裏來！撐攏來！」霎時撐近岸邊，又叫：「上渡！上渡！」三藏見了，又心驚道：「你這無底的破船兒，如何渡人？」佛祖道：「我這船：

鴻濛初判有聲名，幸我撐來不變更。有浪有風還自穩，無終無始樂昇平。
六塵※3不染能歸一，萬劫安然自在行。無底船兒難過海，今來古往渡群生。」◎11

孫大聖合掌稱謝道：「承盛意接引吾師。師父，上船去，他這船兒雖是無底，卻穩；縱有風浪，也不得翻。」◎12長老還自驚疑，行者又著膊子，往上一推。那師父踏不住腳，轂轆的跌在水裏，早被撐船人一把扯起，站在船上。師父還抖衣服，跺鞋腳，報怨行者。行者卻引沙僧、八戒，牽馬挑擔，也上了船，都立在舡艎之上。那佛祖輕輕用力撐開，只見上

註

※2 枯槎：枯木的意思。
※3 六塵：即色、聲、香、味、觸、法，又稱爲「六境」。

評點

◎7. 禪玄原是一家。(李評)
仙佛同源，到此不但明明說出，且明明畫出矣。(周評)
◎8. 夫道一而已矣，焉得二。(張評)
◎9. 原是佛渡的。(張評)
◎10. 行不得也，哥哥！(周評)
◎11. 一字一牟尼珠，豈止迷津寶筏。(周評)
◎12. 說理明透，妙講天然。(張評)

溜頭泱下一個死屍。長老見了大驚。行者笑道：「師父莫怕，那個原來是你。」◎13八戒也道：「是你，是你。」沙僧拍著手，也道：「是你，是你！」那撐船的打著號子，也說：「那是你，可賀！可賀！」

他們三人，也一齊聲相和。撐著船，不一時，穩穩當當的過了凌雲仙渡。三藏才轉身，輕輕的跳上彼岸。

唐僧師徒經過千辛萬苦，終於到達靈山。（朱寶榮繪）

有詩為證，詩曰：

脫卻胎胞骨肉身，相親相愛是元神。
今朝行滿方成佛，洗淨當年六六塵。◎14

此誠所謂廣大智慧，登彼岸無極之法。

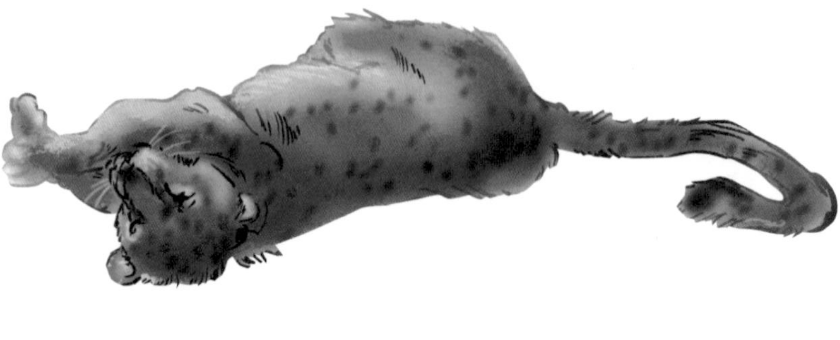

四衆上岸回頭，連無底船兒卻不知去向。行者方說是接引佛祖。三藏方才省悟，急轉身，返謝了三個徒弟。行者道：「兩不相謝，彼此皆扶持也。我等虧師父解脫，借門路修功，幸成了正果；師父也賴我等保護，秉教伽持，喜脫了凡胎。師父，你看這面前花草松篁、鸞鳳鶴鹿之勝境，比那妖邪顯化之處，孰美孰惡？何善何凶？」三藏稱謝不已。一個個身輕體快，步上靈山。早見那雷音古剎：

> 頂摩霄漢中，根接須彌脈。巧峰排列，怪石參差。懸崖下，瑤草琪花；曲徑旁，紫芝香蕙。仙猿摘果入桃林，卻似火燒金；白鶴棲松立枝頭，渾如烟捧玉。彩鳳雙雙，青鸞對對。彩鳳雙雙，向日一鳴天下瑞；青鸞對對，迎風耀舞世間稀。又見那黃森森金瓦疊鴛鴦，明幌幌花磚鋪瑪瑙。東一行，西一行，盡都是蕊宮珠闕；南一帶，北一帶，看不了寶閣珍樓。天王殿上放霞光，護法堂前噴紫焰。浮屠塔顯，優鉢※4花香。正是地勝疑天別，雲閑覺晝長。紅塵不到諸緣盡，萬劫無虧大法堂。

師徒們逍逍遙遙，走上靈山之頂。又見青松林下列優婆，翠柏叢中排善士。長老就便施禮，慌得那優婆塞、優婆夷、比丘僧、比丘尼◎15合掌道：「聖僧且休行禮，待見了牟尼，卻來相敘。」行者笑道：「早哩，早哩！且去拜上位者。」

那長老手舞足蹈，隨著行者，直至雷音寺山門之外。那廂有四大金剛迎住道：「聖僧來耶？」三藏躬身道：「是弟子玄奘到了。」答畢，就欲進門。金剛道：「聖僧少待，容

註

※4 優鉢：梵語，又作烏鉢羅或優體羅。花名，譯爲青蓮花、黛花、紅蓮花等。

評點

◎13. 奇思天縱，妙語非常。(張評)

◎14. 言如霏玉屑，令人應接不暇。(周評)

◎15. 比丘妙無男無女，盡皆有德之士。(張評)

稟過再進。」那金剛著一個轉山門，報與二門上四大金剛，說唐僧到了；二門上又傳入三門上，說唐僧到了；三山門內原是打供的神僧，聞得唐僧到時，急至大雄殿下，報與如來至尊釋迦牟尼文佛說：「唐朝聖僧，到於寶山取經來了。」佛爺爺大喜，即召聚八菩薩、四金剛、五百阿羅、三千揭諦、十一大曜、十八伽藍，兩行排列，卻傳金旨，召唐僧進。那裏邊，一層一節，欽依佛旨，叫：「聖僧進來。」這唐僧循規蹈矩，同悟空、悟能、悟淨，牽馬挑擔，徑入山門。正是：

當年奮志奉欽差，領牒辭王出玉階。清曉登山迎霧露，黃昏枕石臥雲霾。
挑禪遠步三千水，飛錫長行萬里崖。念念在心求正果，今朝始得見如來。◎16

四衆到大雄寶殿殿前，對如來倒身下拜。拜罷，又向左右再拜。各各三匝已遍，復向佛祖長跪，將通關文牒奉上。如來一一看了，還遞與三藏。三藏頫顖作禮，啟上道：「弟子玄奘，奉東土大唐皇帝旨意，遙詣寶山，拜求真經，以濟衆生。望我佛祖垂恩，早賜回國。」◎17如來方開憐憫之口，大發慈悲之心，對三藏言曰：「你那東土，乃南贍部洲。只因天高地厚，物廣人稠，多貪多殺，多淫多誑，多欺多詐；不遵佛教，不向善緣，不敬三光，不重五穀；不忠不孝，不義不仁，瞞心昧己，大斗小秤；害命殺牲，造下無邊之孽，罪盈惡滿，致有地獄之災。所以永墮幽冥，受那許多碓搗磨舂之苦；變化畜類，有那許多披毛頂角之形，將身還債，將肉飼人。其永墮阿鼻※5，不得超升者，皆此之故也。雖有孔氏在彼，立下仁義禮智之教；帝王相繼，治有徒流絞斬之刑，其如愚昧不明、放

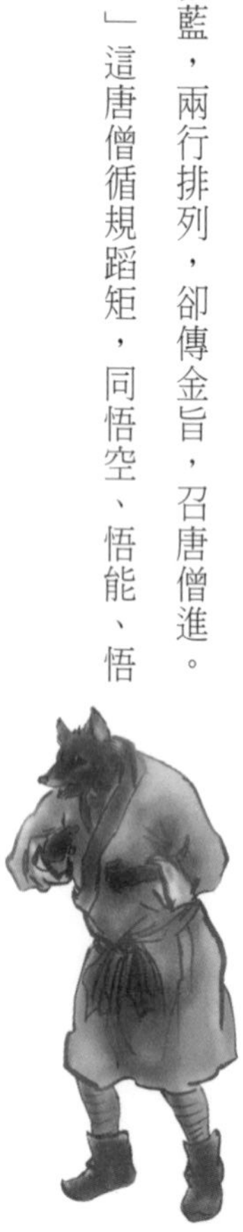

縱無忌之輩何耶！我今有經三藏，可以超脫苦惱，解釋災愆。三藏：有《法》一藏，談天；有《論》一藏，說地；有《經》一藏，度鬼。共計三十五部，該一萬五千一百四十四卷。真是修真之徑，正善之門，凡天下四大部洲之天文、地理、人物、鳥獸、花木、器用、人事，無般不載。汝等遠來，待要全付與汝取去，但那方之人愚蠢村強，毀謗真言，不識我沙門之奧旨。」◎18叫：「阿難、伽葉，你兩個引他四衆，到珍樓之下，先將齋食待他。齋罷，開了寶閣，將我那三藏經中，三十五部之內，各檢幾卷與他，教他傳流東土，永注洪恩。」

二尊者即奉佛旨，將他四衆領至樓下。看不盡那奇珍異寶，擺列無窮。只見那設供的諸神鋪排齋宴，並皆是仙品、仙餚、仙茶、仙果，珍饈百味，與凡世不同。師徒們頂禮了

唐僧師徒在靈山拜見如來佛祖。（古版畫，選自李卓吾批評本《西遊記》）

註

※5 阿鼻：梵語avici niraja，譯爲「阿鼻地獄」，根據佛典所載，此地獄位於閻浮提地下深處。是地獄中最苦者，墮落於此之衆生苦無間斷，故亦稱「無間」。

評點

◎16. 何異出暗室而睹青天。（周評）
◎17. 帶來辟寒犀角何不獻上？（周評）
◎18. 即此一篇，可當三藏眞經矣，何必更開寶閣！（周評）

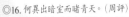

佛恩，隨心享用。其實是：

寶焰金光映目明，異香奇品更微精。千層金閣無窮麗，一派仙音入耳清。
素味仙花人罕見，香茶異食得長生。向來受盡千般苦，今日榮華喜道成。

這番造化了八戒，便宜了沙僧：佛祖處正壽長生、脫胎換骨之饌，盡著他受用。二尊者陪奉四衆餐畢，卻入寶閣，開門登看。那廂有霞光瑞氣，籠罩千重；彩霧祥雲，遮漫萬道。經櫃上，寶篋外，都貼了紅簽，楷書著經卷名目。乃是：

《涅槃經》一部，七百四十八卷；
《菩薩經》一部，一千二十一卷；
《虛空藏經》一部，四百卷；
《首楞嚴經》一部，一百一十卷；
《恩意經大集》一部，五十卷；
《決定經》一部，一百四十卷；
《寶藏經》一部，四十五卷；
《華嚴經》一部，五百卷；
《禮眞如經》一部，九十卷；
《大般若經》一部，九百一十六卷；
《大光明經》一部，三百卷；

《未曾有經》一部，一千一百一十卷；
《維摩經》一部，一百七十卷；
《三論別經》一部，二百七十卷；
《金剛經》一部，一百卷；
《正法論經》一部，一百二十卷；
《佛本行經》一部，八百卷；
《五龍經》一部，三十二卷；
《菩薩戒經》一部，一百一十六卷；
《大集經》一部，一百三十卷；
《摩竭經》一部，三百五十卷；
《法華經》一部，一百卷；
《瑜伽經》一部，一百卷；
《寶常經》一部，二百二十卷；
《西天論經》一部，一百三十卷；
《僧祇經》一部，一百五十七卷；
《佛國雜經》一部，一千九百五十卷；
《起信論經》一部，一千卷；

✦西藏薩茄寺經書庫。（美工圖書社：中國圖片大系提供）

《大智度經》一部，一千八十卷；
《寶威經》一部，一千二百八十卷；
《本閣經》一部，八百五十卷；
《正律文經》一部，二百卷；
《大孔雀經》一部，二百二十卷；
《維識論經》一部，一百卷；
《具舍論經》一部，二百卷。

阿難、伽葉引唐僧看遍經名，對唐僧道：「聖僧東土到此，有些甚麼人事送我們？快拿出來，好傳經與你去。」◎19三藏聞言道：「弟子玄奘，來路迢遙，不曾備得。」二尊者笑道：「好，好，好！白手傳經繼世，後人當餓死矣。」行者見他講口扭捏※6，不肯傳經，他忍不住叫噪道：「師父，我們去告如來，教他自家來把經與老孫也。」阿難道：「莫嚷！此是甚麼去處，你還撒野放刁！到這邊來接著經。」八戒、沙僧耐住了性子，勸住了行者，轉身來接。一卷卷收在包裹，馱在馬上，又捆了兩擔，八戒與沙僧挑著，卻來寶座前叩頭，謝了如來，一直出門。逢一位佛祖，拜兩拜；見一尊菩薩，拜兩拜。又到大門，拜了比丘僧、尼，優婆夷、塞，一一相辭，下山奔路不題。

卻說那寶閣上有一尊燃燈古佛，他在閣上，暗暗的聽著那傳經之事，心中甚明：原是阿難、伽葉將無字之經傳去。◎20卻自笑云：「東土眾僧愚迷，不識無字之經，卻不枉費了聖僧這場跋涉？」問：「座邊有誰在此？」只見白雄尊者閃出。古佛分付道：「你可作起神威，飛星趕上唐僧，把那無字之經奪了，教他再來求取有字真經。」◎21白雄尊者即駕狂風，滾離了雷音寺山門之外，大作神威。那陣好風，真箇是：

佛前勇士，不比巽二風神；仙竅怒號，遠賽吹噓少女。這一陣，魚龍皆失穴，江海逆波濤。玄猿捧果難來獻，黃鶴回雲找舊巢。丹鳳清音鳴不美，錦雞喔運叫聲嘈。青松枝折，優鉢花飄。翠竹竿竿倒，金蓮朵朵搖。鐘聲遠送三千里，經韻輕飛萬壑高。崖下奇花殘美色，路旁瑤草偃鮮苗。彩鸞難舞翅，白鹿躲山崖。蕩蕩異香漫宇宙，清清風氣徹雲霄。

那唐長老正行間，忽聞香風滾滾，只道是佛祖之禎祥，未曾提防。又聞得響一聲，半空中伸下一隻手來，將馬馱的經，輕輕搶去。諕得個三藏搥胸叫喚，八戒滾地來追，沙和尚護守著經擔，孫行者急趕去如飛。那白雄尊者見行者趕得將近，恐他棒頭上沒眼，一時間不分好歹，打傷身體，即將經包捽碎，拋落塵埃。行者見經包破落，又被香風吹得飄零，卻就按下雲頭顧經，不去追趕。那白雄尊者收風斂霧，回報古佛不題。

八戒去追趕，見經本落下，遂與行者收拾，背著來見唐僧。唐僧滿眼垂淚道：「徒弟呀！這個極樂世界，也還有兇魔欺害哩。」沙僧接了抱著的散經，打開看時，原來雪白，並無半點字跡。慌忙遞與三藏道：「師父，這一卷沒字。」行者又打開一卷看時，也無

註

※6 講口扭捏：說話不誠懇，話裏有話。

評點

◎19. 此處也少不得錢。（李評）
◎20. 可惜此經不傳，至今令人墮文字中。（李評）
◎21. 古佛婆心慈憫如此。（周評）

字。◎[22]八戒打開一卷，也無字。三藏叫：「通打開來看看！」卷卷俱是白紙。◎[23]長老短嘆長吁的道：「我東土人果是沒福。似這般無字的空本，取去何用？怎麼敢見唐王！誑君之罪，誠不容誅也。」行者早已知之，對唐僧道：「師父，不消說了。這就是阿難、伽葉那廝，問我要人事沒有，故將此白紙本子與我們來了。快回去告在如來之前，問他掯財※[7]作弊之罪。」八戒嚷道：「正是，正是！告他去來！」四眾急急回山，無好步，忙忙又轉上雷音。

不多時，到於山門之外。眾皆拱手相迎，笑道：「聖僧是換經來的？」◎[24]三藏點頭稱謝。眾金剛也不阻擋，讓他進去，直至大雄殿前。行者嚷道：「如來！我師徒們受了萬蜇千魔，千辛萬苦，自東土拜到此處，蒙如來分付傳經，被阿難、伽葉掯財不遂，通同作弊，故意將無字的白紙本兒教我們拿去。我們拿他去何用？望如來敕治！」佛祖笑道：「你且休嚷。他兩個問你要人事之情，我已知矣。但只是經不可輕傳，亦不可以空取。◎[25]向時眾比丘聖僧下山，曾將此經在舍衛國趙長者家與他誦了一遍，保他家生者安全，亡者超脫，只討得他三斗三升米粒黃金回來；我還說他們忒賣賤了，教後代兒孫沒錢使用。◎[26]你如今空手來取，是以傳了白本。白本者，乃無字真經，倒也是好的。因你那東土眾生愚迷不悟，只可以此傳之耳。」即叫：「阿難、伽葉，快將有字的真經，每部中各檢幾卷與他，來此報數。」

二尊者復領四眾，到珍樓寶閣之下，仍問唐僧要些人事。三藏無物奉承，即命沙僧

取出紫金鉢盂，雙手奉上道：「弟子委是窮寒路遙，不曾備得人事。這鉢盂乃唐王親手所賜，教弟子持此沿路化齋。今特奉上，聊表寸心，萬望尊者不鄙輕褻，將此收下，待回朝奏上唐王，定有厚謝。只是以有字真經賜下，庶不孤欽差之意、遠涉之勞也。」那阿難接了，但微微而笑。◎27被那些管珍樓的力士、管香積的庖丁、看閣的尊者，你抹他臉，我撲他背，彈指的，扭唇的，一個個笑道：「不羞，不羞！需索取經的人事！」須臾，把臉皮都羞皺了，只是拿

阿難、伽葉向唐僧索要賄賂，唐僧不得已，將自己化齋的金鉢送給了尊者。（朱寶榮繪）

註

※7 揹財：揹勒財物的意思。揹，強迫。

評點

◎22.此經如今世上極多，提學來歲考，遍地都是。（李評）
◎23.取經豈取紙乎！（周評）
◎24.說得不差。（周評）
◎25.又爲講經和尚張本矣。（李評）
◎26.俗諺云：「和尚要錢取經也賣。」豈佛祖眞將經賣錢耶，不過設詞以示珍重耳。（周評）
◎27.一部《西遊記》，盡在不語中。（張評）

著鉢盂不放。◎28伽葉卻才進閣檢經，一一查與三藏。三藏卻叫：「徒弟們，你們都好生看看，莫似前番。」他三人接一卷，看一卷，卻都是有字的。傳了五千零四十八卷，乃一藏之數。收拾齊整，馱在馬上；剩下的還裝了一擔，八戒挑著。自己行囊，沙僧挑著。行者牽了馬，唐僧拿了錫杖，按一按毗盧帽，抖一抖錦袈裟，才喜喜歡歡，到我佛如來之前。正是那：

大藏眞經滋味甜，如來造就甚精嚴。須知玄奘登山苦，可笑阿難卻愛錢。
先次未詳虧古佛，後來眞實始安然。至今得意傳東土，大衆均將雨露霑。

阿難、伽葉引唐僧來見如來。如來高陞蓮座，指令降龍、伏虎二大羅漢敲響雲磬，遍請三千諸佛、三千揭諦、八金剛、四菩薩、五百尊羅漢、八百比丘僧、大衆優婆塞、比丘尼、優婆夷，各天各洞，福地靈山，大小尊者聖僧，該坐的請登寶座，該立的侍立兩旁。一時間，天樂遙聞，仙音嘹喨，滿空中祥光疊疊，瑞氣重重，諸佛畢集，參見了如來。如來問：「阿難、伽葉，傳了多少經卷與他？可一一報數。」二尊者即開報：「現付去唐朝：

《涅槃經》四百卷，
《菩薩經》三百六十卷，
《虛空藏經》二十卷，
《首楞嚴經》三十卷，

《恩意經大集》四十卷，
《決定經》四十卷，
《寶藏經》二十卷，
《華嚴經》八十一卷，
《禮眞如經》三十卷，
《大般若經》六百卷，
《大光明經》五十卷，
《未曾有經》五百五十卷，
《維摩經》三十卷，
《三論別經》四十二卷，
《金剛經》一卷，
《正法論經》二十卷，
《佛本行經》一百一十六卷，
《五龍經》二十卷，
《菩薩戒經》六十卷，
《大集經》三十卷，
《摩竭經》一百四十卷，
《法華經》十卷，

評點

◎28.趣甚。只是罪過，不當人子。（李評）

《瑜伽經》三十卷，
《寶常經》一百七十卷，
《西天論經》三十卷，
《僧祇經》一百一十卷，
《佛國雜經》一千六百三十八卷，
《起信論經》五十卷，
《大智度經》九十卷；
《寶威經》一百四十卷，
《本閣經》五十六卷，
《正律文經》十卷，
《大孔雀經》十四卷，
《維識論經》十卷，
《具舍論經》十卷。

在藏總經共三十五部，各部中檢出五千零四十八卷，◎29與東土聖僧傳留在唐。現俱收拾整頓於人馬馱擔之上，專等謝恩。」

三藏四衆拴了馬，歇了擔，一個個合掌躬身，朝上禮拜。如來對唐僧言曰：「此經功德，不可稱量。雖為我門之龜鑑，實乃三教之源流。若到你那南贍部洲，示與一切衆生，

觀音畫像，圖中主角為中國佛教的慈悲大士，由印度的觀自在菩薩演化而來。經常被描繪成一手執柳枝、一手捧著甘露寶瓶的形象。（fotoe提供）

不可輕慢，非沐浴齋戒，不可開卷。寶之！重之！蓋此內有成仙了道之奧妙，有發明萬化之奇方也。」三藏叩頭謝恩，信受奉行，依然對佛祖遍禮三匝，承謹歸誠，領經而去。去到三山門，一一又謝了衆聖不題。

如來因打發唐僧去後，才散了傳經之會。旁又閃上觀世音菩薩，合掌啟佛祖道：「弟子當年領金旨向東土尋取經之人，今已成功，共計得一十四年，乃五千零四十日，還少八日，不合藏數。望我世尊早賜聖僧回東轉西，須在八日之內，庶完藏數，准弟子繳還金旨。」如來大喜道：「所言甚當，准繳金旨。」即叫八大金剛分付道：「汝等快使神威，駕送聖僧回東，把真經傳留，即引聖僧西回。須在八日之內，以完一藏之數，◎30勿得遲違。」金剛隨即趕上唐僧，叫道：「取經的，跟我來！」唐僧等俱身輕體健，蕩蕩飄飄，隨著金剛，駕雲而起。這才是：

見性明心參佛祖，功完行滿即飛升。

畢竟不知回東土怎生傳授，且聽下回分解。

總批

可惜無字經不曾取來，所以如今東土都是個鑽故紙的蒼蠅。可惜！可痛！雖然一藏無字經，完完全全都在此處，只要人合著眼去看耳。（李評）

悟一子曰：祖師慈憫世人根性迷鈍，恐無有把握，到此驚疑，故此篇從實地上接引衆生，使渠腳踏實地，而免疑懼畏葸也。（陳評節錄）

悟元子曰：上回言道成之後，須要韜明隱跡，以待脫化矣。然當脫化之時，苟以幻身爲重，不肯截然放下，猶非仙佛形神俱妙，與道合眞之妙旨。故仙翁於此回，指出末後一著，叫修行人大解大脫，期入於無生無滅之地也。噫！仙翁一部《西遊》，即是如來三藏眞經。仙翁《西遊》全部，共演貞下起無，一陽來復之旨，傳與學人，即是阿難三藏經中，各檢出幾卷，合成一藏之數，傳與唐僧。可知仙翁《西遊》一部主意，是借如來以演其道，借阿難以傳其法，五千四十八卷眞經妙義，備於《西遊》之中。（劉評節錄）

評點

◎29. 恰是三分之一。（周評）

◎30. 難得如此恰好，亦奇。（周評）

第九十九回

九九數完魔滅盡　三三行滿道歸根

話表八金剛◎1既送唐僧回國不題。那三層門下，有五方揭諦、四值功曹、六丁六甲、護教伽藍走向觀音菩薩前，啟道：「弟子等向蒙菩薩法旨，暗中保護聖僧。今日聖僧行滿，菩薩繳了佛祖金旨，我等望菩薩准繳法旨。」菩薩亦甚喜道：「准繳，准繳。」◎2又問道：「那唐僧四眾，一路上心行何如？」諸神道：「委實心虔志誠，料不能逃菩薩洞察。但只是唐僧受過之苦，真不可言！他一路上歷過的災愆患難，弟子已謹記在此。這就是他災難的簿子。」菩薩從頭看了一遍，上寫著：

「蒙差揭諦歸依旨，謹記唐僧難數清：
金蟬遭貶第一難，出胎幾殺第二難，
滿月拋江第三難，尋親報冤第四難，

《新說西遊記圖像》描繪第九十九回精采場景：唐僧師徒被失望的大龜扔到水裏，上岸後又到了陳家莊。（古版畫，選自《新說西遊記圖像》）

出城逢虎第五難，落坑折從第六難，
雙叉嶺上第七難，兩界山頭第八難，
陡澗換馬第九難，夜被火燒第十難，
失卻袈裟十一難，收降八戒十二難，
黃風怪阻十三難，請求靈吉十四難，
流沙難渡十五難，收得沙僧十六難，
四聖顯化十七難，五莊觀中十八難，
難活人參十九難，貶退心猿二十難，
黑松林失散二十一難，寶象國捎書二十二難，
金鑾殿變虎二十三難，平頂山逢魔二十四難，
蓮花洞高懸二十五難，烏雞國救主二十六難，
被魔化身二十七難，號山逢怪二十八難，
風攝聖僧二十九難，心猿遭害三十難，
請聖降妖三十一難，黑河沉沒三十二難，
搬運車遲三十三難，大賭輸贏三十四難，
祛道興僧三十五難，路逢大水三十六難，
身落天河三十七難，魚籃現身三十八難，

評點

◎1. 金光燦爛，煥然一新。（張評）
◎2. 百姓未得安堵，諸神先已脫然。（張評）

金峴山遇怪三十九難，普天神難伏四十難，
問佛根源四十一難，吃水遭毒四十二難，
西梁國留婚四十三難，琵琶洞受苦四十四難，
再貶心猿四十五難，難辨獼猴四十六難，
路阻火焰山四十七難，求取芭蕉扇四十八難，
收縛魔王四十九難，賽城掃塔五十難，
取寶救僧五十一難，棘林吟咏五十二難，
小雷音遇難五十三難，諸天神遭困五十四難，
稀柿衕穢阻五十五難，朱紫國行醫五十六難，
拯救疲癃五十七難，降妖取后五十八難，
七情迷沒五十九難，多目遭傷六十難，
路阻獅駝六十一難，怪分三色六十二難，
城裏遇災六十三難，請佛收魔六十四難，
比丘救子六十五難，辨認眞邪六十六難，
松林救怪六十七難，僧房臥病六十八難，
無底洞遭困六十九難，滅法國難行七十難，
隱霧山遇魔七十一難，鳳仙郡求雨七十二難，

✦只經歷了八十難的唐僧師徒，被菩薩派人從雲頭扔了下來。（朱寶榮繪）

失落兵器七十三難，會慶釘鈀七十四難，
竹節山遭難七十五難，玄英洞受苦七十六難，
趕捉犀牛七十七難，天竺招婚七十八難，
銅臺府監禁七十九難，凌雲渡脫胎八十難，
路經十萬八千里，聖僧歷難簿分明。」

菩薩將難簿目過了一遍，急傳聲道：「佛門中九九歸真，聖僧受過八十難，還少一難，不得完成此數。」◎3即命揭諦：「趕上金剛，還生一難者。」◎4這揭諦得令，飛雲一駕向東來。一晝夜趕上八大金剛，附耳低言道：「如此如此……，謹遵菩薩法旨，不得違誤。」八金剛聞得此言，刷的把風按下，將他四衆，連馬與經，墜落下地。噫！正是那：

九九歸眞道行難，堅持篤志立玄關。
必須苦煉邪魔退，定要修持正法還。

◆西元九世紀宗教繪畫，《金剛力士像》，63.7公分×18.3公分，甘肅敦煌出土。印度新德里國立博物館藏。（fotoe提供）

評點

◎3.這轉妙。（李評）
◎4.此非餘波剩阜也。正是千里來龍之穴，七級浮屠之尖，非此不能完結。（周評）

莫把經章當容易，聖僧難過許多般。古來妙合參同契※1，毫髮差殊不結丹。◎5

三藏腳踏了凡地，自覺心驚。八戒呵呵大笑道：「好，好，好！這正是要快得遲。」沙僧道：「好，好，好！因是我們走快了些兒，教我們在此歇歇哩。」大聖道：「俗語云：『十日灘頭坐，一日行九灘。』」三藏道：「你三個且休鬥嘴，認認方向，看這是甚麼地方。」沙僧轉頭四望道：「是這裏，是這裏！師父，你聽聽水響。」行者道：「水響想是你的祖家了。」八戒道：「他祖家乃流沙河。」沙僧道：「不是，不是。此通天河也。」◎6三藏道：「徒弟呵，仔細看在那岸。」行者縱身跳起，用手搭涼篷，仔細看了，下來道：「師父，此是通天河西岸。」三藏道：「我記起來了，東岸邊原有個陳家莊。那年到此，虧你救了他兒女，深感我們，要造船相送，幸白黿伏渡。我記得西岸上四無人烟，這番如何是好？」八戒道：「只說凡人會作弊，原來這佛面前的金剛也會作弊。他奉佛旨，教送我們東回，怎麼到此半路上就丟下我們？如今豈不進退兩難？怎生過去！」◎7沙僧道：「二哥休報怨。我的師父已得了道，前在凌雲渡已脫了凡胎，今番斷不落水。教師兄同你我都作起攝法，把師父駕過去也。」行者頻頻的暗笑道：「駕不去，駕不去。」你看他怎麼就說個駕不去？若肯使出神通，說破飛升之奧妙，師徒們就一千個河也過去了；只因心裏明白，知道唐僧九九之數未完，還該有一難，故羈留於此。

師徒們口裏紛紛的講，足下徐徐的行，直至水邊。忽聽得有人叫道：「唐

聖僧，唐聖僧！這裏來，這裏來！」四衆皆驚。舉頭觀看，四無人跡，又沒舟船，卻是一個大白賴頭黿在岸邊探著頭叫道：「老師父，我等了你這幾年，卻才回也？」行者笑道：「老黿，向年累你，今歲又得相逢。」◎8三藏與八戒、沙僧都歡喜不盡。行者道：「老黿，你果有接待之心，可上岸來。」那黿即縱身爬上河來。行者叫把馬牽上他身，八戒還蹲在馬尾之後，唐僧站在馬頸左邊，沙僧站在右邊；行者一腳踏著老黿的項，一腳踏著老黿的頭，叫道：「老黿，好生走穩著！」那老黿蹬開四足，踏水面如行平地，將他師徒四衆，連馬五口，馱在身上，徑回東岸而來。誠所謂：

不二門中法奧玄，諸魔戰退識人天。本來面目今方見，一體原因始得全。
秉證三乘隨出入，丹成九轉任周旋。挑包飛杖通休講，幸喜還元遇老黿。◎9

老黿馱著他們，躡波踏浪，行經多半日，將次天晚，好近東岸，忽然問曰：「老師父，我向年曾央到西方見我佛如來，與我問聲歸著之事，還有多少年壽，果曾問否？」原來那長老自到西天玉真觀沐浴，凌雲渡脫胎，步上靈山，專心拜佛及參諸佛菩薩、聖僧等衆，意念只在取經，他事一毫不理，所以不曾問得老黿年壽，無言可答；卻又不敢欺，打誑語，沉吟半晌，不曾答應。老黿即知不曾替他問，他就將身一幌，唿喇的淬下水去，把他四衆連馬並經，通皆落水。咦！還喜得唐僧脫了胎，成了道，若似前番，已經沉底。又幸白馬

註

※1參同契：《周易‧參同契》的簡稱，爲東漢魏伯陽著，共三卷。道教內丹氣功重要經典。系統論述煉丹的最早文獻，流傳較廣，注家甚多，被譽爲「萬古丹經之王」。其大旨爲參同大易、黃老、爐火三家理法而爲一，最終要妙契大道，因此命名爲參同契。

評點

◎5. 金丹秘訣，到此盡露。（周評）
◎6. 奇思妙想，眞有神鬼不測之妙。（張評）
◎7. 仍又過不得，妙。（張評）
◎8. 好照應，眞有飛雲接日、斷橋得路之妙。（張評）
◎9. 以爲返本還原可，以爲貞下起元亦可。（周評）

是龍，八戒、沙僧會水，行者笑巍巍顯大神通，把唐僧扶駕出水，登彼東岸。只是經包、衣服、鞍轡俱盡濕了。

師徒方登岸整理，忽又一陣狂風，天色昏暗，雷閃俱作，走石飛沙。但見那：

一陣風，乾坤播蕩；一聲雷，振動山川。一個閃，鑽雲飛火；一天霧，大地遮漫。風氣呼號，雷聲激烈。閃掣紅銷，霧迷星月。風鼓的沙塵撲面，雷驚的虎豹藏形，閃幌的飛禽叫噪，霧漫的樹木無蹤。那風攪得個通天河波浪翻騰，那雷振得個通天河魚龍喪膽，那閃照得個通天河徹底光明，那霧蓋得個通天河岸崖昏慘。好風！頹山裂石松篁倒。好雷！驚蟄傷人威勢豪。好閃！流天照野金蛇走。好霧！混混漫空蔽九霄。

諕得那三藏按住了經包，◎[10]沙僧壓住了經擔，八戒牽住了白馬，行者卻雙手輪起鐵棒，左右護持。原來那風、霧、雷、閃，乃是些陰魔作號，欲奪所取之經。◎[11]勞攘了一夜，直到天明，卻才止息。長老一身水衣，戰兢兢的道：「悟空，這是怎的起？」行者氣呼呼的道：「師父，你不知就裏。我等保護你取獲此經，乃是奪天地造化之功，可以與乾坤並久，日月同明，壽享長春，法身不朽。此所以為天地不容，鬼神所忌，◎[12]欲來暗奪之耳。一則這經是水濕透了，二則是你的正法身壓住，雷不能轟，電不能照，霧不能迷；又是老孫輪著鐵棒，使純陽之性，護持住了；及至天明，陽氣又盛，所以不能奪去。」三藏、八戒、沙僧方才省悟，各謝不盡。少頃，太陽高照，卻移經於高崖上，開包曬晾。——至今彼處曬經之石尚存。——他們又將衣鞋都曬在崖旁，立的立，坐的坐，跳的跳。真箇是：

一體純陽喜向陽，陰魔不敢逞強梁。◎13須知水勝眞經伏，不怕風雷烱霧光。

自此清平歸正覺，從今安泰到仙鄉。曬經石上留蹤跡，千古無魔到此方。

唐僧師徒在河邊搶救經卷。（朱寶榮繪）

評點

◎10. 經乃釋之之文也。（張評）
◎11. 奪去此經，便無可釋矣。（張評）
◎12. 揚子雲著《太玄經》，鬼神夜哭，天道惡盈，誠有然者。（張評）
◎13. 此所謂消盡陰魔，鬼莫侵也，向來安得有此。（周評）

他四衆檢看經本，一一曬晾，早見幾個打魚人來過河邊，◎14抬頭看見。內有認得的道：「老師父可是前年過此河往西天取經的？」八戒道：「正是，正是。你是那裏人？怎麼認得我們？」漁人道：「我們是陳家莊上人。」八戒道：「陳家莊離此有多遠？」漁人道：「過此衝南有二十里，就是也。」八戒道：「師父，我們把經搬到陳家莊上曬去。他那裏有住坐，又有得吃，就教他家與我們漿漿衣服，卻不是好？」三藏道：「不去罷。在此曬乾了，就收拾找路回也。」

那幾個漁人行過南衝，恰遇著陳澄，叫道：「二老官，前年在你家替祭兒子的師父回來了。」陳澄道：「你在那裏看見？」漁人回指道：「都在那石上曬經哩。」陳澄隨帶了幾個佃戶，走過衝來望見，跑近前跪下道：「老爺取經回來，功成行滿，怎麼不到舍下，卻在這裏盤弄？快請，快請到舍！」行者道：「等曬乾了經，和你去。」陳澄又問道：「老爺的經典、衣物，如何濕了？」三藏道：「昔年虧白黿馱渡河西，今年又蒙他馱渡河東。已將近岸，被他問昔年托問佛祖壽年之事，我本未曾問得，他遂淬在水內，故此濕了。」又將前後事細說了一遍。那陳澄拜請甚懇，三藏無已，遂收拾經卷。

◆本回末，八大金剛從陳家莊接走唐僧師徒。
（古版畫，選自李卓吾批評本《西遊記》）

不期石上把《佛本行經》沾住了幾卷，遂將經尾沾破了，所以至今《本行經》不全，曬經石上猶有字跡。三藏懊悔道：「是我們怠慢了，不曾看顧得。」行者笑道：「不在此，不在此。蓋天地不全。這經原是全全的，今沾破了，乃是應不全之奧妙也，豈人力所能與耶？」◎15師徒們果收拾畢，同陳澄赴莊。

那莊上人家，一個傳十，十個傳百，百個傳千，若老若幼，都來接看。陳清聞說，就擺香案在門前迎迓，又命鼓樂吹打。少頃到了，迎入。陳清領合家人眷，俱出來拜見，拜謝昔日救女兒之恩，隨命看茶擺齋。三藏自受了佛祖的仙品仙餚，又脫了凡胎成佛，全不思凡間之食。二老苦勸，沒奈何，略見他意。孫大聖自來不吃烟火食，也道：「彀了。」沙僧也不甚吃。八戒也不似前番，就放下碗。行者道：「獃子也不吃了？」八戒道：「不知怎麼，脾胃一時就弱了。」遂此收了齋筵，卻又問取經之事。三藏又將先至玉真觀沐浴，凌雲渡脫胎，及至雷音寺參如來，蒙珍樓賜宴，寶閣傳經，始被二尊者索人事未遂，故傳無字之經，後復拜告如來，始得授一藏之數，◎16並白黿淬水、陰魔暗奪之事，細細陳了一遍，就欲拜別。

那二老舉家如何肯放，且道：「向蒙救拔兒女，深恩莫報，已創建一座院宇，名曰『救生寺』，專侍奉香火不絕。」又喚出原替祭之兒女陳關保、一秤金叩謝，◎17復請至寺觀看。三藏卻又將經包兒收在他家堂前，與他念了一卷《寶常經》。後至寺中，只見陳家又設饌在此。還不曾坐下，又一起來請；還不曾舉箸，又一起來請。絡繹不絕，爭不上

評點

◎14. 此地往來打魚民之樂業可知。(張評)
◎15. 乾坤缺陷，正是乾坤大處，被此公一口道破。(周評)
◎16. 亦是一藏，極有分寸。(張評)
◎17. 此時當有十四五歲矣。(周評)

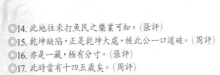

手。三藏俱不敢辭，略略見意。只見那座寺果蓋得齊整：

山門紅粉膩，多賴施主功。一座樓臺從此立，兩廊房宇自今興。朱紅槅扇，七寶玲瓏。香氣飄雲漢，清光滿太空。幾株嫩柏還澆水，數幹喬松未結叢。活水迎前，通天疊疊翻波浪；高崖倚後，山脈重重接地龍。

三藏看畢，才上高樓。樓上果裝塑著他四衆之像。八戒看見，扯著行者道：「兄長的相兒甚像。」沙僧道：「二哥，你的又像得緊。只是師父的又忒俊了些兒。」◎18三藏道：「卻好！卻好！」遂下樓來。下面前殿後廊，還有擺齋的候請。行者卻問：「向日大王廟兒如何了？」衆老道：「那廟當年拆了。老爺這寺，自建立之後，年年成熟，歲歲豐登，卻是老爺之福庇。」行者笑道：「此天賜耳，與我們何與！但只我們自今去後，保你這一莊上人家，子孫繁衍，六畜安生，年年風調雨順，歲歲雨順風調。」衆等都叩頭拜謝。

只見那前前後後，更有獻果獻齋的無限人家。八戒笑道：「我的蹭蹬！那時節吃得，

青海通天河旁的石頭，攝於2002年。傳說唐僧取經歸來經過這裏，經書落入水中，後在這塊巨石上晾曬經文。（何適／fotoe提供）

卻沒人家連請十請；今日吃不得，卻一家不了，又是一家。」饒他氣滿，略動手，又吃過八九盤素食；縱然胃傷，又吃了二三十個饅頭。已皆盡飽，又有人家相邀。三藏道：「弟子何能，感蒙至愛！望今夕暫停，明早再領。」

時已深夜，三藏守定真經，不敢暫離，就於樓下打坐看守。將及三更，三藏悄悄的叫道：「悟空，這裏人家，識得我們道成事完了。自古道：『真人不露相，露相不真人。』恐為久淹，失了大事。」行者道：「師父說得有理。我們趁此深夜，人家熟睡，寂寂的去了罷。」八戒卻也知覺，沙僧盡自分明，白馬也能會意。遂此起了身，輕輕的抬上馱垛，挑著擔，從廡廊馱出。到於山門，只見門上有鎖。行者又使個解鎖法，開了二門、大門，找路望東而去。只聽得半空中有八大金剛叫道：「逃走的，跟我來！」那長老聞得香風蕩蕩，起在空中。◎19這正是：

丹成識得本來面，體健如如拜主人。

畢竟不知怎生見那唐王，且聽下回分解。

總批

此一回轉折更出人意表。天地不全，經卷亦破，乃大徹大悟之語；何物猴猻，容易說出。可惜！可惜！如此說破，復有貪圖完滿、算計十全者，眞可笑也。（李評）

悟一子曰：此篇總明「毫髮差殊不結丹」之義。欲人洞察陰陽，深明造化，準則刻漏，細推火候。……倘有毫髮差殊，如行百里而半九十也。（陳評節錄）

悟元子曰：上回結出性命俱了，脫去幻身之假，露出法身之眞，入於至誠無私地位，而大道完成矣。然功成雖在自造，而火候全賴師傳，若不能始終通徹，縱金丹到手，未免得而復失，有「夜半忽風雷」之患。故此回叫學者急訪明師，究明全始全終之下手歸著，方可完成大化神聖之妙道也。（劉評節錄）

評點

◎18. 黑漢已變作明公，豬八戒此時亦不醜。（張評）
◎19. 憑空而來，凌空而去，已反落到止字。（張評）

第一百回

徑回東土　五聖成眞

且不言他四衆脫身，隨金剛駕風而起。卻說陳家莊救生寺內多人，天曉起來，仍治果餚來獻，至樓下，不見了唐僧。這個也來問，那個也來尋，俱慌慌張張，莫知所措，叫苦連天的道：「清清把個活佛放去了！」一會家無計，將辦來的品物俱抬在樓上，祭祀燒紙。

✦《新說西遊記圖像》描繪第一百回精采場景：八大金剛在長安將唐僧師徒一起接走。（古版畫，選自《新說西遊記圖像》）

以後每年四大祭，二十四小祭。還有那告病的，保安的，求親許願、求財求子的，無時無日不來燒香祭賽。真箇是金爐不斷千年火，玉盞常明

萬載燈。不題。

卻說八大金剛使第二陣香風，把他四衆，不一日送至東土，漸漸望見長安。◎1原來那太宗自貞觀十三年九月望前三日◎2送唐僧出城，至十六年，即差工部官在西安關外起建了望經樓接經。太宗年年親至其地。恰好那一日出駕，復到樓上，忽見正西方滿天瑞靄，陣陣香風。金剛停在空中叫道：「聖僧，此間乃長安城了。我們不好下去，這裏人伶俐，恐泄漏吾像。孫大聖三位也不消去，汝自去傳了經與汝主，即便回來。我在霄漢中等你，與你一同繳旨。」大聖道：「尊者之言雖當，但吾師如何挑得經擔？如何牽得這馬？須得我等同去一送。煩你在空少等，諒不敢誤。」金剛道：「前日觀音菩薩啟過如來，往來只在八日，方完藏數。今已經四日有餘，只怕八戒貪圖富貴，誤了限期。」八戒笑道：「師父成佛，我也望成佛，◎3豈有貪圖之理。潑大粗人！都在此等我，待交了經，就來與你回向也。」獃子挑著擔，沙僧牽著馬，行者領著聖僧，都按下雲頭，落於望經樓邊。◎4

太宗同多官一齊見了，即下樓相迎道：「御弟來也？」唐僧即倒身下拜。太宗攙起，又問：「此三者何人？」唐僧道：「是途中收的徒弟。」太宗大喜，即命侍官：「將朕御車馬扣背，請御弟上馬，同朕回朝。」唐僧謝了恩，騎上馬。大聖輪金箍棒緊隨，八戒、沙僧俱扶馬挑擔，隨駕後共入長安。◎5真箇是：

當年清宴樂昇平，文武安然顯俊英。水陸場中僧演法，金鑾殿上主差卿。

關文敕賜唐三藏，經卷原因配五行。苦煉兇魔種種滅，功成今喜上朝京。

評點

◎1. 二字扣題，天然絕妙。（張評）
◎2. 春花秋實，果已熟矣。（張評）
◎3. 八戒亦思止至善，眞無有不善者矣。（張評）
◎4. 樂不可言。（周評）
◎5. 當日太宗於此送出，是日又從此迎回，章法絕妙。（張評）

✦唐太宗恰好在望經樓上看到唐僧師徒駕雲歸來。（朱寶榮繪）

唐僧四眾隨駕入朝，滿城中無一不知是取經人來了。

卻說那長安唐僧舊住的洪福寺大小僧人，看見幾株松樹一棵棵頭俱向東，◎6驚訝道：「怪哉！怪哉！今夜未曾刮風，如何這樹頭都扭過來了？」內有三藏的舊徒道：「快拿衣服來！取經的老師父來了。」眾僧問道：「你何以知之？」舊徒曰：「當年師父去時，曾有言道：『我去之後，或三五年，或六七年，但看松樹枝頭若是東向，我即回矣。』我師父佛口聖言，故此知之。」急披衣而出。至西街時，早已有人傳播說：「取經的人適才方到，萬歲爺爺接入城來了。」眾僧聽說，又急急跑來，卻就遇著。一見大駕，不敢近前，隨後跟至朝門之外。

唐僧下馬，同眾進朝。唐僧將龍馬與經擔，同行者、八戒、沙僧站在玉階之下。太宗傳宣：「御弟上殿。」賜坐，唐僧又謝恩坐了，教把經卷抬來。行者等取出，近侍官傳上。太宗又問：「多少經數？怎生取來？」三藏道：「臣僧到了靈山，參見佛祖，蒙差阿難、伽葉二尊者先引至珍樓內賜齋，次到寶閣內傳經。那尊者需索人事，因未曾備得，不曾送他，他遂以經與了。當謝佛祖之恩東行，忽被妖風搶了經去。幸小徒有些神通趕奪，卻俱拋擲散漫，因展看，皆是無字空本。臣等著驚，復去拜告懇求。佛祖道：『此經成就之時，有比丘聖僧將下山，與舍衛國趙長者家看誦了一遍，保

評點

◎6.有趣，有趣。到此種種，令人歡喜，何況松樹？（周評）

祐他家生者安全，亡者超脫，止討了他三斗三升米粒黃金。』意思還嫌賣賤了，後來子孫沒錢使用。我等知二尊者需索人事，佛祖明知；只得將欽賜紫金鉢盂送他，方傳了有字真經。此經有三十五部，各部中檢了幾卷傳來，共計五千零四十八卷，此數蓋合一藏也。」

太宗更喜，◎[7]教：「光祿寺設宴在東閣酬謝。」忽見他三徒立在階下，容貌異常，便問：「高徒果外國人耶？」長老俯伏道：「大徒弟姓孫，法名悟空，臣又呼他為孫行者。他出身原是東勝神洲傲來國花果山水簾洞人氏，因五百年前大鬧天宮，被佛祖困壓在西番兩界山石匣之內，蒙觀音菩薩勸善，情願皈依，是臣到彼救出，甚虧此徒保護。二徒弟姓豬，法名悟能，臣又呼他為豬八戒。他出身原是福陵山雲棧洞人氏，因在烏斯藏高老莊上作怪，亦蒙菩薩勸善，虧行者收之；一路上挑擔有力，涉水有功。三徒弟姓沙，法名悟淨，臣又呼他為沙和尚。他出身原是流沙河作怪者，也蒙菩薩勸善，秉教沙門。那匹馬，不是主公所賜者。」太宗道：「毛片相同，如何不是？」三藏道：「臣到蛇盤山鷹愁澗涉水，原馬被此馬吞之。虧行者請菩薩問此馬來歷，原是西海龍王之子，因有罪，也蒙菩薩救解，教他與臣作腳力。當時變作原馬，毛片相同。幸虧他登山越嶺，跋涉崎嶇，去時騎坐，來時馱經，亦甚賴其力也。」

太宗聞言，稱讚不已。又問：「遠涉西方，端的路程多少？」三藏道：「總記菩薩之言，有十萬八千里之遠。途中未曾記數，只知經過了一十四遍寒暑。日日山，日日嶺，遇林不小，遇水寬洪。還經幾座國王，俱有照驗印信。」叫：「徒弟，將通關文牒取上來，

對主公繳納。」當時遞上。太宗看了，乃貞觀一十三年九月望前三日給。太宗笑道：「久勞遠涉，今已貞觀二十七年矣。」牒文上有寶象國印、烏雞國印、車遲國印、西梁女國印、祭賽國印、朱紫國印、比丘國印、滅法國印；又有鳳仙郡印、玉華州印、金平府印。太宗覽畢，收了。◎8

早有當駕官請宴，即下殿攜手而行。又問：「高徒能禮貌乎？」三藏道：「小徒俱是山村曠野之妖身，未諳中華聖朝之禮數，萬望主公赦罪。」太宗笑道：「不罪他，不罪他。都同請東閣赴宴去也。」三藏又謝了恩，招呼他三眾，都到閣內觀看。果是中華大國，比尋常不同。你看那：

門懸彩繡，地襯紅氈。異香馥郁，奇品新鮮。琥珀杯，琉璃盞，鑲金點翠；黃金盤，白玉碗，嵌錦花纏。爛煮蔓菁，糖澆香芋。蘑菇甜美，海菜清奇。幾次添來薑辣筍，數番辦上蜜調葵。麵筋椿樹葉，木耳豆腐皮。石花仙菜，蕨粉乾薇。花椒煮萊菔，芥末拌瓜絲。幾盤素品還猶可，數種奇稀果奪魁。核桃柿餅，龍眼荔枝。宣州繭栗山東棗，江南銀杏兔頭梨。榛松蓮肉葡萄大，榧子瓜仁菱米齊。橄欖林檎，蘋婆沙果。慈菇嫩藕，脆李楊梅。無般不備，無件不齊。還有些蒸酥蜜食兼嘉饌，更有那美酒香茶與異奇。說不盡百味珍饈眞上品，果然是中華大國異西夷。

師徒四眾與文武多官俱侍列左右，◎9太宗皇帝仍正坐當中。歌舞吹彈，整齊嚴肅，遂盡樂一日。正是：

評點

◎7. 求經得經，不負賜號為三藏矣。(張評)
◎8. 此牒文若傳之後世，豈非第一好古董！(周評)
◎9. 不知陳光蕊學士尚在否？(周評)

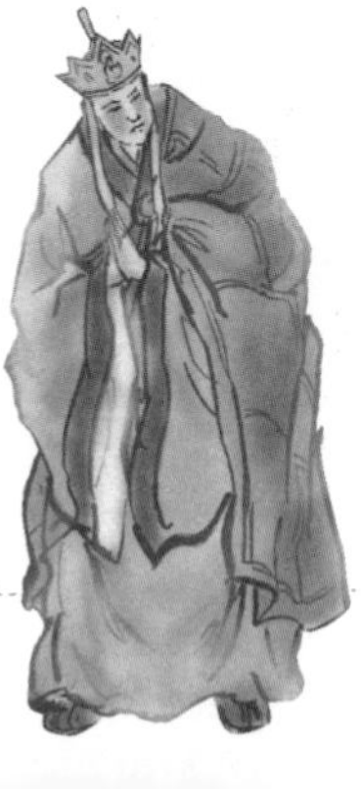

君王嘉會賽唐虞※1，取得眞經福有餘。千古流傳千古盛，佛光普照帝王居。

當日天晚，謝恩宴散。太宗回宮，多官回宅。唐僧等歸於洪福寺，只見寺僧磕頭迎接。方進山門，衆僧報道：「師父，這樹頭兒今早俱忽然向東。我們記得師父之言，遂出城來接，果然到了！」長老喜之不勝，遂入方丈。此時八戒也不嚷茶飯，也不弄喧頭；行者、沙僧，個個穩重。只因道果完成，自然安靜。◎10當晚睡了。

次早，太宗升朝，對群臣言曰：「朕思御弟之功，至深至大，無以為酬。一夜無寐，口占幾句俚談，權表謝意，但未曾寫出。」叫：「中書官來，朕念與你，你一一寫之。」其文云：

「蓋聞二儀有象※2，顯覆載以含生；四時無形，潛寒暑以化物。是以窺天鑑地，庸愚皆識其端；明陰洞陽，賢哲罕窮其數。然天地包乎陰陽，而易識者，以其有象也；陰陽處乎天地，而難窮者，以其無形也。故知象顯可徵，雖愚不惑；形潛莫睹，在智猶迷。況乎佛道崇虛，乘幽控寂。弘濟萬品，典御十方。舉威靈而無上，抑神力而無下。大之則彌於宇宙，細之則攝於毫釐。無滅無生，歷千劫而亙古；若隱若顯，運百福而長今。妙道凝玄，遵之莫知其際；法流湛寂，挹之莫測其源。故知蠢蠢凡愚，區區庸鄙，投其旨趣，能無疑惑者哉！然則大教之興，基乎西土。騰漢庭而皎夢※3，照東域而流慈。古者分形分迹之時，言未馳而

✦唐代都城長安，僧侶與信徒們在寺院前迎接馱著來自印度的佛教畫像與經書手稿的馬隊。這是表現唐代高僧玄奘去天竺（今印度）取經歸來的情景。（fotoe提供）

成化；當常見常隱之世，民仰德而知遵。及乎晦影歸眞，遷移越世，金容掩色，不鏡三千之光※4；麗像開圖，空端四八之相※5。於是微言廣被，拯含類於三途；遺訓遐宣，導群生於十地。佛有經，能分大小之乘；更有法，傳訛邪正之術。我僧玄奘法師者，法門之領袖也。幼懷眞敏，早悟三空※6之功；長契神情，先包四忍※7之行。松風水月，未足比其清華；仙露明珠，詎能方其朗潤！故以智通無累，神測未形。超六塵而迥出，使千古而傳芳。凝心內境，悲正法之陵遲；棲慮玄門，慨深文之訛謬。思欲分條振理，廣彼前聞；截僞續眞，開茲後學。是以翹心淨土，法遊西域。乘危遠邁，策杖孤征。積雪晨飛，途間失地；驚沙夕起，空外迷天。萬里山川，撥烟霞而進步；百重寒暑，躡霜雨而前蹤。誠重勞輕，求深欲達。周遊西宇，十有四年。窮歷異邦，詢求正教。雙林八水，味道餐風；鹿苑鷲峰，瞻奇仰異。承至言於先聖，受眞教於上賢。探賾妙門，精窮奧業。三乘六律※8之道，馳驟於心田；一藏百篋※9之文，波濤於海口。爰自所歷之國無涯，求取之經有數。總

註

※1 唐虞：堯舜時期，中國歷史上傳說的太平盛世。
※2 二儀有象：二儀，即天地，天地有形的意思。
※3 騰漢庭而皎夢：傳說漢明帝夢見金佛散發著光芒，因此佛教傳入中國。
※4 不鏡三千之光：佛教傳說，佛面發出的光可以照耀三千個大千世界。
※5 四八之相：四八，三十二的意思，據說佛的化相有三十二種。
※6 三空：佛教術語：我空、法空、我法俱空叫三空。佛教各派還推衍出三空、四空、六空、七空、十空、十一空、十二空、十四空、十六空、十八空、十九空、二十空等。
※7 四忍：佛教術語，指通過習修佛法獲得佛果的門戶。忍，指對痛苦折磨不生不滿之心，安心信守佛理而不動心。此外還有二忍、三忍、四忍、五忍等說法。
※8 三乘六律：佛教有一乘五律，這裏作者改動了數字。
※9 一藏百篋：本爲八藏三篋，這裏作者做了改動。

評點

◎10. 八戒歎運將脱矣。（周評）

得大乘要文，凡三十五部，計五千四十八卷，譯佈中華，宣揚勝業。引慈雲於西極，注法雨於東陲。聖教缺而復全，蒼生罪而還福。濕火宅※10之乾焰，共拔迷途；朗金水※11之昏波，同臻彼岸。是知惡因業墜，善以緣升。升墜之端，惟人自作。譬之桂生高嶺，雲露方得泫其花；蓮出綠波，飛塵不能染其葉。非蓮性自潔而桂質本貞，良由所附者高，則微物不能累；所憑者淨，則濁類不能沾。夫以卉木無知，猶資善而成善，矧乎人倫有識，寧不緣慶而求慶哉？方冀茲經傳佈，並日月而無窮；景福遐敷，與乾坤而永大也歟！」◎11

寫畢，即召聖僧。此時長老已在朝門外候謝，聞宣急入，行俯伏之禮。太宗傳請上殿，將文字遞與長老。覽遍，復下謝恩，奏道：「主公文辭高古，理趣淵微，但不知是何名目。」太宗道：「朕夜口占，答謝御弟之意，名曰『聖教序』※12，◎12不知好否？」長老叩頭，稱謝不已。太宗又曰：

「朕才愧珪璋※13，言慚金石。至於內典，尤所未聞。口占敘文，誠爲鄙拙。穢翰墨於金簡，標瓦礫於珠林。循躬省慮，靦面恧心※14。甚不足稱，虛勞致謝※15。」◎13

當時多官齊賀，頂禮聖教御文，遍傳內外。

太宗道：「御弟將真經演誦一番，何如？」長老道：「主公，若演真經，須尋佛地。寶殿非可誦之處。」太宗甚喜，即問當駕官：「長安城中，有那座寺院潔淨？」班中閃上大學士蕭瑀奏道：「城中有一雁塔寺潔淨。」太宗即令多官：「把真經各虔捧幾卷，同朕到雁塔寺，請御弟談經去來。」

多官遂各各捧著，隨太宗駕幸寺中，搭起高臺，鋪設齊整。長老仍命：「八戒、沙僧牽龍馬，理行囊，行者在我左右。」又向太宗道：「主公欲將真經傳流天下，須當謄錄副本，方可佈散。原本還當珍藏，不可輕褻。」太宗又笑道：「御弟之言甚當，甚當！」隨召翰林院及中書科各官謄寫真經。又建一寺，在城之東，名曰謄黃寺。◎14

長老捧幾卷登臺，方欲諷誦，忽聞得香風繚繞，半空中有八大金剛現身高叫道：「誦經的，放下經卷，跟我回西去也！」◎15這底下行者三人，連白馬平地而起，長老亦將經卷丟下，也從臺上起於九霄，相隨騰空而去。慌得那太宗與多官望空下拜。這正是：

聖僧努力取經編，西宇周流十四年。苦歷程途遭患難，多經山水受迍邅。
功完八九還加九，行滿三千及大千。大覺妙文回上國，至今東土永留傳。

太宗與多官拜畢，即選高僧，就於雁塔寺裏修建水陸大會，看誦《大藏真經》，超脫幽冥孽鬼，普施善慶。將謄錄過經文，傳佈天下不題。

卻說八大金剛駕香風，引著長老四眾，連馬五口，復轉靈山。連去連來，適在八日之內。◎16此時靈山諸神，都在佛前聽講。八金剛引他師徒進去，對如來道：「弟子前奉金旨，

註

※10 火宅：佛教的譬喻：認爲生、老、病、死如火之燃燒不息。所以說三界之生死，譬如火宅。
※11 金水：佛教的譬喻：金剛界把智慧譬喻成水。所以叫作金水。
※12 〈聖教序〉：全名〈懷仁集王羲之書聖教序〉，又稱〈唐集右軍聖教序並記〉等。因碑首橫刻有七尊佛像，又名〈七佛聖教序〉。傳爲唐太宗所撰，內容記述玄奘法師西域求經的過程。
※13 珪璋：古代帝王、諸侯舉行儀式時手持的兩種禮器。引申指人品高尚：有珪璋之質。
※14 覥面恧心：身心都感到慚愧的意思。覥，同「靦」，害羞，不自然；恧，慚愧。
※15 虛勞致謝：謙虛的說法。另，此下金陵世德堂本有「此太宗御製之文，綴於《心經》之道」一行小字。

評點

◎11. 文亦淹暢可誦。(周評)
◎12. 即先王教人之法，大學之序也。(張評)
◎13. 此太宗御製之文，綴於《心經》之首。(李評)
◎14. 寺名甚雅。(周評)
◎15. 金剛空中三呼：一呼「取經的」，再呼「逃走的」，三呼「誦經的」，俱妙。如此三呼，則大事畢矣。(周評)
◎16. 妙處不可思議。(周評)

駕送聖僧等已到唐國，將經交納，今特繳旨。」遂叫唐僧等近前受職。如來道：「聖僧，汝前世原是我之二徒，名喚金蟬子。因為汝不聽說法，輕慢我之大教，故貶汝之真靈，轉

唐代藏經大雁塔。（美工圖書社：中國圖片大系提供）

生東土。今喜皈依，秉我迦持，又乘吾教，取去真經，甚有功果，加陞大職正果，汝為旃檀功德佛。孫悟空，汝因大鬧天宮，吾以甚深法力壓在五行山下，幸天災滿足，歸於釋教，且喜汝隱惡揚善，在途中煉魔降怪有功，全終全始，加陞大職正果，汝為鬥戰勝佛。◎17豬悟能，汝本天河水神，天蓬元帥，為汝蟠桃會上酗酒戲了仙娥，貶汝下界投胎，身如畜類。幸汝記愛人身，在福陵山雲棧洞造孽，喜歸大教，入我沙門，保聖僧在路，卻又有頑心，色情未泯。因汝挑擔有功，加陞汝職正果，做淨壇使者。」八戒口中嚷道：「他們都成佛，如何把我做個淨壇使者？」如來道：「因汝口壯身慵，食腸寬大。蓋天下四大部洲，瞻仰吾教者甚多，凡諸佛事，教汝淨壇，乃是個有受用的品級。如何不好？◎18沙悟淨，汝本是捲簾大將，先因蟠桃會上打碎玻璃盞，貶汝下界。汝落於流沙河，傷生吃人造孽，幸皈吾教，誠敬迦持，保護聖僧，登山牽馬有功，加陞大職正果，為金身羅漢。」又叫那白馬：「汝本是西洋大海廣晉龍王之子，◎19因汝違逆父命，犯了不孝之罪。幸得皈身皈法，皈我沙門，每日家虧你馱負聖僧來西，又虧你馱負聖經去東，亦有功者，加陞汝職正果，為八部天龍馬。」

長老四眾，俱各叩頭謝恩。馬亦謝恩訖。仍命揭諦引了馬下靈山後崖化龍池邊，將馬推入池中。須臾間，那馬打個展身，即退了毛皮，換了頭角，渾身上長起金鱗，腮頷下生出銀鬚，一身瑞氣，四爪祥雲，飛出化龍池，盤繞在山門裏擎天華表柱※16上。諸佛讚揚如來

註

※16 華表柱：華表柱也稱擎天柱、蟠龍柱、萬雲柱，是建在皇宮、皇陵等重要建築群前具有裝飾性的建築。

評點

◎17. 可謂名稱其實。(周評)
◎18. 八戒不言，終是貪嘴。(周評)
◎19. 廣晉之號，此處方才拈出。(周評)

的大法。

孫行者卻又對唐僧道：「師父，此時我已成佛，與你一般，莫成還戴金箍兒，你還念甚麼《緊箍咒》兒掯勒我？趁早兒念個《鬆箍兒咒》，脫下來打得粉碎，切莫叫那甚麼菩薩再去捉弄他人。」唐僧道：「當時只為你難管，故以此法制之；今已成佛，自然去矣，豈有還在你頭上之理！你試摸摸看。」行者舉手去摸一摸，果然無之。此時旃檀佛、鬥戰佛、淨壇使者、金身羅漢，俱正果了本位。天龍馬亦自歸真。◎[20]有詩為證，詩曰：

一體真如轉落塵，合和四相復修身。
五行論色空還寂，百怪虛名總莫論。
正果旃檀皈大覺，完成品職脫沉淪。
經傳天下恩光闊，五聖高居不二門。◎[21]

五聖果位之時，諸眾佛祖、菩薩、聖僧、羅漢、揭諦、比丘、優婆夷塞，各山各洞的神仙、大神、丁甲、功曹、伽藍、土地，一切得道的師仙，始初俱來聽講，至此各歸方位。你看那：

靈鷲峰頭聚霞彩，極樂世界集祥雲。金龍穩臥，玉虎安然。烏兔任隨來往，龜蛇憑汝盤旋。丹鳳青鸞情爽爽，玄猿白鹿意怡怡。八節奇花，四時仙果。喬松古檜，翠柏修篁。五色梅時開時結，萬年桃時熟時新。千果千花爭秀，一天瑞靄紛紜。

大眾合掌皈依，都念：

「南無燃燈上古佛。
南無藥師琉璃光王佛。
南無釋迦牟尼佛。
南無過去未來現在佛。
南無清淨喜佛。
南無毗盧尸佛。
南無寶幢王佛。
南無彌勒尊佛。
南無阿彌陀佛。
南無無量壽佛。
南無接引歸眞佛。
南無金剛不壞佛。
南無寶光佛。
南無龍尊王佛。
南無精進善佛。
南無寶月光佛。
南無現無愚佛。
南無婆留那佛。
南無那羅延佛。
南無功德華佛。
南無才功德佛。
南無善遊步佛。
南無旃檀光佛。
南無摩尼幢佛。
南無慧炬照佛。
南無海德光明佛。
南無大慈光佛。
南無慈力王佛。
南無賢善首佛。
南無廣莊嚴佛。
南無金華光佛。
南無才光明佛。
南無智慧勝佛。
南無世靜光佛。

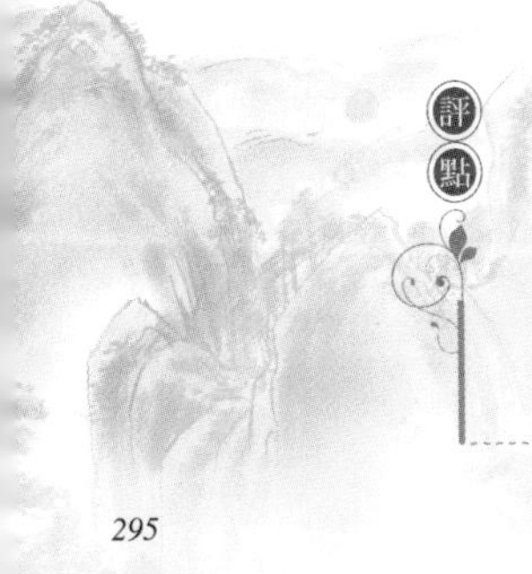

評點

◎20. 重結一遍，愈見莊嚴。(周評)
◎21. 仙耶，佛耶，巍巍乎不可及矣！(周評)

南無日月光佛。
南無慧幢勝王佛。
南無常光幢佛。
南無法勝王佛。
南無大慧力王佛。
南無大通光佛。
南無旃檀功德佛。
南無觀世音菩薩。
南無文殊菩薩。
南無清淨大海眾菩薩。
南無西天極樂諸菩薩。
南無五百阿羅大菩薩。
南無無邊無量法菩薩。
南無淨壇使者菩薩。
南無八部天龍廣力菩薩。

南無日月珠光佛。
南無妙音聲佛。
南無觀世燈佛。
南無須彌光佛。
南無金海光佛。
南無才光佛。
南無鬥戰勝佛。◎22
南無大勢至菩薩。
南無普賢菩薩。
南無蓮池海會佛菩薩。
南無三千揭諦大菩薩。
南無比丘夷塞尼菩薩。
南無金剛大士聖菩薩。
南無八寶金身羅漢菩薩。

如是等一切世界諸佛：

✦印度比哈爾邦邦，伽耶城（Gaya）菩提伽耶（Bodhgaya）大菩提寺的僧侶。大菩提寺據說由阿育王創建。菩提伽耶傳為釋迦牟尼得道成佛處，又稱菩提道場、佛陀伽耶，是佛教聖地。攝於2003年。（張奮泉／fotoe提供）

願以此功德，莊嚴佛淨土。上報四重恩，下濟三途苦。若有見聞者，悉發菩提心。同生極樂國，盡報此一身。

十方三世一切佛，諸尊菩薩摩訶薩，摩訶般若波羅密。」

《西遊記》至此終。

總批

你看若猴、若豬、若馬，俱成正果：獨有人反信不及，倒去爲猴、爲豬、爲馬，卻不是大顛倒乎？人身難得，只爲他可作佛成祖故。若不用他成佛作祖，眞禽獸不如矣！大家回頭下手，何如，何如？（李評）

悟一子曰：此篇全部收煞，包括金丹大意。只看詩中「五行論色空還寂，百怪虛名總莫論」二語，便了卻要領。（陳評節錄）

悟元子曰：上回九九純陽，三三行足，金丹之能事畢矣。此回總收全部精神，指出金丹要旨，流傳後世，爲萬代學人指南，欲人人成仙，個個作佛耳。（劉評節錄）

清代藏地銅鍍金鬥戰勝佛像，首都博物館藏。（聶鳴／fotoe提供）

評點

◎22.三藏、行者位居觀世音之上矣，人可不努力哉！（李評）

參考書目

1. 《西遊記資料彙編》，朱一玄編，南開大學出版社，二〇〇二年十二月出版。
2. 《西遊記》，人民文學出版社，一九八〇年五月二版。
3. 《李卓吾批評本西遊記》，陳宏、楊波校點，嶽麓書社，二〇〇五年出版。
4. 《西遊記》，（明）華陽洞天主人校，遼海出版社，二〇〇六年出版。
5. 《西遊真詮》一百回，（清）陳士斌注，北京圖書館文獻縮微中心藏本。
6. 《新說西遊記圖像》，吳承恩著，張書紳注，北京中國書店，一九八五年出版。
7. 《西遊證道書》，黃周星、汪象旭注，黃永年、黃壽成點校，中華書局，一九九三年十月出版。
8. 《余國藩論學文選》，余國藩（Anthony C. Yu）著，李奭學編譯，北京三聯書店，二〇〇六年出版。
9. 《李安綱批評西遊記》，李安綱批評，中國社會科學出版社，二〇〇四年出版。
10. 《西遊文化熟語研究》，周麗雅著，內蒙古大學，二〇〇七年出版。
11. 《玄奘西遊記》，錢文忠著，上海書店出版社，二〇〇七年出版。

12.《金陵世德堂本·西遊記成書考》，謝文華著，東華大學〔臺灣〕，二〇〇六年出版。
13.《魯迅、胡適等解讀西遊記》，張慶善、唐風編，遼海出版社，二〇〇二年出版。
14.《西遊記的秘密》，（日）中野美代子著，王秀文等譯，中華書局，二〇〇二年出版。
15.《西遊記漫話》，林庚著，北京出版社，二〇〇四年出版。
16.《西遊記新讀本》，孫遜編，上海古籍出版社，二〇〇四年出版。
17.《西遊記》李卓吾評本，陳先行、包于飛校點，上海古籍出版社，一九九四年出版。

●備註：本書以明代金陵世德堂刊本為底本，凡底本可通之處，一般沿用；明顯錯誤之處則參照《李卓吾先生評西遊記》等清刻本訂正，不出校記。

圖片來源

1.《新說西遊記圖像》，吳承恩著，張書紳注，北京中國書店，一九八五年出版。

2.《西遊記：李卓吾評本》，吳承恩著，上海古籍出版社，一九九四年出版。

3.《西遊記版刻圖錄》，江蘇廣陵古籍刻印社，一九九九年出版。（與1. 2.兩項部分圖片重疊，以前者優先，故不另加註於圖片說明中）

特別感謝本書內頁圖片授權人及授權單位

4.《西遊記人物神怪造像》，葉雄繪，百家出版社，二〇〇三年出版。

⊙葉雄，上海崇明人，一九五〇年出生。畢業於上海大學美術學院國畫系，現是中國美術家協會會員、中國美術家協會連環畫藝術委員會委員、上海美術家協會理事……等。他於一九七六年開始從事連環畫、插圖、中國水墨畫創作，其作品在全國藝術大展中連續獲獎。他的水墨畫作品還在日本、韓國、加拿大、臺灣等地參加聯展。上海美術館、上海圖書館及中外收藏家收藏了他的中國水墨畫作品。其藝術成就被收入中國美術家大辭典、中國文藝傳集、當代中國美術家光碟、世界華人文學藝術界名人錄、世界名人錄……等。重要作品包括：

二〇〇一年出版《水滸一百零八將》

二〇〇三年出版《三國演義人物畫傳》

二〇〇四年出版《紅樓夢人物畫傳》。

個人信箱：yexiong96@163.com

5.《西遊記》名家彩繪珍藏本，葉雄、孟慶江等繪，上海辭書出版社，二〇〇〇年出版。

⊙孟慶江，浙江溫州人，一九三七年出生。一九六五年畢業於中央美術學院國畫系人物畫專業，師從蔣兆和、葉淺予。歷任出版社專職畫家、《連環畫報》主編、《中國藝術》副主編等，在人民美術社連環畫培訓班擔任十年校長並在中央美術院從事教學工作三年。兼任中國出版工作者協會連環畫藝委會副主任、北京工筆重彩畫會副會長等職，連任三屆國家圖書獎評委和全國少兒圖書獎評委等。

作品《蔡文姬》、《長恨歌》等曾獲全國大獎，並被中國美術館收藏。其作品整體立意鮮明、題材廣泛、形式多樣、風格寫實並注重濃郁的民族傳統特色，和時代精神相結合，雅俗共賞，深受大眾歡迎。

6. 朱寶榮授權使用內頁繪圖共一百六十張。

⊙朱寶榮，從小酷愛美術，因家庭情況無緣於高等學府深造，引為憾事。二〇〇四年與兩位志趣相投的好友組成心境插畫工作室至今，能夠從事自己喜愛的工作，覺得是一件很幸福的事！

7. 廣州集成圖像有限公司「FOTOE」授權使用部分內頁圖片。（fotoe.com）
8. 中華郵政公司（前台灣郵政公司）授權使用西元一九九七年發行之「中國古典小說郵票——西遊記」四張一套圖片。
9. 富爾特科技股份有限公司影像提供。
10. 「意念圖庫」（意念數位科技股份有限公司）影像提供。
11. 典匠資訊股份有限公司影像提供。
12. 美工圖書社：「中國圖片大系」影像提供。

國家圖書館出版品預行編目資料

西遊記（五）—歷劫成聖／吳承恩原著；張富海編撰
—— 初版. ——臺中市：好讀, 2009[民98]
冊：　公分，——（圖說經典 ；23）

ISBN 978-986-178-126-6（平裝）

857.47　　　　　　98006383

好讀出版

圖說經典 23

西遊記（五）

【歷劫成聖】

原　　著／吳承恩
編　　撰／張富海
總 編 輯／鄧茵茵
責任編輯／林碧瑩
執行編輯／林碧瑩、莊銘桓
美術編輯／藝點創意設計有限公司
封面設計／山今伴頁工作室
發 行 所／好讀出版有限公司
台中市407西屯區何厝里19鄰大有街13號
TEL:04-23157795　FAX:04-23144188
http://howdo.morningstar.com.tw
（如對本書編輯或內容有意見，請來電或上網告訴我們）
法律顧問／陳思成律師

初版／西元2009年8月1日
初版二刷／西元2021年7月10日
定價：299元

讀者服務專線／TEL：02-23672044 / 04-23595819#230
讀者傳真專線／FAX：02-23635741 / 04-23595493
讀者專用信箱／E-mail：service@morningstar.com.tw
網路書店／http：//www.morningstar.com.tw
郵政劃撥／15060393（知己圖書股份有限公司）
印刷／上好印刷股份有限公司

如有破損或裝訂錯誤，請寄回知己圖書更換

Published by How-Do Publishing Co., Ltd.
2009 Printed in Taiwan

ISBN 978-986-178-126-6
本書內頁部分圖片由廣州集成圖像有限公司「FOTOE」授權使用，
其他授權來源於參考書目之後詳列。